KB269001

바다는 태양이 지지 않는다

3

바다는 태양이 지지 않는다

제3권 바다에서 부르는 사모곡, 조국이여!
초판 1쇄 인쇄 2010년 7월 14일 | 초판 1쇄 발행 2010년 7월 22일
지은이 박철주
펴낸이 최종숙
책임편집 이태곤
편집 추다영 · 임애정 · 권분옥 · 이소희 · 박선주
총괄진행 이홍주 | **디자인** 안혜진 | **마케팅** 문택주 · 안현진 | **관리** 이희만
펴낸곳 글누림출판사
등록 제303-2005-000038호(등록일 2005년 10월 5일)
주소 서울시 서초구 반포4동 577-25 문창빌딩 2층(우137-807)
전화 02-3409-2055 | **FAX** 02-3409-2059
홈페이지 http://www.geulnurim.co.kr
이메일 nurim3888@hanmail.net
ISBN 978-89-6327-077-7 04810
       978-89-6327-074-6(전3권)

정가 12,000원
* 잘못된 책은 교환해 드립니다.

The sun never goes down at the ocean

바다는 태양에 지지 않는다

박철주 장편소설 **3**

바다에서 부르는 사모곡, 조국이여!

The sun never goes down at the ocean

글누림

작가의 말

　필자가 소설 '후지산은 태양이 뜨지 않는다'를 출간한 지 만 10년이 넘었다. 10년이란 세월이면 강산도 변한다고 하듯이 필자가 해군에 복무하던 시절 인천해역방어사령부에서 같이 출동을 뛰던 참수리 고속정들이 지난 10년간 세 차례에 걸쳐 격렬하게 해전을 치렀다. 모두 승리로 끝났지만 그중 한 척이 참혹하게 침몰하였다. 필자가 시간 날 적마다 틈틈이 놀러가서 선배하고 동기들과 함께 둘러앉아 따뜻한 커피와 아울러 진한 전우애를 마시던 그 고속정들이다. 그리고 필자가 초임 장교로서 한 달간 실습을 했던 초계함 천안함도 격침되었다. 천안함은 필자에게 함상 생활의 첫 경험과 더불어 해군으로서의 자부심을 심어주었던 함선이다. 이런 소식을 들을 때마다 필자의 마음은 참으로 형용할 수 없으리만큼 슬프고 또한 아려온다. 끝까지 장렬하게 전투를 치르며 침몰해 들어간 참수리 고속정과 국가를 수호하다가 떠나간 천안함 승조원들을 생각하면 타는 듯한 분노와 슬픔을 참으로 억누르기 힘들다. 그런데도 필자는 게을러서인지 변함이 없다. 이에 반성하는 의미에서 그들의 의기와 용기 그리고 국가에 대한 사랑에 대해 조금이나마 호응하기 위하여 그동안 게으름으로 미루어 오고 있던 '후지산은 태양이 뜨지 않는다'의 속편을 다듬어 '바다는 태양이 지지 않는다'를 출간한다.

　그간 '후지산은 태양이 뜨지 않는다'를 출간한 이후 이의 속편격인 '바다는 태양이 지지 않는다'를 출간하라는 말을 여러 차례 들어왔었다. 그러나 필자가 작가의 길이 아닌 학자의 길을 걷는 외도를 하고 있어서 이의 속편은 이미 완성되어 있었지만 이에 대한 출간은 차일피일 미루어 오고 있었다. 그렇게 한 해 두 해 보내던 것이 어느덧 10년이란 세월이 되었다. 순간 정신이 번쩍 든다. 그런데 마침 필자의 '바다는 태양이 지지 않는다'를 '글누림출판사'에서 출간하자는 제의가 들어와서 필자의 10년간 게으름을 깨고 또한 국가를 수호하다 스러져간 젊은 영령들에 대해 산자로서 그들의 거룩한 뜻을 조금이나마 받들고 위로하기 위해 '후지산은 태양이 뜨지 않는다'의 속편격인 '바다는 태양이 지지 않는다'를 조심스레 세상에 내놓게 되었다.

'후지산은 태양이 뜨지 않는다'에서 주인공인 '박준영'은 해군 정보부 장교이자 첩보원이다. 그는 냉철하며 쉽게 감정을 가지지 않는 차가운 인물이다. 그러나 그도 한때는 따뜻하고 여린 마음을 가졌던 아름다운 한 젊은이였다. 그러던 그가 해군 장교로 입대하면서 피로 맺어지는 동기들을 만나고 자신과 그들의 뜨거운 사랑과 슬픈 사랑을 겪게 된다. 사관후보생 시절 동기들과 누리던 기쁨과 애환 그리고 여인들과의 애증은 이제 박준영의 실체가 아닌 그림자로 사라졌다. 그러나 그 그림자는 오늘날의 '박준영'과 여전히 점철되어 있다. 여기 '바다는 태양이 지지 않는다'는 바로 이 이야기들을 다루고 있다.

이 소설에서는 '박준영'이 해군 장교로 임관하기까지의 온갖 에피소드들이 펼쳐진다. 그리고 임관한 후 초급 해군 장교시절 그가 겪어야 했던 모진 고난과 쓰리고 아린 슬픔들을 다루었다. 이러한 과정을 거쳐 그는 마침내 차갑고 냉철한 첩보원이 되었다. 여기서는 그가 어떻게 해서 '후지산은 태양이 뜨지 않는다'에서의 '박준영'과 같이 그런 차갑고도 냉철한 첩보원이 되었는가를 보여준다.

이제는 하나의 그림자가 되어 버린 군과 군인 그리고 이들과 얽힌 여인들의 애증과 슬픈 사랑을 보여주고 있는 이 소설에서의 이야기들은 실화를 바탕으로 각색되었다. 다만, 여기서는 개인의 사생활 보호를 위해 가명을 사용하였다. 그리고 군사비밀에 관여된 것은 다소 다르게 표현하였다. 해군 장교의 훈련과정 또한 군사비밀의 하나이므로 있는 그대로 밝히지는 못하고 조금 다르게 나타냈다.

본 소설은 고려대 안암동 의과대학에 재직 중이신 김명곤(피부과) 교수님, 김동식(일반외과) 교수님, 홍순철(산부인과) 교수님의 조언을 받았다. 그리고 현역으로 있는 해군 장교들(중령, 대령)의 조언을 참조하였다. 교육과 진료에 바쁘신 와중에도 필자를 위해 조언을 아끼지 않으신 김명곤 교수님과 김동식 교수님 그리고 홍순철 교수님께 이 자리를 빌어 진심으로 감사의 인사를 드린다. 아울러 필자에게 선배와 동기로서 기꺼이 조언을 해준 해군 장교들에게도 깊은 감사의 인사를 드린다. 본 소설에서 보이는 의학과 군에 대한 내용은 필자에 의한 창작적 의도에 따른 것으로서 전적으로 필자에게 책임이 있다.

본 소설에 있어서 제3권 제3장 '약속과 데자뷰'가 가장 내용이 짧다. 그러나 조국이 남북으로 양분된 이 시기에 있어서는 제3권 제3장 '약속과 데자뷰'가 아직도 끝나지 않은 가장 긴 내용이 될 것이다.

끝으로 사랑하는 조국과 민족을 위하여 영원히 지지 않는, 바다의 뜨거운 태양으로 승화한 순국 영령께 이 소설을 바친다.

박철주

차례

사랑하는 조국과 민족을 위하여 영원히 지지 않는,
바다의 뜨거운 태양으로 승화한 순국 영령께 이 소설을 바친다.

제3권
바다에서 부르는 사모곡, 조국이여!

제1장

전설 속으로 사라진 초계함

2월 7일 목요일의 서해 공해상은 여전히 매섭고 추웠다. 초계함에 둘러쳐진 라이프 라인에는 바닷물이 얼어붙어서 마치 고드름처럼 매달려 있었다. 박준영은 벌써 열흘째 초계함에 승선한 채 서해 공해상에서 순회 경계를 하고 있었다. 그가 탄 초계함은 인천해역방어사령부 항구에서 보름 간 휴식을 취한 후 다시 경계 임무차 1월 28일 월요일에 출항하는 함선이었다.

"준영아! 너 온 게 어제 같더니 벌써 열흘이 지났다!"

후갑판에서 서서 스크루에 의해 하얗게 부서져 나가고 있는 바다를 바라보고 있는 박준영의 어깨에 다정스럽게 손을 얹고 말하고 있는 사람은 바로 다름 아닌 이영진이었다. 그는 초등 군사 교육반을 마치고 바로 이 초계함에 통신관으로 발령을 받았다. 그런데 전혀 예상치도 못하게 4개월 만에 박준영을 이 초계함의 갑판사관으로 다시 만나게 된 것이다.

"난 말이야! 해군은 워낙 좁기 때문에 어디를 가든 동기 한 명 이상은 꼭 같이 근무하게 된다고 해서 나는 누구랑 근무하게 되나 하고 기대를 많이 했었는데 아무도 없더라."

이영진은 다른 동기들과는 달리 혼자서 달랑 이 초계함으로 부임을 하였다. 때문에 그는 처음에는 황당하다 못해 자신의 운 없는 복에 대해 비관에 절망까지 했었다.

"나는 참 복도 지지리 없나 봐. 다른 애들은 다 동기들하고 같이 근무한다던데 이건 뭐 나만 혼자 동기들하고 덩그러니 떨어져서 근무했으니 말이야. 그래도 지금이나마 네가 와서 행복하다야."

그동안 자신의 운 없는 복에 대해 풀이 죽어 지내오던 이영진은 동기 박준영이 온 것이 그렇게 좋은지 박준영의 어깨를 더 꽉 끌어안았다. 하긴 미숙하기 짝이 없는 첫 함상 생활에 같이 지내는 장교라고는 전부 선임 장교이자 상위 계급자뿐이었으니 소심한 이영진으로서는 혼자서 그동안 외로웠다면 외로웠을 것이다.

"난 진급해서 새로 발령 날 때까지 동기들과 떨어져 혼자 여기서 내내 근무하겠구나 생각했었는데 그래도 니가 잠깐이나마 여기에 와 있게 되어서 나로서는 정말 기쁘다. 하하하!"

큰소리로 웃어대는 이영진은 박준영이 해군본부 정보부 소속으로 여기 초계함에는 임시 직책으로 파견되어 온다는 것을 이 초계함이 인천의 해역방어사령부 항구에서 출항하기 전에 부장 권대영 소령으로부터 들어 이미 알고 있었다.

박준영이 초계함으로 부임하던 날 아침, 권대영 부장은 어제 늦게 해군본부 정보부에 갔다 온 함장 김준희 중령으로부터 박준영의 발령에 대한 내용을 들었다. 권대영 부장은 이 내용을 듣자 이영진이 걱정되었다. 통신관인 이영진이 동기 박준영의 부임을 알리는 전문을 어제 오후에 초계함의 통신실에서 제일 먼저 받아보고는 무척이나 기뻐하고 있었기 때문이다. 이에 권대영 부장은 좀 있다가 다시 발령 받아 떠날 박준영에 의해 마음이 여린 이영진이 마음에 상처를 입을까봐 염려되었다.

"통신관! 동기가 온다니까 그렇게도 좋아?"

박준영이 부임차 초계함에 승선하기 전에 미리 이영진을 부장실로 따로 불러들인 권대영 부장이 활짝 웃고 있는 이영진을 바라보며 물었다.

"예! 좋습니다!"

이영진은 연신 싱글거렸다.

"통신관! 아니 뭐가 그렇게 좋아? 동기가 온다니까 여태 너를 사랑해 준 부장님은 이제 안중에도 없냐?"

권대영 부장이 애먼 소리를 해대면서 슬쩍 이영진에게 힐책을 한다.

"어? 부장님! 제가 어찌 그렇겠습니까? 전 그저 동기가 온다고 해서 ……, 그런데 설마 부장님이 제 동기에게 질투를?"

이영진이 실실 웃으면서 말한다.

"뭐야? 내가 왜 통신관 동기를 질투해!"

"하하! 농담입니다. 부장님!"

"흠! 하긴 질투가 나긴 좀 난다. 커험!"

권대영 부장은 괜히 헛기침을 한번 한다. 그러나 곧 진지한 얼굴로 이영진에게 말했다.

"통신관! 그런데 말이야. 통신관 동기는 우리 배에 오래 있지 않아!"

"예?"

이영진은 순간 얼굴에서 웃음기가 싹 사라졌다.

"통신관 동기 박준영은 정보부 소속으로 우리 배에 잠깐 파견 근무 나오는 거야."

"예?"

권대영 부장이 염려했던 대로 이영진의 얼굴은 굳어지면서 실망하는 빛이 역력했다.

"북에서 망명해올 자가 우리 배에 승선할 예정이다. 그때 통신관 동기인 박준영이 그자의 신병을 인수하여 우리 배를 떠날 거야. 그것이 박준영의 임무이기도 하고."

"……."

권대영 부장의 설명을 들은 이영진은 곧바로 시무룩해졌다. 그리고는 힘없는 음성으로 물었다.

"그럼 제 동기는 오자마자 바로 내립니까?"

"아냐, 망명해오는 자가 올 때까지 승선해 있을 것인데 언제가 될지 몰라. 그때까지는 우리 배에서 갑판사관으로 있을 거야."

"예! 알겠습니다."

이영진은 맥없는 음성으로 대답했다.

"통신관! 그래도 잠깐이나마 동기하고 같이 지내게 되었으니 서운하더라도 그걸로 만족하고 재미있게 지내봐!"

"예!"

여전히 시무룩한 음성의 이영진.

"아! 내가 앞으로 통신관의 동기가 사랑해주는 것보다 통신관을 더 사랑해줄게! 그럼 됐나?"

“어? 예!”

비로소 활짝 웃는 이영진.

“에이휴! 부장 노릇 해먹기 힘들다!”

손을 회회 내젓는 권대영 부장.

“그래 이제 나가봐!”

“예! 필승!”

이영진은 빙긋 웃으면서 경례를 부치고 부장실을 나갔다. 이때 권대영 부장은 문을 나서는 이영진의 뒷모습을 큰형님처럼 또는 작은 삼촌처럼 사랑스런 눈으로 바라보며 소리 없이 웃고 있었다.

그로부터 약 두 시간 후. 박준영이 초계함에 올라 부임 신고를 김준희 함장에게 하고 있었다. 이때 박준영을 김준희 함장에게 데려온 이영진이 이들의 옆에서 입이 함박꽃처럼 벌어진 채 벙글거리고 있었다.

초계함은 박준영이 승선하자 얼마 안 있어 신속하게 인천해역방어사령부 항구에서 출항했다. 그렇게 그 초계함은 겨울 바다를 헤치며 미지의 그자가 승선하기 전까지는 돌아오지 못할 항해를 새로이 시작하고 있었다.

날카로운 겨울바람을 헤치며 끊임없이 공해상을 선회하고 있는 초계함이 일으키는 하얀 물보라를 바라보는 이영진은 비록 임시나마 박준영이 자신의 초계함으로 발령 받아 온 것이 그렇게도 좋은지 박준영의 어깨에서 손을 내려놓을 줄을 몰랐다. 박준영도 이영진의 어깨에 손을 얹고 그를 꽉 끌어안았다. 박준영 역시 동기 이영진이 있다는 사실 하나만으로도 그저 막연히 기다려야 하는 자신의 임무에 대해 심적으로 큰 의지가 되고 있었다.

겨울 바다의 해는 길지 않았다. 태양은 어느덧 수평선 저 멀리로 사라져 가고 있었다.

"야! 어두워진다. 그만 선실로 들어가자."

박준영은 이영진을 이끌고 선실을 향해 몸을 돌렸다.

"그래 조금 있으면 식사 시간인데 어서 가자."

이영진도 박준영을 따라 선실로 걸음을 옮겼다.

해가 아직 채 사라지지도 않았는데 하늘에는 벌써 별이 초롱초롱 빛나고 있었다. 사방을 휘둘러 봐도 오직 바다만 펼쳐진 공해상에서는 해가 바다로 숨으면 순식간에 천지가 캄캄해진다. 그러나 그와 동시에 하늘에는 눈부시게 화려한 별들의 향연이 펼쳐진다. 거기에 보름달마저 떠 있으면 이것은 또 하나의 완전히 다른 세계가 된다. 세상은 검은 융단에 보석을 뿌려놓은 듯한 밤하늘을 머리에 이고 창백한 달빛에 의해 온통 회색빛으로 새로이 빚어진다. 바다의 파도는 어느덧 인광에 이글거리고 덧없는 적막 속에 오직 배의 엔진 소리만이 유정체의 존재를 일깨워주고 있을 뿐이다.

밤이 되자 바다는 제법 많이 거칠어졌다. 파고가 2.6~3.0m인 황천 3급이 떨어졌다. 오늘 낮만 해도 파고가 1.6~2.0m인 황천 5급이었다. 그런데 해가 지자 바다가 변덕을 부리기 시작한 것이다. 사관식당에 들어서니 박준영과 이영진 외에는 아직 아무도 오지 않았다. 하얀 테이블보를 깔아놓은 테이블 위에는 밥을 소담스럽게 담아 놓은 하얀 접시가 함장, 부장, 작전관, 통신관, 포술장, 기관장, 갑판사관, 음탐관 등의 자리에 맞춰 가지런히 놓여 있었다. 그리고 밥을 담은 접시 옆에는 빈 접시가 두 개 놓여 있었고 그 접시들 사이에는 포크와 나이프가 하얀 헝겊 냅킨에 잘 싸여 있었다. 각 자리에는 맑고 투명한 고블렛 유리잔과 와인 유리잔이 놓여 있었다. 고블렛 유리잔에는 생수가 반쯤 담겨 있었고 와인 유리잔은 비어 있었다.

사관식당에는 은은한 클래식 음악이 흐르고 있었다. 잠시 후 함교 당직사관인 음탐관 임진형 중위만을 빼고 나머지 장교들은 모두 식당에 모였다. 김준희 함장이 자리에 앉자 나머지 장교들도 모두 자리에 착석을 하였다. 식사가 시작되자 사관당번들이 곧 음식들을 내오기 시작했다. 양송이 스프가 나오고 빵이 나왔다. 빵으로는 바게트와 식빵이 나왔는데 박준영은 주로 부드러운 식빵을 먹었다. 딱딱한 바게트는 먹고 나면 입안이 헤져서 별로 좋아하지 않았다. 이때 밥을 먹고 싶은 사람은 밥을 먹고 빵을 먹을 사람은 빵을 먹으면 되었다. 그리고 둘 다 먹고 싶으면 둘 다 먹으면 된다. 박준영은 항상 둘 다 먹었다. 그러나 이영진은 거의 둘 다 못 먹었다. 이유는 멀미 때문이다. 그런데 자기가 멀미난다고 하여 식사에 빠질 수는 없다. 함장이 식사를 하는데 그 밑에 있는 사람이 식사에 참석하지 않는 것은 예의가 아니기 때문이다.

빵이 나오고 난 뒤에 한 사람당 하나씩 구운 생선이 빈 접시에 놓여졌다. 그런데 박준영이 지금과 같이 황천 3급 이상이 떨어졌을 때마다 매번 저녁식사에 노리는 것은 바로 나머지 하나 남은 빈 접시에 놓일 음식이었다. 이 빈 접시에 놓이는 음식이 바로 그날의 메인 요리이기 때문이다. 오늘은 손바닥보다 큰 왕새우 구이 두 마리였다. 버터와 양념으로 잘 구워진 왕새우는 냄새부터 회를 동하게 하였다.

박준영은 한 쪽 팔에 하얗고 기다란 냅킨을 두른 채 테이블 옆에 서서 대기 중인 사관당번 이정은 병장에게 물을 달라고 손짓을 하고는 그가 따라준 물로 입가심을 하고 왕새우 구이를 기다렸다. 그런데 그냥 가만히 앉아서 기다리는 것이 아니다. 그는 포크를 손에 거머쥐고 찍을 준비를 하고 있었다. 그러나 항상 이렇게 준비하지는 않았다. 지금과 같이 파도가 심하게 치는 날에만 이런 준비를 하였다. 이유는 바로 자기 옆에 앉은 작전관의 메인 음식을 빼앗아 먹기 위해서이다.

박준영의 왼쪽 옆자리에 항상 앉는 작전관은 이름이 경희영으로서 계급이 대위이다. 그런데 그는 먹는 속도가 눈에 띄게 느렸다. 그래서 파도가 심하게 치는 날이면 매번 박준영에게 메인 음식을 뺏겼다. 파도가 심하게 치면 몸이 앞뒤좌우로 흔들린다. 하지만 파고가 3.1~4.0m인 황천 2급 이상이 아니면 마구 흔들리지는 않는다. 대신 은근히 강하게 흔들린다. 이때 테이블 위의 접시들도 덩달아 앞으로 갔다 뒤로 갔다 그리고 좌로 갔다가 우로 갔다가 나름대로 바쁘다. 박준영이 바로 이러한 것을 노리는 것이다. 박준영은 메인 음식이 자기의 접시에 담기면 무엇보다도 그것부터 재빨리 먹어치운다. 그리고는 기다린다. 옆에 앉은 작전관의 메인 음식 접시가 자기에게로 밀려오기를 기다리는 것이다. 그러면 얼마 안 있어 반드시 그의 메인 음식 접시가 메인 요리를 고스란히 담은 채 박준영의 앞에 배달된다. 이때 박준영은 그 접시가 다시 제 주인에게로 도망가기 전에 날쌔게 그 메인 음식을 포크로 콱 찍어 올린다. 이번에도 역시 여지없이 그랬다.

"엇? 작전관님! 오늘도 저를 주시는 겁니까? 주시는 것 감사히 먹겠습니다!"

박준영은 너스레를 떨어대며 경희영 작전관의 왕생우 구이 하나를 포크로 푹 찍었다. 그리고는 경희영 작전관이 어떻게 손을 쓰기도 전에 껍질을 홀떡 벗기고는 얼른 입속에 넣어버린다.

'아흑! 나쁜 녀석!'

경희영 작전관은 눈물이 찔끔 난다. 또 뺏겼다. 경희영 작전관이 박준영에게 메인 요리를 빼앗기지 않으려면 빨리 먹는 것이 최선의 방법이다. 그러나 원채 씹는 속도가 느린 그로서는 그것이 거의 불가능하다. 그렇다고 다른 음식은 먹지 않고 오로지 그것만 앉아서 기다릴 수는 없는 일이다. 요리가 메인 요리인 만큼 식탁에 오르는 것은 제일 나중에 이루어지기 때문이다. 결국 메인 요리가 식탁에 올랐을 때는 그는 항상 무엇인가를 입안에 가득 넣고 씹고 있을 때이다. 따라서 그는 박준영이 자신의 메인 요리를 해치우는 것을 눈만 멀뚱이 뜬 채 지켜보면서 입을 우물거리고 있을 수밖에 없다. 그는 조금이라도 맛을 보기 위해 자신의 입안에 있는 것을 열심히 해치우지만 언제나 그렇듯이 그의 입안이 비워졌을 때는 이미 자신의 메인 접시도 박준영에 의해 깨끗이 비워진 뒤이다.

이번에도 경희영 작전관은 다른 음식을 입 안에 넣고 우물거리다가 메인 음식인 왕새우 한 마리를 박준영에게 뺏겼다. 그는 나머지 남은 왕새우 한 마리나마 먹으려고 포크를 급히 들었다. 그런데 박준영에게로 간 접시가 돌아오지를 않는다. 박준영이 왼손으로 그 접시를 살짝 잡고 있는 것이다.

"야잇! 안 내놔!"

말을 하기 위해 입 안에 있던 음식을 제대로 씹지도 못한 채 삼킨 경희영 작전관이 김준희 함장의 귀에 들리지 않을 정도의 나지막한 음성으로 살짝 말해온다.

“뭘요?”

역시 박준영도 나지막한 음성으로 슬쩍 대답한다. 그런데 아주 시침을 딱 떼고 있다.

“왕새우! 내 꺼 말야! 왕새우!”

안달이 난 경희영 작전관.

“뭐 말에요? 이거요? 이것도 먹으라고요? 아유! 감사합니다!”

여전히 나지막한 음성으로 말하면서 나머지 왕새우마저도 사정없이 포크로 찍어 올리는 박준영.

“안 돼!”

순간 자신도 모르게 큰소리를 내지르는 경희영 작전관. 일순 모든 장교들이 경희영 작전관을 쳐다본다.

“작전관! 거 후배가 좀 먹겠다는데 양보 좀 해라! 선배가 되어서리 원!”

권대영 부장의 핀잔이다.

“작전관은 은근히 식탐이 많아!”

고개를 절레절레 흔드는 기관장 이강현 소령.

“아! 저 그게 아니고……!”

경희영 작전관은 속이 터진다. 정작 억울한 자는 자기인데 비난은 자기에게만 쏟아진다.

“허허허! 우리 작전관이 또 갑판사관에게 뺏겼나보구나! 자, 작전관 내 꺼 가져다 먹어라!”

김준희 함장이 너털웃음을 웃으며 자신의 왕새우 접시를 통째로 들어 올린다.

“부장! 내 것 좀 작전관에게 건네 줘!”

김준희 함장이 자기 오른편 앞에 앉아 있는 권대영 부장에게 왕새우 접시를 건네준다.

"예!"

권대영 부장이 얼른 김준희 함장에게서 왕새우 접시를 받아든다. 그리고는 자기 오른편에 앉아 있는 경희영 작전관에게 건네준다.

"옛다! 작전관! 많이 먹어!"

권대영 부장이 웃음 띤 얼굴로 김준희 함장의 왕새우 접시를 경희영 작전관의 앞에 내려놓는다.

"아-! 저, 함장님 괜찮습니다. 함장님 드십시오!"

경희영 작전관이 재빨리 왕새우 접시를 도로 들어올린다.

"작전관! 함장님이 먹으라고 할 때 먹어! 싫으면 이것도 갑판사관 준다!"

권대영 부장이 은근히 협박 아닌 협박을 해온다.

"예?"

권대영 부장의 협박성 말에 화들짝 놀라는 경희영 작전관. 오른쪽의 박준영을 힐끗 보니 박준영은 그새 경희영 작전관의 두 번째 왕새우도 다 먹어치우고 김준희 함장이 경희영 작전관에게 건네 준 새로운 왕새우마저도 눈독을 들이고 있다.

"앗! 안 되지! 안 돼! 안 돼!"

얼른 접시를 도로 식탁 위에 내려놓으며 두 손으로 왕새우를 감싸는 경희영 작전관. 이때 박준영이 그의 옆에서 포크를 빨며 입맛을 다셨다.

"허허허! 사관당번! 다음부터는 갑판사관에게 메인 음식을 항상 하나 더 올려놓도록!"

또 다시 너털웃음을 짓는 김준희 함장. 그는 임관한지 이제 반년이 조금 넘는 박준영이 그저 귀엽기만 하다. 그래서 하는 짓도 모두 귀엽다.

'함장님은 신임 장교들만 귀여워 해!'

귀여운 맛이 모두 사라진 대위가 되어서 서러운 경희영 작전관. 속으로 서러움에 젖어 투덜댄다. 이때 그의 이러한 심정을 아는지 권대영 부장이 경희영 작전관의 어깨를 한번 툭 치고는 빙긋 웃어 보인다.

경희영 작전관이 메인 요리를 박준영에게 빼앗기지 않으려면 자신의 메인 요리 접시가 박준영의 자리로 이전하려고 할 때 못 가게 손으로 꽉 잡든가 아니면 포크로 음식이든 접시든 콱 찍는 수밖에는 없다. 그러나 그렇게 하고 있어도 아무 소용이 없다. 그 음식을 빨리 자기 입속에 넣어야 하는데 입안에는 여전히 다른 음식물로 들어차 있으니 그저 손으로 접시만 잡고 있든가 아니면 포크로 음식만 찍어 놓고 있는 상태로 있을 뿐이다. 그런데 이를 박준영이 가만히 놔둘 리가 없다.

"어? 작전관님! 먹기 싫은가 보죠? 먹지 않고 그렇게 가만히 내려다보고만 있으니?"

"……."

"그럼, 제가 먹을게요! 잘 먹겠습니다!"

결국, 경희영 작전관은 무엇인가 열심히 우물거리면서도 정작 중요한 메인 음식에 대해서는 한 입도 먹어보지 못한 채 박준영의 입 속으로 사라지는 메인 음식에 대해 눈만 말똥거리며 속수무책으로 쳐다보기만 한다.

메인 음식에 대해서는 이래도 박준영에게 빼앗기고 저래도 박준영에게 빼앗긴다. 경희영 작전관은 딱 자기 생각 같아서는 박준영을 피해 다른 자리로 가고 싶으나 한번 정해진 자리는 마음대로 바꿀 수가 없다. 따라서 남은 방법은 단 하나 박준영에게 메인 음식을 넘겨주는 것에 대해 빨리 익숙해지든가 아니면 음식을 보다 빨리 먹는 것이다. 그러나 후자는 천생적 버릇이 그러하니 고치기가 힘들고 차라리 박준영이 먹어치우는 메인 음식을 바라보는 것에 대해 익숙해지는 것이 더 나을 것이다. 그래서 경희영 작전관은 파도치는 날이면 괴롭다. 파도에 의한 멀미 때문에 괴롭다는 것이 아니다. 자신의 메인 음식을 담은 접시가 파도에 의해 박준영에게로 달려가는 것을 지켜보는 것이 괴롭다는 것이다.

이날 박준영은 아주 흐뭇한 식사를 하였다. 동기 이영진의 왕새우도 먹어치웠기 때문이다. 물론 이영진도 박준영에게 자기 것을 먹으라고 권하지는 않았다. 아니 권할 수가 없었다. 뱃멀미 때문에 지옥을 헤매고 있는 중이기 때문이다.

"어? 영진아! 니 왕새우가 나를 방문했다!"

이영진의 왕새우 접시가 박준영에게로 밀려오자 박준영이 마치 예기치 못했다는 듯이 자기의 오른편에 앉은 이영진을 돌아다본다.

"으으으으!"

그러나 이영진은 이미 맛이 절반은 가 있는 상태이다.

"야! 너 안 먹어?"

"으으으으!"

이영진은 뱃멀미에 의식을 거의 반쯤 놓고 있다.

"이거 먹어! 얼마나 맛있는데?"

박준영은 친절하게도 그의 왕새우를 들어 껍질을 잘 까서 접시에 내려놓는다.

“어서 먹어!”

박준영은 접시에서 손을 떼고는 가만히 앉았다. 굳이 그에게 접시를 밀어놓지 않아도 접시가 제가 알아서 다시 자기 자리로 미끄러져 찾아가기 때문이다. 잠깐 동안 가출했던 이영진의 왕새우 접시가 다시 제자리로 돌아왔다. 그러나 이영진은 눈이 반쯤 풀린 상태이다. 따라서 자기의 왕새우를 바라보기는커녕 정면도 제대로 바라보지 못하고 있다. 이영진이 멍하니 앉아 있는 사이에 왕새우 접시는 다시 박준영의 앞으로 왔다.

“어? 새우야 너 오래간만이다! 영진아! 얘 나에게 보낸 거니?”

박준영은 능청스럽게 이영진을 쳐다본다.

“으으으으!”

이영진은 이제 아예 침까지 흘린다. 상태를 보니 이번에도 식사는 영 틀렸다.

“그래! 고맙게 잘 먹을게!”

박준영은 커다란 왕새우의 등짝에 포크를 콱 찍는다. 그리고는 입으로 가져가서는 맛을 음미해가면서 행복하게 먹어댄다. 이를 부러운 눈으로 쳐다보고 있는 경희영 작전관. 그는 슬그머니 포크를 집어 들고는 박준영의 앞에 놓인 나머지 왕새우 한 마리를 겨냥한다. 그러나 그는 곧 포크를 가만히 내리고는 얌전히 자기 앞의 구운 생선이나 뜯는다. 경희영 작전관의 맞은편에 앉은 이강현 기관장이 그에게 후배 것을 탐내지 말라고 엄하게 눈짓을 줬기 때문이다.

그사이 이영진은 거의 폐인 수준이 되어 가고 있었다. 이를 계속 지켜보던 김준희 함장이 마침내 그에게 성은을 베푼다.

“통신관! 괴로우면 식사하지 말고 침실로 들어가! 괜찮아!”

"피-피-필승!"

난데없이 '필승'을 외치며 자리에서 벌떡 일어서는 이영진. 그러나 곧 자리에 펄썩 하고 주저앉는다.

"사관당번!"

이영진이 자기 자리에 도로 주저앉은 채 거의 졸도 지경에 이르는 것을 본 김준희 함장이 얼른 사관당번 이정은 병장을 부른다. 이정은 사관당번은 이제 병장 단지 한 달도 채 안된 신참 병장이다. 그는 이름처럼 얼굴도 예쁘장하였다. 작고 갸름한 얼굴에 피부도 희었다. 키는 162cm정도로 남자치고는 아담한 체격이었다. 허리가 잘록 들어갈 정도로 날씬한 체형에 오똑한 콧날과 쌍꺼풀 진 눈을 하고 있는 그는 수줍게 웃을 때 빨간 입술 사이로 살짝 드러나는 하얀 치아가 인상적이었다.

"예!"

와인 유리잔에 오렌지 주스를 따라 놓고는 식탁에서 조금 떨어진 곳에서 한쪽 팔에 기다란 냅킨을 두른 채 대기하고 있던 이정은 사관당번이 즉시 대답하며 함장을 쳐다보았다.

"통신관을 부축해서 침실까지 데려다 줘야겠다."

"예! 알겠습니다!"

이정은 사관당번이 대답과 동시에 얼른 이영진에게 다가가 그를 부축하며 자리에서 일으켜 세웠다.

김준희 함장은 이영진이 멀미에 약하다는 것을 잘 알고 있었다. 그러나 이영진은 앞으로도 계속 배를 타야 하는 항해과 장교이므로 김준희 함장은 이영진이 멀미한다고 하여 곧바로 침실로 들여보내지 않았다. 가능한 최대한 견디어 보도록 하여 뱃멀미에 대해 무언중에 단련을 시켰다. 김준희 함장의 이러한 단련 덕택에 지금 이영진은 뱃멀미에 대해 많이 강해져 있는 상태이다. 초기에는 자신이 먹었던 것을 식탁에 죄 분출해놓고는 자신은 그 자리에서 졸도해버린 적도 있었다.

"으으으으!"

다행히 이영진은 정신을 놓지는 않았다. 그러나 침실에 들어가면 곧바로 의식을 놓을 것이다. 그래도 이 정도라도 발전했다는 것은 그로서는 대단한 발전이다. 이영진의 뱃멀미가 보통 수준을 넘자 김준희 함장은 그를 함상 생활 부적격자로 처리하여 그에게 육상 근무를 하게끔 해주려고 하였다. 그러나 이영진은 부득부득 우겼다. 해군이면 죽어도 배에서 죽어야 한다고 우긴 것이다. 결국 이영진의 고집이 이겼다. 김준희 함장의 뱃멀미에 대한 단련을 받겠다는 조건으로 이영진은 배에 그대로 남았다.

서울 태생인 이영진은 그야말로 서울에서 곱게 자란 도령이었다. 그래서 그에게 배라는 것은 오직 바닷가 여행지에서만 볼 수 있는 하나의 멋진 풍경일 뿐이었다. 때문에 그는 배를 막연하게나마 무척 타보고 싶었다. 그것도 그저 잠깐 탔다가 내리는 승선이 아닌 아주 오래 동안 배에서 먹고 자며 생활하는 그런 승선을 늘 꿈꿔왔다. 그런데 막상 자신이 원하던 대로 함상에서의 생활이 시작되니 이것은 생각과는 영 딴판이었다. 지옥이 따로 없었다. 뱃멀미란 지옥은 상상을 뛰어넘었다. 이영진은 자신의 어리석었던 환상을 탓하며 무슨 핑계를 대든 배에서 얼른 내리고 싶었다. 그러나 그렇게 쉽게 결정할 일은 아니었다. 아내 때문이다. 그의 아내가 친정식구와 자신의 친척들에게 남편이 군함을 타는 해군 장교라고 자랑을 해댔기 때문이다. 그는 남편의 속도 모르는 철없는 아내가 원망스러웠지만 돌이켜 생각해보면 아내의 자랑이 한때나마 자신의 꿈이기도 하였다. 이에 이영진은 마음을 모질게 먹고 인생에서 한 번뿐인 함상 생활을 끝까지 해내고 싶어졌다. 결국 승선을 포기하고 하함하라는 김준희 함장에게 부득부득 우기며 배에서 내리지 않고 지금까지 버텨온 것이다.

이영진은 이정은 병장의 부축을 받으면서 침실로 비틀거리는 걸음으로 사라졌다. 이때 나머지 장교들은 이영진을 걱정스레 바라보면서 큼직한 와인 유리잔에 가득 따라진 오렌지 주스를 마시고 있었다.

밤 11시 20분. 당직자를 제외하고는 모두 깊은 잠에 빠져 있는 시간이다. 이때 경희영 작전관이 자기 침실에서 0시 함교 당직을 기다리며 책을 읽다가 배가 고파서 야식을 먹으러 사관식당으로 들어갔다. 그리고 얼마 후 그는 자다가 일어난 이정은 사관당번이 야식으로 차려온 떡라면을 식탁에서 우물거리며 먹기 시작했다. 그런데 그가 떡라면을 먹으면서 혼자 중얼거리며 투덜댄다.

"갑판사관! 이 나쁜 자식! 내 왕새우! 허영-!"

어제 저녁때에 박준영에게 빼앗겨 못 먹은 왕새우가 못내 아쉬운 것이다.

"하하하! 작전관님! 왕새우가 그렇게 아까우세요?"

이정은 사관당번이 경희영 작전관 옆에 서서 시중을 들고 있다가 그의 푸념에 웃음을 터뜨린다.

"이씨! 그럼 아깝지 안 아깝냐?"

경희영 작전관이 볼멘소리로 말한다.

"그래도 그때마다 갑판사관님이 대신 다른 것을 작전관님에게 드시라고 내주시잖아요! 그럼 됐죠! 그만 잊으세요!"

이정은 사관당번이 마치 어린애 어르듯이 경희영 작전관을 어른다.

"아! 그래 맞아! 사관당번! 이번에는 갑판사관이 나에게 뭘 야식으로 내주라고 했냐?"

이제야 생각이 났다는 듯 말하고는 갑자기 눈이 초롱초롱 빛나는 경희영 작전관.

"예! 지금쯤은 다 데워졌을 겁니다. 제가 가져오겠습니다."

이정은 사관당번이 빙긋 웃으며 주방으로 들어갔다. 그리고 얼마 안 있어 그는 커다란 접시에 무엇인가 김이 모락모락 나는 것을 한 가득 담아서 들고 나왔다.

"우와! 이게 뭐냐?"

구수한 석쇠 구이 냄새에 금세 희색이 만연한 경희영 작전관. 그는 이정은 사관당번이 들고 오는 접시를 향해 돌려 앉고는 목을 길게 빼서 쳐다본다.

"그거 칠면조 고기냐?"

이정은 사관당번이 접시를 식탁 위에 내려놓기도 전에 조급하게 묻는 경희영 작전관.

"아니에요. 타조 고기라고 하던데요?"

"뭐? 타조 고기?"

"예! 저도 입대하기 전에 몇 번 먹어봤는데 맛이 괜찮았어요. 뭐 호주에서는 일반화된 음식이라고 하던데요?"

"그 소리는 나도 들었다. 그런데……!"

"그런데 왜 먹기 싫으세요? 그럼 제가……!"

이정은 사관당번이 등을 휙 돌리며 도로 주방으로 가져가려고 한다.

"악! 정지! 그 상태에서 정지! 나 먹는 것 안 가려!"

경희영 작전관이 허겁지겁 자리에서 일어나 이정은 사관당번에게 얼른 다가갔다. 그리고는 이정은 사관당번을 그 상태 그대로 다시 식탁 쪽으로 돌려세웠다.

"냄새는 좋다! 맛도 좋겠지? 그지?"

경희영 작전관은 이정은 사관당번이 식탁에 내려놓은 접시에서 먹기 좋게 편육으로 썰어놓은 타조 고기를 젓가락으로 잔뜩 집어 올렸다. 그리고는 식탁 옆에 선 채로 입에 넣고 우물거렸다. 생각보다 맛있었다.

"야! 이거 정말 맛있는데?"

경희영 작전관은 입 안에 넣은 것이 아직 목구멍으로 채 넘어가지 않고 남았는데도 또 타조 고기를 젓가락으로 한 움큼 집어서 입에 넣는다. 박준영 효과이다. 박준영에게 음식을 빼앗기지 않으려다가 자기도 모르는 사이에 생긴 생존을 위한 버릇이다.

"그리고 이것 말고는 또 없니?"

경희영 작전관이 타조 고기를 우물거리면서 이정은 사관당번에게 묻는다.

"예! 또 있습니다."

"그래? 그건 또 뭔데?"

경희영 작전관이 기대에 가득 찬 눈으로 이정은 사관당번을 본다.

"타조 알 스크램블이요!"

"응? 타조 알 스크램블?"

"예! 이거는 쉽게 먹을 수 있는 게 아니에요!"

"응! 그래! 그래! 나도 TV에서나 봤다. 그런데 그건 언제 나와? 빨랑 줘!"

경희영 작전관은 이정은 사관당번에게 마치 어린애처럼 보챘다.

"예! 지금 갖다 드릴게요. 그런데 양이 엄청납니다!"

"응?"

"타조 알 하나가 달걀 30개로 만든 스크램블과 비슷하거든요!"

"뭐어?"

"다 드실래요?"

"너! 나 죽일 작정이지!"

"하하하! 그래서 작전관님 것만 따로 덜어놓았습니다."

"그래, 고맙다. 응? 그런데 나머지는?"

"예? 에이 나머지는 왜요? 잊으세요."

"어라? 인석 봐라! 나머지는 어딨어?"

이정은 사관당번이 대답 대신 뒷머리만 긁적거린다.

"빨리 말 못해?"

다그치는 경희영 작전관.

"저-! 우리 사관당번들이 상하기 전에 처리 다 했습니다! 걱정 마십시오!"

"음-! 그래 음식을 버리지 않았다니 잘 했다."

경희영 작전관이 빙그레 웃다가 이정은 사관당번의 머리에 꿀밤을 한 대 먹인다.

"암튼 이 녀석들 먹는 건 잘들 챙겨먹네! 어쨌든 타조 알 스크램블은 너희들이 이미 먹었다니 나 혼자 먹으면 되겠군. 그럼, 이 타조 고기나 나랑 같이 먹자! 이거 양이 엄청 많네!”

경희영 작전관은 옆에 서 있는 이정은 사관당번에게 걸상을 내주면서 자신도 걸상에 앉았다.

“어서 빨리 타조 알 스크램블 가져와서 여기에 앉아! 난 그 스크램블 하고 타조 고기 먹고 너는 나하고 같이 타조 고기 먹으면 되겠다.”

“아닙니다. 괜찮습니다.”

“왜? 내가 꿀밤 줬다고 삐쳤냐?”

“아니요! 삐치긴요!”

“그럼 왜 안 먹겠다는 거야?”

“저-! 그것도 너무 많이 놔두면 상할 것 같아서 작전관님 것만 남겨두고 우리들이 미리 다 처리했습니다.”

“……!”

경희영 작전관은 잠시 말이 없다. 그러다 곧 이정은 사관당번의 머리로 꿀밤이 날아온다.

“아야!”

이정은 사관당번이 엄살을 피우며 경희영 작전관으로부터 멀찍이 떨어진다.

“어? 자꾸 꿀밤 먹이시면 저 타조 알 스크램블 가져오다가 확 엎어질 겁니다!”

“뭐? 그러기만 해봐라! 그냥 아주 못 일어나게 해 줄 테다! 빨랑 안 가져와!”

“하하! 예! 가져옵니다. 그런데 다 드실 수 있을는지?”

“너희들이 많이 먹었다며?”

"예, 그러긴 그랬는데…… 그래도 많이 남았습니다."

"뭐 어느 정도인데 그래? 남은 거 다 가져와봐!"

"예!"

이정은 사관당번은 다시 뒤통수를 긁적이며 주방으로 들어갔다. 그리고는 곧이어 타조 알 스크램블을 담은 그릇을 들고 나왔다.

"허어억!"

산더미 같다. 그렇게 어마어마한 양의 스크램블은 처음 본다.

"이게 나 먹으라고 남겨둔 거냐?"

"예!"

"먹다 죽으라는 거구나!"

"예!"

"인석이!"

또 다시 경희영 작전관의 꿀밤이 날아간다. 그리고 30분 후, 억지로 식탁 걸상에 앉혀진 이정은 사관당번과 더불어 경희영 작전관은 스크램블의 그릇을 거의 바닥내고 있었다. 이때 타조 고기는 식탁 위에서 이미 흔적도 없이 사라져 있었다. 이들의 뱃속으로 균등하게 나뉘어져 들어간 것이다.

"저! 작전관님! 이제 죽인다고 하셔도 더 못 먹겠습니다!"

"헉! 헉! 말시키지 마! 허억! 배터지겠다. 어구구!"

식탁 걸상에서 길게 늘어져 버리는 경희영 작전관.

"먼저 번에는 갑판사관이 먹으라는 사슴 갈비 뜯어 먹다가 배터지는 줄 알았는데 이번에는 타조 고기와 타조 알 스크램블로 또 배가 터지려고 하네! 어구구 갑판사관 이 나쁜 녀석!"

경희영 작전관은 숨을 쉭쉭 내쉬면서 겨우겨우 말한다. 그러자 이정은 사관당번도 같이 숨을 몰아쉬면서 경희영 작전관을 부른다.

"헉! 헉! 저-! 작전관님!"

"왜?"

"그럼, 앞으로는 갑판사관님이 저녁 식사 때 작전관님 것 먹어도 더 이상 갑판사관님이 준비해온 것 내오지 말까요?"

"응……? 아니지! 그건 안 되지! 계속 먹어야지!"

"그렇겠죠?"

이정은 사관당번이 경희영 작전관을 물끄러미 바라본다.

"아암!"

경희영 작전관이 고개를 크게 끄덕거린다. 그러다 문득 무엇인가 매우 궁금한 듯 이정은 사관당번을 보고 묻는다.

"그런데 갑판사관은 도대체 자기 야식거리로 뭘 얼마나 들고 탄 거야?"

"제법 많습니다."

"그래? 어느 정도인데?"

"저도 자세히는 살펴보지 않았는데 아마도 갑판사관님 혼자서 한 달은 족히 먹고도 남을 듯……!"

"뭐? 한 달!"

깜짝 놀라는 경희영 작전관.

"예!"

"갑판사관이 동네 건강원 아저씨하고 무슨 친구라도 된다냐?"

"하하! 에이 설마요!"

"그런데 왜?"

"갑판사관 어머님이 단골 건강원에 특별히 부탁해서 받아온 것이라고 하던데요? 갑판사관 어머님께서 모두 같이 먹을 양만큼 싸다보니 그렇게 많아졌다고 합니다."

"그래?"

"예! 헌데 갑판사관님도 그 내용이 어떤 것들인지는 잘 모르시던데요?"

"응? 그렇담 그게 뭘까?"

"갑판사관님이 저에게 맡기면서 건강에 좋으면서도 맛있게 요리해 먹을 수 있는 귀한 식재료들이라고 했습니다. 그런데 그 내용에 대해서는 갑판사관님도 자세히는 모른다고 말했습니다."

"그것들이 도대체 뭘까?"

경희영 작전관이 진정 궁금한 듯 골똘히 생각한다.

"저도 궁금하긴 마찬가지인데 함장님께서 갑판사관님이 가지고 온 것은 오직 갑판사관님에게만 요리를 해주라고 엄명을 하셔서 저도 이런 때 외에는 갑판사관님이 가지고 온 꾸러미들이 무엇인지 모릅니다."

"그럼?"

"뭐-, 방법이 없죠! 작전관님이 황천 때마다 계속 갑판사관님에게 저녁 메인 음식을 내주셔야 그나마 이를 확인할 수 있을 듯합니다."

"흠-! 아무래도 그 수밖에는 없겠지?"

"예!"

"갑판사관! 이 나쁜 녀석!"

"……!"

"아이구 배야! 아무래도 너무 먹었나 보다!"

배를 살살 만지며 자리에서 일어선 경희영 작전관은 함교로 당직 서러 가기 전에 화장실부터 뒤뚱거리며 얼른 뛰어갔다.

그날 새벽 5시. 바다는 잠잠해지지 않고 더욱 거칠어져 파고가 4.1m 이상인 황천 1급까지 올라갔다. 초계함은 마치 유원지의 바이킹처럼 하늘로 치솟았다가 다시 바다를 향해 사정없이 곤두박질쳐졌다. 지금 시각은 5시이지만 겨울이라서 아직도 사방은 깜깜하기만 하다. 원래는 지금 이영진이 경희영 작전관과 새벽 4시에 임무를 교대하여 함교 당직을 서야 하지만 뱃멀미로 인해 인사불성이다. 때문에 박준영이 이영진 다음에 오전 8시부터 함교 당직이 되지만 이영진을 대신하여 박준영이 함교로 올라갔다. 이렇게 되면 그는 이영진의 근무 시간을 다 선 다음에 곧바로 이어서 자신의 당직 시간을 때워야 한다. 그래도 박준영은 이영진이 그렇게 폭 쉬어서라도 정신을 차렸으면 하는 바램으로 이영진을 대신해 당직 근무에 나섰다.

8층 빌딩 높이의 함교에서는 9m를 훌쩍 넘기는 거대한 파도가 함교의 유리창을 바로 때려대고 있었다. 함교의 유리창을 파도가 때릴 적마다 유리창은 '팡' 소리를 내며 금방이라도 터질 듯한 굉음을 냈다. 그리고 순식간에 함교의 유리창 모두에는 거친 거품이 흘러내렸다. 유리창에서 보이는 것은 오직 흘러내리는 물줄기와 거품뿐이다.

유리창에서 거품이 어느 정도 걷혀질 때에 그동안 파도에 의해 바다에 처박혔던 초계함은 하늘로 높이 치솟아 오르고 있었다. 순간 함교의 모든 유리창에서 바다가 사라졌다. 대신 휘황찬란한 은하수와 수없이 많은 별들만 함교의 유리창에 보일 뿐이다. 그 어디에고 바다는 없었다. 초계함은 함수를 하늘로 치켜든 채 그렇게 영원히 우주를 향해 날아가는 것 같았다. 그러다 한순간에 초계함은 다시 밑도 끝도 없는 깊은 나락을 향해 곤두박질치기 시작했다. 박준영은 자신의 두 발이 공중에 붕 떠올랐다고 느끼는 순간 초계함은 마치 배가 깨져나가는 듯한 엄청난 굉음과 함께 바닷속 깊이 처박혀 들어갔다. 이번에는 아까와 반대로 함교 유리창에는 온통 바닷물만 보였다. 하늘의 그 총총하던 별들은 하나도 보이지 않는다. 그렇다고 파도가 보이는 것도 아니다. 지금 초계함이 있는 곳은 수면 위가 아니라 수면 아래 바닷속 깊은 곳이다. 초계함은 그대로 지옥의 끝에까지라도 도달할 듯이 바닷속으로 계속 하염없이 들어갔다. 진정 바다의 바닥에까지라도 가는 듯 싶은 순간 초계함은 다시 솟구쳐 오르기 시작했다. 이때 함교에 서 있는 박준영은 자신의 봄이 공중에 떴던 아까와는 정반대로 무릎이 반으로 굽혀질 정도로 위로부터 강한 압력을 받았다. 곧이어 함교의 유리창에는 바닷물이 흘러내리고 거품 또한 흘러내렸다. 그리고 또 다시 초계함은 밤하늘의 은하수를 향해 솟아올랐다. 그렇게 계속 올라간다면 마침내 은하수에서 항해를 할 것이다. 그러나 초계함은 자신의 무게 때문에 은하수에 채 도달하지 못하고 그만 뚝 떨어지면서 다시 시커먼 바닷속 깊은 곳으로 곤두박질쳐 들어갔다. 바다 위는 온 사방에서 인광이 미친 듯이 부글부글 끓어대고 있었다. 그 퍼렇고 허연 광란의 인광 속을 초계함은 초연히 지나쳐 갔다.

"꽝!"

이번에는 10m에 가까운 파도가 함교의 유리창을 내갈겼다. 순간 그 충격에 의해 함교에 있던 대원들이 저마다 휘청거렸다.

"어어! 어이쿠!"

누군가 짧은 비명을 지르며 함교 바닥에 나뒹굴었다. 함교 견시로 있는 최문혁 이병이었다. 키가 187cm인 그는 키가 큰데다가 함상 경험마저 짧아서 유독 중심을 잡지 못하고 계속 함교 바닥으로 내동댕이쳐지고 있다. 벌써 13번째이다. 반면 역시 같은 함교 견시인 남영신 상병은 키가 170cm로 크지 않은데다가 그동안의 경륜에 의해 한 번도 넘어지지 않고 버티고 있었다. 이들은 지금 초계함이 야간 항해 중이라서 견시를 설 필요가 없었지만 김준희 함장이 이들에게 해상 경험을 쌓아주기 위해 일부러 함교로 불러올린 상태였다.

함교 좌현 견시인 최문혁 이병이 함교 바닥을 데굴데굴 굴러 함교 우현 견시인 남영신 상병의 다리 밑까지 왔다.

"야잇! 최문혁! 니 자리 좀 지켜!"

남영신 상병이 손을 뻗어 최문혁 이병을 일으켜 세우며 나지막한 음성으로 말했다.

"예! 알겠습니다!"

최문혁 이병이 당황하며 일어섰다.

"펑! 쿠드드드등!"

또 다시 산더미만한 파도가 초계함을 내리쳤다. 인광이 이글거리는 시커먼 파도가 함교의 유리창에서 박살이 나며 사방으로 흩어졌다.

"어구구구!"

"어쿠!"

최문혁 이병이 비틀거리며 일어서다가 그대로 또다시 함교 바닥으로 쓰러졌다. 그런데 이번에는 남영신 상병도 같이 넘어졌다. 최문혁 이병을 잡아 일으키다가 덩달아 넘어진 것이다. 둘이 넘어진 곳은 함교 우측 바닥이었고 그들이 일어선 곳은 함교 좌측 바닥이었다. 둘이서 함교 바닥을 가로질러가며 구른 것이다. 남영신 상병은 반사적으로 일어나면서 함교 벽에 설치되어 있는 안전봉을 움켜잡았다. 그러나 최문혁 이병은 그새 다시 함교를 때린 파도에 의해 재차 함교 우측으로 굴러가버렸다.

"최문혁 이병 괜찮나?"

컴컴한 어둠 속에서 김준희 함장의 음성이 들려왔다. 지금 황천 1급인 상태이므로 김준희 함장이 함교에서 직접 통제하고 있는 중이다.

"예! 이병 최문혁 괜찮습니다!"

최문혁 이병이 큰소리로 대답하며 함교 벽에 설치된 안전봉을 붙잡고 일어섰다. 그러나 대답이 끝나기가 무섭게 그는 또다시 바닥으로 내동댕이쳐졌다. 함교의 유리창에는 시커먼 바닷물과 허연 거품이 줄줄 흘러내렸다. 하지만 이번에는 최문혁 이병이 안전봉을 꽉 움켜잡았다. 덕분에 그의 몸은 안전봉에 매달린 채 바닥으로 길게 늘어져버렸다. 마치 기다란 물체가 안전봉에 매어진 것 같은 형국이다.

"최문혁 이병! 괴롭더라도 참고 이겨내야 해! 그래야 진정한 해군이 된다!"

어둠 속에서 김준희 함장이 단호한 음성으로 말했다. 군함은 야간에 소등을 한 채 항해를 하므로 함교의 불은 모두 끈다. 따라서 함교에서 보이는 불빛은 계기판의 불빛 외에는 전혀 없다. 캄캄한 어둠 속에서 벌어지는 최문혁 이병의 함교 내 방황은 그의 의지와 생각과는 아무 상관없이 그 이후로도 한 시간이 넘게 계속되었다. 한 시간 넘게 바다가 황천 1급이었기 때문이다.

아침 9시 30분. 파도는 조금 수그러들었지만 여전히 황천 2급이다. 바다가 조금 가라앉자 밤을 꼬박 샌 김준희 함장은 휴식을 취하러 함장실로 내려갔다.

황천 때문에 김준희 함장과 함교 당직사관인 박준영은 아침을 걸렀다. 때문에 이날 아침은 함장이 참석하지 않은 채 식사가 이루어졌다. 대신 이정은 사관당번이 아침 식사가 끝난 후에 샌드위치를 만들어가지고 토마토 주스와 더불어 함교로 올라왔다. 그는 김준희 함장 것과 박준영 것을 각각 따로 접시에 담아가지고 왔다. 샌드위치는 각 접시마다 두 개였고 두툼했다. 덕분에 김준희 함장과 박준영은 식사를 별도로 하지 않아도 될 정도로 든든히 요기를 할 수 있었다.

오전 10시. 박준영은 함교에서 샌드위치로 식사를 대신한 후 멀리 바다를 내다보고 있었다. 그런데 그의 등 뒤에서 갑자기 포술장 권일재 대위의 음성이 들려왔다.

"갑판사관! 수고 많았어! 이제 내려가서 쉬어!"

"어? 포술장님! 왜 벌써 올라오셨습니까? 아직 당직 교대까지는 두 시간이나 남았는데?"

박준영이 얼른 뒤돌아서며 권일재 포술장에게 눈이 동그래지며 묻는다.

"너! 통신관 당직까지 대신 서주고 있다며?"

"어? 아, 예!"

"참! 동기가 좋긴 좋다! 응!"

"녀석이 워낙 인사불성이라서…… 그런 놈 억지로 함교 당직 세워놓았다가 우리가 자는 사이에 배를 산으로 몰고 올라가버리면 어떡합니까? 그래서 제가 그냥 섰습니다."

박준영은 빙긋 웃으며 말했다.

"하하! 그럼 우리가 다시 배를 머리에 이고 바다로 내려와야지!"

권일재 포술장이 큰소리로 웃으며 말하고는 박준영의 어깨를 툭 친다.

"수고했어! 얼른 내려가 눈 좀 붙여!"

"아니 괜찮습니다! 조금 있으면 12시인데요. 그때 포술장님과 교대하겠습니다."

"두 시간이 조금이야?"

"두 시간쯤은 금방 가는데요 뭐!"

"어허! 직속 상관이 직속 부하를 좀 챙기겠다는데 왜 이렇게 협조를 안 해?"

권일재 포술장이 눈을 부릅뜬다.

"예?"

"괜찮아! 내려가 쉬어!"

권일재 포술장이 부드럽게 미소를 짓는다.

"아! 예, 그럼 수고하십시오. 저는 그만 내려가겠습니다!"

박준영은 권일재 포술장의 말대로 그에게 함교 당직을 넘겼다. 하지만 박준영은 그래도 영 미안하다는 듯한 표정을 지으며 함교에서 잠시 서성였다. 그러다 마지못한 듯 함교를 내려갔다.

오전 11시 40분. 바다는 여전히 4m에 가까운 높은 파도로 일렁이고 있었다. 이 시각에 박준영은 한 시간쯤 잤다가 깨어서는 자기 침실의 건너편에 있는 이영진의 침실에 들어가 있었다.

"영진아! 이제 그만 정신 좀 차려라!"

박준영은 걱정스러운 듯이 이영진의 어깨에 손을 대고 그의 몸을 흔들었다. 이영진은 이층 침대 중 상단의 침대 위에서 옆으로 누운 채 거의 시신과 같은 상태로 뻗어 있다.

"야! 좀 있으면 점심 식사 시간이다. 함장님도 밤 꼬박 새고 얼마 안 주무신 상태로 점심 식사하러 나오시는데 너도 점심 식사에 참석해야지!"

박준영은 속이 타듯이 말한다.

"으으으!"

이제야 조금 반응을 보이는 이영진.

"정신이 좀 드냐?"

"으으으!"

"어이구! 내가 너 때문에 못 산다!"

박준영은 여기 들어올 때 준비해온 물수건으로 이영진의 얼굴을 다시 한번 더 닦아준다.

"으으! 준영아! 나, 나- 내릴 거야!"

이영진이 몸을 부들부들 떨면서 상체를 일으킨다.

"나 내릴 거야!"

다시 픽 쓰러지는 이영진. 그러나 곧 다시 일어나더니 침대에서 내려서려고 한다.

"얌마! 이 바다 한가운데에 내릴 곳이 어디 있다고 내려!"

답답한 심정이 된 박준영이 그의 양 어깨를 잡고 흔들어댄다.

"영진아! 너 아무래도 이번 항해를 끝으로 배에서 내려야겠다! 내가 함장님에게 건의를 올려야겠어!"

"으으……!"

배에서 내리도록 건의해보겠다는 박준영의 말에 갑자기 신음 소리가 뚝 그치는 이영진.

"너-! 너! 만일 그렇게 말하기만 하면 난 너 다시 안 본다!"

이영진이 갑자기 박준영의 팔을 탁 치며 화가 난 듯이 쳐다본다.

"얼씨구? 임마 배에서 당장 내리겠다며?"

"이씨! 그건 말이 그렇다는 것이지! 너 만일 함장님에게 엉뚱한 소리라도 하면 너랑 절교다!"

이영진이 제법 진지한 얼굴로 말한다.

"임마! 그럼 식사도 제대로 하고 함상 생활도 정상적으로 해야지! 그렇게 정신력이 약해?"

박준영도 화가 난 듯이 말한다.

"알았어! 알았다고! 내가 식사하면 될 거 아냐!"

뿌루퉁한 표정으로 이영진이 상단 침대에서 내려왔다. 이영진의 침대 옆에 서 있던 박준영은 그가 침대에서 내려오자 걱정스러운 듯 쳐다보았다. 이영진의 얼굴은 하얗게 탈색된 것이 핏기라고는 전혀 보이지 않았다. 박준영은 은근히 심히 걱정이 되었다.

"야! 이영진! 너 여전히 속이 울렁거리니?"

"……!"

이영진은 대답대신 고개만 끄덕인다. 하긴, 밤새 파도에 시달렸으니 지칠 만도 할 것이다.

"그럼 걸상에 앉아 등받이에 좀 편하게 기대봐라!"

박준영은 유독 뱃멀미에 약한 이영진이 측은했다. 하지만 그를 위해 취해줄 것을 아무 것도 없다. 그저 안타깝게 바라보는 수밖에는 할 일이 없다. 박준영은 걸상에 앉은 이영진을 얼마간 바라보다가는 시계를 들여다보며 걱정스러운 듯이 중얼거렸다.

“아! 이제 곧 점심 식사인데”

점심 식사 시간이 다 된 것이다. 이때 박준영의 말에 이영진이 갑자기 얼굴을 찡그린다.

“으-! 식사! 야! 준영아! 식사란 말은 꺼내지도 마라!”

“왜? 너 밥 안 먹을 거야? 아까는 식사하겠다며? 또 갑자기 뭔 소리야?”

이영진을 멀거니 바라보는 박준영.

“으으! 난 식사 때만 되면 죽고 싶어!”

뱃멀미를 앓는 이영진으로서는 식사가 항상 고통스럽다. 그래서 아침 식사도 걸렀다. 마침 다행스럽게도 김준희 함장이 아침 식사에 참석을 하지 않아서 가능했던 것이다.

“임마! 뱃멀미 날수록 더 먹어야 하는 거야!”

“으! 그래도 싫어! 죽을 것 같아! 지금도 죽겠어!”

이영진은 고개를 절레절레 흔들었다. 그래도 식사에 참석하기 위해 걸상에서 부시시 일어났다. 그러나 다시 걸상에 털썩 주저앉고 만다.

“준영아! 나 식사 시간에 빠지면 안 될까?”

아무래도 이영진은 영 견디기 힘든 모양이다.

“에구! 녀석아! 그래도 함장님과의 단체 식사인데 네가 빠질 수 있냐? 새까만 초급 장교가 말이야!”

“그렇지? 어이구 나 죽겠네!”

이영진은 엉거주춤 걸상에서 다시 일어났다. 그런데 그렇게 밖으로 나가는 것이 아니라 침대로 도로 올라가 맥없이 누워버린다. 상단 침대의 벽면에 나 있는 창밖으로 백파가 보인다. 바다는 여전히 거칠게 일렁이고 있었다. 이영진은 그걸 보니 멀미가 더 난다.

“어구구! 나 죽네!”

이영진은 창에서 고개를 획 돌리고는 엎어져버렸다. 그리고는 담요를 머리끝까지 뒤집어썼다. 그러나 얼마 후 사관식당에는 박준영과 이영진이 나란히 앉아 있었다. 이영진이 정신력으로 뱃멀미와 싸워 버틴 것이다.

식탁에 앉은 이영진은 김준희 함장에게 실망을 안겨 주지 않기 위해서 그리고 자신과의 싸움에서 이기기 위해 열심히 식사를 했다. 멀미 때문에 그는 제대로 씹을 수가 없었다. 그리고 목구멍으로 넘길 수도 없었다. 그렇지만 그는 이에 대해 음식을 대충 씹고 그냥 식도로 꿀떡 넘겨버리는 방법으로 대처하면서 그렇게 멀미와 치열하게 싸웠다. 그런데 얄궂게도 밖에서는 아까 보다 파도가 더욱 거세지고 있었다.

‘꾸억!’

순간 이영진은 신물이 입가에까지 나왔다. 그러자 박준영이 재빨리 이영진에게 팔꿈치로 툭툭 쳐서 입가를 닦으라고 신호를 보냈다.

‘꾸우억!’

하지만 이영진은 입가의 신물을 닦기는커녕 더 내뱉는다.

“야! 입 닦아!”

나지막한 소리로 말하는 박준영. 하지만 이영진은 무반응이다. 한계에 다다른 것이다. 그러나 예전에 부임 초기 때에 보였던 식탁 위로의 구토나 졸도는 없었다. 그리고 자세도 그렇게 흐트러지지 않았다. 다만 음식이 올라오려는 메스꺼움을 억지로 참다보니 입에서 신물이 흐를 뿐이다.

“허허! 통신관!”

이영진을 잠시 바라본 김준희 함장이 은근히 부른다.

“예에!”

가까스로 대답하는 이영진. 뱃멀미가 그의 한계를 이미 넘었지만 이영진은 끝까지 정신을 놓지 않았다. 그는 여전히 자세를 꼿꼿이 한 채 김준희 함장을 바라보았다.

"식사 끝났으면 들어가!"

"……!"

결국, 김준희 함장의 배려로 먼저 자기 침실로 들어가게 된 이영진. 그러나 이영진은 그것이 멀미의 끝이 아니었다.

"우에에엑!"

"꾸에에에엑! 쿠왁!"

뱃멀미로 온 침실 안을 헤집고 다니기 시작한 것이다. 함장도 없겠다. 선배 장교도 없겠다. 그러니 마음 놓고 구토를 해대는 것이다.

박준영이 식사를 마치고 침실로 갔을 때는 이정은 사관당번이 침실 바닥을 대걸레로 닦고 있었다. 이영진이 침대에 누웠다가 순간적으로 토한 것이다.

이영진은 박준영이 식사하는 동안 침실에서 토하다가 화장실로 달려가 그곳에서 토하고 또 토해 댔다. 그런데 그러고도 모자라 아예 위장을 뒤집어 꺼내 세척까지 하였다. 기진해서 침대에 돌아와 누운 이영진은 신물을 입에서 질질 흘렸다. 하지만 뱃멀미를 전혀 하지 않는 박준영은 그러한 이영진과는 달리 포식을 했는지 배를 어루만지며 그에게로 다가왔다.

"야! 괜찮아? 좀 어때?"

이영진은 완전히 탈진 상태다.

"으으으!"

말도 못한다.

"준영아! <u>으으</u>!"

이영진이 뭐라고 말하는데 잘 알아들을 수가 없다.

"뭐라고? 다시 잘 말해봐!"

박준영이 고개를 숙여 이영진에게 귀를 가까이 갖다댄다.

"<u>으으</u>! 준영아! 나 내릴래!"

"뭐? 에라! 녀석아! 이 바다 한가운데서 어디에 내리려고?"

박준영은 이영진의 말에 기가 막히기도 하고 측은하기도 하다.

"나! 내릴 거야!"

"임마! 뭘 내려! 누가 너 하나 내려 주기 위해서 배를 돌리겠어!"

"야! 그럼, 나 뛰어내릴 거야! 못 살겠어!"

이영진이 부시시 일어났다. 표정이 정말 뛰어내리기라도 할 작정인 것 같다.

"얌마! 정신 차리고 계속 누워 있어!"

박준영이 이영진의 몸을 눌러 도로 침대에 눕혔다.

"으으욱! 내릴 거야! 우우욱!"

이영진은 바다고 뭐고 그냥 배에서만 내렸으면 딱 좋겠다는 심정이다.

"그래! 그래! 이번만 참아! 이번 출동 끝나면 진짜 배에서 내리도록 하자! 내가 함장님께 잘 말씀드릴게!"

박준영이 이영진의 배를 쓰다듬어주면서 달래듯이 말했다.

"뭐? 우우욱! 너 임마! 그랬다간 죽어!"

다 죽어가던 이영진이 순간 침대에서 벌떡 일어난다.

"얼래? 너 당장 배에서 뛰어내리겠다며?"

"우우욱! 내가 언제?"

"얼씨구! 임마 지금 그렇게 말했잖아!"

"우욱! 잊어! 나 그 말 한 적 없어!"

"내가 너 때문에 미친다. 미쳐!"

고개를 절레절레 흔들며 이영진을 쳐다보는 박준영. 이영진은 정말 뛰어 내리고라도 싶은 생각이 간절하였다. 그러나 그는 이에 반비례하여 어떻게든 자신과의 싸움에서 이겨 배에 남고 싶다는 욕구도 강렬하게 일고 있었다.

"나 괜찮아! 괜찮아질 거야! 너무 걱정 마!"

이영진이 오히려 박준영에게 위안을 해준다. 그리고는 아까 이정은 사관당번이 주고 간 검은 비닐봉지를 얼른 입에 갖다 대었다.

"우욱! 우우욱!"

이영진은 아까 먹은 것은 전부 토해냈으므로 뱉어 봤자 더 이상 나올 것도 없다. 그런데도 자꾸 토한다. 눈은 아까보다 더 초점을 잃었고 침대를 집은 손은 후들거리며 떨리고 있다. 그러나 그는 분명한 어조로 박준영에게 다시 말하며 다짐을 받는다.

"이거 별거 아냐! 나 뱃멀미 이길 거야! 그러니 너도 나 좀 도와줘! 함장님께 아무 말도 하지 마!"

박준영은 이영진의 단호한 의지를 그의 음성에서 읽었다. 그의 의지는 꺾는다고 꺾어질 의지가 아니었다.

"그래! 알았다! 걱정 마라! 함장님께 어떤 말도 하지 않을게!"

박준영은 이영진의 머리를 쓰다듬어주며 빙긋 웃어보였다. 그러다 이제 생각났다는 듯이 큰소리로 호들갑스럽게 말했다.

"야! 너에게 희소식이 있다. 내가 깜박 했었네! 함장님이 너 저녁 식사는 참석 안 해도 된대!"

박준영이 뱃멀미로 고생하는 이영진에게 해줄 수 있는 것이라고는 바로 이런 말 밖에는 없다. 그래도 효험은 컸다. 그 말을 듣는 순간 이영진의 얼굴에 화색이 돈다.

"으응? 그래? 살았다!"

활짝 웃는 이영진.

"꾸엑!"

그리고 다시 헛구역질을 하는 이영진. 그렇게 이영진은 파고가 2.1~2.5m인 황천 4급으로 떨어진 밤 10시까지 침대 위에서 고생해야 했다. 그동안 그는 박준영이 갖다 준 두유만 4통 간신히 먹었을 뿐이다.

그로부터 이틀 뒤 오전. 바다는 언제 그랬냐는 듯이 잠잠하고 햇볕은 따스하기 그지없다. 그런데 이렇게 바다가 잔잔하고 청명한 날씨에 갑판장 장욱환 원사와 기관사 전영준 원사가 서로 경쟁하듯이 함미 갑판 위를 뛰어다니고 있었다. 그리고 그 뒤를 병기장 라진수 상사와 내연사 신윤범 상사가 마치 응원하듯이 같이 따라 뛰고 있었다.

"병기장! 그쪽으로 간다! 놓치지 말고 잡아!"

장욱환 갑판장이 라진수 병기장에게 다급하게 소리쳤다.

"예! 여기 보입니다!"

라진수 병기장이 장욱환 갑판장에게 큰소리로 대답했다. 이때 전영준 기관사가 라진수 병기장에게 소리치며 뛰어왔다.

"야! 가만 놔둬! 내가 잡는다!"

"어? 그런 게 어디 있습니까?"

라진수 병기장이 두 팔을 벌리며 전영준 기관사를 막아선다.

"어라? 병기장 저리 안 비켜?"

"아-! 안 됩니다! 우리가 먼저 봤습니다!"

"먼저 보면 뭐해? 먼저 잡아야지!"

"그러니까 우리가 먼저 잡겠습니다."

"그건 안 되지! 내연사! 내가 병기장 맡을 테니 빨리 쫓아가!"

전영준 기관사가 라진수 병기장을 갑자기 덥석 끌어안는다.

"어어? 이런 게 어디 있습니까?"

"어디 있긴! 여기 있지!"

라진수 병기장은 벗어나려고 몸부림치고 전영준 기관사는 잡아두려고 몸부림친다. 이때 신윤범 내연사의 말이 웃음소리와 함께 들려왔다.

"하하하! 드디어 잡았다!"

신윤범 내연사가 함미의 76mm 함포 포신 중간 부분에서 무엇인가를 두 손으로 재빨리 움켜잡더니 그대로 두 손을 감싼 채 전연수 기관사에게 달려왔다.

"어디? 어디? 보자!"

전연수 기관사가 활짝 웃으며 신윤범 내연사에게로 뛰어갔다.

"어디요? 저도 좀 봐요!"

전연수 기관사와 옥신각신 몸싸움하던 라진수 병기장도 얼른 신윤범 내연사에게로 갔다.

"뭐! 잡았어?"

장욱환 갑판장이 큰소리로 물으며 역시 신윤범 내연사에게로 뛰어왔다.

"여기요!"

신윤범 내연사는 이들이 모여들자 자신의 두 손을 조심스럽게 조금만 살짝 열어보였다. 그 두 손 안에는 무엇인가 조그마한 것이 움직이고 있었다. 소쩍새였다.

"햐! 그놈 눈 한번 예쁘네!"

장욱환 갑판장이 소쩍새의 눈을 바라보며 한마디 한다. 마치 짙은 눈썹을 한 듯한 눈을 동그랗게 뜨고 있는 소쩍새의 자그마한 눈이 처연하면서도 예뻤다.

"내연사! 그놈 나에게 넘겨!"

장욱환 갑판장이 은근히 명령조로 신윤범 내연사에게 말한다.

"어? 안되요! 이거 제가 잡았으니까 우리 기관부 거예요! 왜 갑판장님께 넘겨요?"

신윤범 내연사가 몸을 획 돌린다.

"어라? 야! 내연사! 그러기야?"

장욱환 갑판장이 음성을 높이면서 협박조로 나선다. 그러자 전연수 기관사가 신윤범 내연사 편을 들며 끼어든다.

"어허! 갑판장! 내연사가 잡았으니까 그건 우리 기관부 거야!"

"이런! 내가 먼저 봤다고!"

전연수 기관사의 말에 억울하다는 듯이 따지는 장욱환 갑판장. 그는 전연수 기관사와 기수가 같은 동기이다.

"보면 뭐해? 잡아야지!"

전연수 기관사는 장욱환 갑판장에게 놀리듯이 말하고는 신윤범 내연사를 감싸면서 자리를 뜨려고 하였다. 그러자 장욱환 갑판장이 라진수 병기장에게 다급하게 외쳤다.

“엇! 병기장! 내연사 잡아!”

“옛!”

어깨가 떡 벌어진 라진수 병기장이 왜소한 신윤범 내연사를 꼭 끌어 안았다.

“어? 기관사님! 살려줘요!”

신윤범 내연사가 라진수 병기장의 품 안에서 버둥거린다.

“야! 야! 병기장! 내연사 안 풀어! 어여 풀어!”

전연수 기관사가 라진수 병기장의 팔을 풀려고 애쓴다. 그러나 평소 역기로 단련된 그의 팔은 꿈쩍도 않는다.

“익! 익!”

라진수 병기장의 팔을 풀려고 힘을 쓰는 전연수 기관사. 하지만 아무 소용도 없다.

“하하하! 기관사! 백날 힘써 봐! 우리 병기장 팔이 풀리나!”

이번에는 역으로 장욱환 갑판장이 전연수 기관사에게 놀리듯이 말한 다. 그런데 이때 이들에게 들려오는 또 하나의 다른 음성이 있었다.

“뭔데 난리들이에요?”

기관장 이강현 소령이었다. 일순 그들은 모두 자세를 바로 했다.

“저, 소쩍새입니다.”

전연수 기관사가 말했다.

“그래요? 소쩍새가 또 날아왔네!”

이강현 기관장은 대수롭지 않듯이 말을 받으며 신윤범 내연사에게로 다가갔다. 사실 그랬다. 그는 지난번 출동 때에도 소쩍새를 두 번이나 함정에서 잡았다. 첫 번째 소쩍새는 이강현 기관장이 아침 일찍 함미 갑판에 체조하러 나왔다가 갑판 위에 사려놓은 홋줄 위에 앉아 있는 것을 보고 잡았다. 두 번째는 그로부터 8일 후에 기관병 남궁 혁 상병이 함미 라이프 라인에 앉아있는 소쩍새를 잡으려다가 놓친 것을 이강현 기관장이 갑판 위의 선실에 있는 사관실 복도를 걷다가 잡았다. 소쩍새가 남궁 혁 상병을 피해 갑판 위의 선실 안으로 날아들었다가 그만 이강현 기관장에게 붙잡힌 것이다.

함정이 공해상에서 선회하고 있으면 이렇게 가끔 새들이 날아와 함선 여기저기에 앉아 아픈 날개를 쉬곤 하였다. 그 새들은 주로 소쩍새나 제비 또는 갈매기였다. 지금은 겨울이라서 소쩍새가 함선으로 많이 날아왔다. 대신 제비는 없었다. 제비는 여름이 되면 날아와 앉을 것이다. 그리고 계절에 관계없이 가끔 날아와 앉는 것은 갈매기였다. 그런데 갈매기는 정 날개를 쉬고 싶으면 바다에 둥둥 떠서 보내면 되기 때문에 함선에는 잘 내려앉지 않았다. 그러나 소쩍새는 경우가 달랐다. 어쩌다가 바다 멀리 소풍을 나갔다가 그만 되돌아갈 힘이 부쳐도 갈매기처럼 바다에 내려앉아 쉴 수가 없다. 만일 그랬다가는 그대로 익사다. 그래서 결사적으로 날갯짓을 해서 함선을 쉼터 삼아 찾아들 온다. 때문에 이미 힘이 다 빠져 기진맥진해 있는 상태이므로 누구에게나 쉽게 잡힌다. 이번 소쩍새도 마찬가지였다.

"이거 누가 잡은 겁니까?"

신윤범 내연사의 손에서 소쩍새를 확인한 이강현 기관장이 전영준 기관사를 보고 물었다.

"내연사가 잡았습니다."

전영준 기관사가 대답했다.

“그래요? 그럼 이 소쩍새는 우리 기관부 거네!”

이강현 기관장이 고개를 끄덕이며 당연하다는 듯이 말한다.

“예? 아-, 저-!”

장욱환 갑판장이 뭐라 말을 할 듯한 기색을 보인다.

“왜요? 아니에요?”

이강현 기관장이 장욱환 갑판장에게 묻고는 물끄러미 쳐다본다.

“아니요! 예! 맞습니다! 예!”

이내 단념해버리는 장욱환 갑판장. 자기가 발견만 했지 잡지는 못했으므로 달리 할 말이 없다. 그는 라진수 병기장과 함께 멀뚱이 이강현 기관장만 쳐다보았다.

“내연사는 그거 내 방으로 가져와요!”

“예!”

이강현 기관장은 신윤범 내연사의 손에 있는 소쩍새를 다시 한번 들여다보고는 함교 위의 선실을 향해 걸어갔다.

“어떡하죠? 기관사님?”

신윤범 내연사가 난처한 표정으로 전영준 기관사에게 묻는다.

“할 수 없지 뭐! 갖다드려야지. 우리 기관부 최고 어른이신데 갖다드려야지.”

전영준 기관사가 다소 기운 없는 음성으로 말한다.

“허이구! 쌤통이다!”

이들을 보고 고소해 죽겠다는 듯이 말하는 장욱환 갑판장.

“그거 봐! 내가 달라고 했을 때 얼른 줬으면 그런 일 없지!”

장욱환 갑판장은 계속 그들을 놀린다.

"아씨! 하필이면 이때 기관장님이 나타나시냐?"

신윤범 내연사가 푸념을 한다.

"하하! 이 시간쯤이면 기관장님이 순찰하러 항상 함미 갑판으로 나오시는 거 몰랐냐?"

이번에는 라진수 병기장이 신윤범 내연사에게 놀린다.

"저! 기관사님! 이거 우리 날려 보내고 기관장님에게는 놓쳤다고 하면 안 될까요?"

신윤범 내연사는 상당히 주저하며 전영준 기관사에게 하소연하듯이 말한다.

"안 돼! 날려 보내봤자 또 여기로 날아온다. 망망대해에 이놈이 갈 곳이 어디 있겠냐? 괜히 기관장님께 엉뚱한 소리했다가 나중에 더 난처해진다. 갖다드려라!"

전영준 기관사는 머리를 저으면서 신윤범 내연사의 말을 일축했다.

"예! 알겠습니다!"

신윤범 내연사는 더 이상 다른 말하지 않고 곧바로 갑판 위의 선실을 향해 빠른 걸음으로 걸어갔다.

신윤범 내연사가 소쩍새를 이강현 기관장에게 갖다 주고 함미 갑판 아래에 있는 기관부 숙소로 들어가자 기관병 남궁 혁 상병이 반색을 하며 다가왔다.

"내연사님! 소쩍새 잡았습니까?"

"아니!"

신윤범 내연사는 시무룩한 표정으로 고개를 가로 젓는다.

"예? 아까 기관사님이 소쩍새 잡으러 가자고 부르셔서 나가지 않았습니까?”

“웅! 그랬지.”

“못 잡았습니까?”

“아냐! 잡았어! 그런데 기관장님께 드렸어!”

“예에? 아니 왜?”

“이씨! 왜긴 왜야! 달라고 하니까 드렸지!”

“예? 아이고 불쌍해라! 소쩍새!”

“야! 나 맘 아프게 자꾸 말 꺼내지 마라!”

신윤범 내연사는 여전히 시무룩한 얼굴로 근처의 걸상으로 걸어가 앉았다. 남궁 혁 상병은 걸상에 풀이 죽은 채 앉아 있는 신윤범 내연사를 잠시 쳐다보다가 얼른 기관부 숙소 밖으로 몸을 돌렸다.

“사관당번에게 소쩍새 요리해드렸냐고 물어봐야지!”

남궁 혁 상병은 무척 궁금하다는 듯이 중얼거리며 기관부 숙소 밖을 나섰다. 그러자 사관실 주방으로 달려가는 남궁 혁 상병의 뒤에서 신윤범 내연사가 내질러대는 소리가 들려왔다.

“야! 남궁 혁 너 자꾸 내 맘 아프게 할래!”

기관부 숙소 밖으로 사라진 남궁 혁 상병에게 소리를 지른 신윤범 내연사는 조그마하고 예쁜 새장을 손에 든 채 이리저리 돌리면서 들여다보았다. 물론 그 새장은 비어 있었다. 하지만 원래 계획대로라면 지금 이 새장에 소쩍새가 들어가 있어야 한다. 소쩍새는 천연기념물 제324-6호라서 개인이 사사로이 기를 수가 없으므로 새장에 넣고 키울 수가 없다. 그러나 지금 이런 상황에서는 바다에 도로 날려 보내도 소쩍새는 갈 곳이 없어서 다시 배로 돌아온다. 이를 억지로 계속해서 쫓아 보내면 결국 날다가 탈진하여 바다에 떨어져 죽고 만다. 그래서 신윤범 내연사가 입항하면 풀어주기 위해 작고 예쁜 새장을 하나 산 것이다. 만일에 소쩍새가 날아오면 이 새장 안에 넣어 잘 보호해주고 있다가 인천해역방어사령부 항구에 입항하며 날려 보내 줄 생각이었다. 이러한 그의 생각에 전영준 기관사도 적극 찬동하여 새장을 구입하는데 돈까지 보태어주었다. 그리고 혹시나 했던 소쩍새가 마침내 날아든 것이다. 그렇지만 그 소쩍새는 지금 이 새장 안에 있지 않고 이강현 기관장의 수중 안에 들어가 있다. 아마 지금쯤은 이강현 기관장의 수중이 아니라 위장 속에 들어가 있을지도 모른다.

"이정은 병장님! 이정은 병장님!"

사관실 주방에 살금살금 다가온 남궁 혁 상병이 조그마한 목소리로 이정은 사관당번을 부른다.

"응? 아니 넌 왜?"

이정은 사관당번이 깜짝 놀란다. 사관실 주방이 위치한 사관구역은 부사관도 허락 없이는 들어올 수 없는 곳이기 때문이다.

"여기 어떻게 왔어? 누가 불렀어?"

이정은 사관당번이 주위를 살펴보며 낮은 음성으로 물었다.

"아뇨! 그냥 들어왔어요!"

"임마! 그러다 혼나!"

"예! 그런데 이정은 병장님!"

"왜?"

"소쩍새 요리하셨어요?"

"뭐?"

"소쩍새요!"

"웬 소쩍새? 난 몰라?"

"아까 내연사님이 기관장님께 소쩍새 드렸대요."

"그래? 그런데?"

"기관장님께서 그 소쩍새 요리해가지고 오라고 하지 않으셨어요?"

"뭐?"

순간 이정은 사관당번은 눈이 동그래지며 무슨 소리인지 모르겠다는 표정이 된다. 그러다 이내 곧 큰소리로 웃음을 터뜨린다.

"푸하하하하!"

"어? 왜요? 아직 요리 안 하셨어요?"

이번에는 남궁 혁 상병이 눈이 동그래진다.

"얌마! 너 기관장님이 정력 보강용으로 소쩍새 구워 드신다는 괴담을 말하는 모양이구나!"

"어? 예! 맞아요! 기관장님이 소쩍새를 정력제로 즐겨 드신다고 그러던데 아니에요?"

"인석아! 넌 그 말을 믿냐? 그거 다 쓸데없는 괴담이다! 그런 일 없다! 걱정 말고 가!"

"정말이죠?"

"인석이! 너 맞고 갈래 그냥 갈래?"

"저 이정은 병장님 말만 믿고 갑니다!"

"야 내 말을 믿어! 괜히 괴담이나 믿어서 이상한 말이나 물으러 다니지 말고!"

"예!"

남궁 혁 상병은 환한 얼굴로 대답하고는 재빨리 사관구역을 빠져나갔다. 잠시 후 남궁 혁 상병은 신윤범 내연사에게 새로운 정보를 전하고 있었다. 그 정보는 신윤범 내연사의 걱정을 충분히 없애줄 수 있는 것이었다. 남궁 혁 상병이 전한 정보는 기관장님이 결코 소쩍새를 정력제로 여기지 않는다는 것이었다.

지난번 출동 때 이강현 기관장이 소쩍새를 두 마리나 잡았지만 그 두 마리 다 죽고 말았다. 그는 자기 방에다 소쩍새를 두고 애지중지 아끼며 보살폈지만 첫 번째 소쩍새는 먹이는커녕 물도 한 모금 안 마시고 자유를 달라며 단식투쟁을 벌이다 사흘째 되던 날 밤에 소리도 없이 죽었다. 두 번째 소쩍새는 처음에는 안 먹었지만 저녁때가 되자 뭐든지 잘 받아먹었다. 그런데 다음날 아침부터 피똥을 싸대기 시작하더니 결국 그날 밤에 죽고 말았다. 이강현 기관장은 해군의 전통에 따라 그 소쩍새들을 모두 수장시켜줬다.

긴 속눈썹이 진 동그랗고 작은 눈으로 자기를 올려다보던 첫 번째 소쩍새를 바다에 수장하고 돌아선 이강현 기관장은 마음이 울적해졌다. 그러다 보니 잠시 잊고 지냈던 아내와 외동딸이 갑자기 사무치게 보고 싶어졌다. 마음이 심란해지자 그는 마음이나 다스리고자 함미 갑판에서 이리저리 어슬렁거리며 돌아다녔다. 창백한 달빛을 받고 있는 함미 갑판은 그의 마음을 더욱 스산하게 만들었다. 이강현 기관장은 자신도 모르게 하늘을 바라보며 한숨을 폭 내쉬었다.

그런데 이러한 모습을 보수장 원명재 상사가 본 것이다. 그는 선실 외벽의 소화 파이프 점검을 다 마치고 당일 기관부 일지를 이강현 기관장에게 결재 받으려고 기관장실에 갔었다. 하지만 이강현 기관장이 기관장실에 없자 그를 찾으러 사방을 다니고 있었던 중이다. 선실 내의 사관실 구역에는 이강현 기관장이 없다는 것을 확인한 원명재 보수장은 혹시 이강현 기관장이 함미 갑판 아래에 있는 기관부 숙소에 가 있나 싶어서 함미 갑판 위의 해치를 통해 기관부 숙소로 내려가기 위해 함미 갑판으로 나오던 중이었다.

"엇! 필승! 아니 기관장님! 이 밤중에 왜 여기에 나와 계십니까?"

원명재 보수장이 경례를 마치고 이강현 기관장에게 다가갔다.

"으응? 응? 아니 그저 소쩍새가……."

이강현 기관장은 원명재 보수장이 갑자기 나타나서 물어대는 바람에 그에게 대답해줄 적당한 말이 얼른 떠오르지 않는다.

"소쩍새요? 그럼 저-, 혹시 기관장님이 갖고 계신 소쩍새가 도망이라도 갔습니까?"

"응? 아- 아냐!"

"그럼 죽었습니까? 그래서 마음이 아파서 이렇게?"

원명재 보수장이 그렇다면 자신도 마음이 아프다는 듯이 얼굴을 찡그리며 이강현 기관장을 쳐다보았다.

"아냐! 그건 아니고!"

이강현 기관장은 얼른 부인했다. 자칫하면 자신이 한낱 새의 죽음에도 눈물을 흘려대는 나약한 군인이 될 판이다.

"흠! 흠!"

이강현 기관장은 일부러 헛기침을 했다. 그리고는 두 팔을 휘휘 내저으며 아주 기분 좋다는 듯이 말했다.

"그 소쩍새 말이야! 그거 구워 먹으니까 아주 정력이 끝내주는군!"

“예?”

“그게 정력에 그렇게 좋은 줄은 미처 몰랐네!”

“예에?”

“정력은 끓어오르고 여기는 바다 한가운데고…… 그러니 어쩌겠나? 이렇게 밖으로 나와서 열이라도 식히고 있어야지!”

이강현 기관장은 두 팔을 과장되게 휘휘 내저으며 원명재 보수장을 쳐다보았다.

“……!”

원명재 보수장은 경악을 한 채 말이 없었다.

이후 이강현 기관장의 말은 기관부를 위시하여 재빠르게 대원들 사이에 퍼져갔다. 그 후 5일 뒤 이강현 기관장이 또 소쩍새를 잡았다는 소문이 대원들 사이에 나돌았다. 그리고 그 다음날 밤 전탐병 한동명 상병이 기관장의 달밤 체조를 목격했다는 말이 대원들에게 즉시 알려졌다. 전탐병 한동명 상병이 함미 갑판 아래의 기관부 침실에서 자기와 같은 동기인 남궁 혁 상병과 놀다가 당직 근무를 서기 위해 함미 갑판에 나 있는 해치를 통해 함미 갑판으로 올라와 갑판 위의 선실로 향하던 중에 보았다는 것이다. 이 말은 대원들 사이에 이강현 기관장이 두 번째 소쩍새도 구워 먹은 뒤 뻗치는 정력을 주체할 길이 없어 또다시 야밤에 나와 체조하고 있는 것으로 해석이 되어 널리 퍼졌다. 그런데 오늘 또 이강현 기관장이 소쩍새를 가져간 것이다.

기관부 침실에 있다가 부사관 침실로 돌아온 신윤범 내연사는 남궁 혁 상병의 말을 듣고 일단은 안심을 했지만 이정은 사관당번의 말이 만에 하나라도 거짓이면 어떡하나 하는 생각에 내심 걱정도 되었다. 그런데 신윤범 내연사의 걱정에는 아랑곳없이 이강현 기관장의 침실에서는 즐거움에 겨운 그의 음성이 흘러나오고 있었다.

"예쁜아! 예쁜아! 아이구 귀여운 것!"

기관장실의 책상 위에 작고 아담한 새장이 보인다. 그리고 그 옆에는 야생조류 관리라는 제목의 책자가 활짝 펼쳐진 채 놓여있다. 뿐만 아니라 말린 메뚜기와 조류 먹이용 벌레통도 놓여 있다. 이강현 기관장이 연달아 두 마리나 소쩍새를 죽게 한 뒤 이번 출동에는 마음먹고 아주 단단히 준비를 한 것이다. 이강현 기관장이 흐뭇한 미소를 지으며 들여다보고 있는 조그마한 새장 속에는 소쩍새가 동그란 눈을 깜박거리며 역시 이강현 기관장을 쳐다보고 있었다.

한편, 점심시간이 지난 뒤 갑판부 침실에서는 라진수 병기장이 손가락에 무엇인가를 끼운 채 선풍기마냥 빙빙 돌리고 있었다. 그것은 자그마한 새장이었다. 소쩍새를 위한 새장인 것이다. 갑판부와 포갑부 대원들도 기관부에 뒤질세라 소쩍새를 위한 새장을 준비한 것이다. 그러나 사정은 기관부와 마찬가지로 그 새장은 텅 비어 있다.

같은 시각 기관부 침실에서는 남궁 혁 상병이 빈 새장을 손으로 집어든 채 이를 팽이처럼 빙글빙글 돌리며 놀고 있었다.

박준영이 서해 공해상으로 나온 지 벌써 19일째에 접어들고 있었다. 해군본부 정보부에서는 여전히 아무런 소식도 없었다. 박준영도 처음에는 정보부에서의 연락을 손꼽아 기다렸지만 이제는 자신이 순수하게 초계함 대원으로서 경비 근무를 하고 있는 것 같은 생각이 들 정도가 되었다. 박준영은 출항하기 열흘 전에 이발을 했으니까 오늘로써 딱 29일째 그는 이발을 하지 않고 있는 상태이다. 그런데 이영진은 지난번에 인천에 입항하면서 이발을 하고는 지금까지 하지 않았으니까 34일째 이발을 하지 않고 있는 셈이 되었다. 장발족으로 서서히 변신해가고 있는 박준영과 이영진이 권대영 부장의 눈에 띄지 않을 리 없다.

점심 식사 후 사관식당에서 나오다가 마침내 권대영 부장에게 걸렸다. 권대영 부장이 먼저 식사를 마치고 사관식당에서 나온 후 사관실 복도에 서서 그들이 나오기를 기다린 것이다. 그런데 걸리기는 이영진만 걸렸다.

"통신관!"

"예!"

"머리가 그게 뭐야?"

"예?"

"군인이야? 로커야?"

"아! 예! 깎겠습니다."

"그래? 난 하마터면 착각할 뻔 했네. 우리 사관식당에서 록 밴드 공연이 있는 줄 알았네!"

"죄송합니다!"

머쓱한 표정으로 이영진은 사관실 복도에서 뒷머리를 긁적였다. 그러면서 한편으로는 박준영도 머리카락이 긴데 왜 하필이면 나만 가지고 그러지 하는 표정을 하고는 자기의 뒤에서 따라 나오다가 멈춰 서 있는 박준영을 돌아다보았다. 그런데 이러한 이영진의 생각을 눈치 챘는지 권대영 부장이 박준영의 머리카락에 대해서도 한마디 했다. 그런데 이영진에게 한 말과는 내용이 영 달랐다.

"작전관 함 봐라! 갑판사관은 머리카락을 길렀어도 저렇게 포마드를 발라서 단정하게 넘겼잖아! 그런데 작전관은 뭐야? 머리카락을 기르려면 포마드를 바르며 가꾸든지 아니면 머리카락에 신경이 쓰이지 않도록 팍 치든지 할 거지 그게 무슨 꼴인가?”

영 못마땅하다는 듯한 표정을 지으며 이영진을 바라보는 권대영 부장. 박준영이나 자기나 똑같이 장발족인데 포마드 하나의 차이로 자신만 구박 받는 이영진은 속으로 억울했지만 박준영과 달리 미처 포마드로 머리카락을 다듬지 못한 것은 순전히 자기 책임이니 이를 지적하는 권대영 부장을 원망할 수도 없는 노릇이다.

“예! 바로 깎겠습니다!”

이영진은 얼른 대답하고는 황급히 그 자리를 빠져나왔다. 이영진은 포마드가 있어도 굳이 바를 생각은 없었다. 왠지 끈적거릴 것 같다는 느낌이 들어서이다. 그는 끈적거리는 것은 질색하는 성미이다. 그래서 만일 발랐다가 혹여 끈적거릴까봐 그는 그냥 단정하게 깎을 생각이었다. 그런데 한편으로는 박준영의 예지력에 감탄이 갔다. 박준영은 분명히 어제까지만 해도 그냥 아무 것도 바르지 않은 맨 머리카락이었는데 언제 저렇게 포마드를 발라 넘겼는지 그의 지적을 피해가는 예지력에 찬탄할 뿐이다.

“준영아! 너 오늘 부장님이 우리 머리카락에 대해 지적할 것이라는 것을 어떻게 알았니?”

사관실 복도를 걸으면서 이영진이 놀랍다는 듯이 박준영에게 묻는다.

“응? 내가 알긴 어떻게 알아?”

이영진의 뒤를 따라 나오는 박준영이 무슨 소리를 하는지 모르겠다는 표정을 지으며 대답한다.

"야! 너 어제까지만 해도 포마드 안 발랐잖아!"

"응!"

"그런데 오늘은 왜 갑자기 포마드는 바르고 그래?"

"뭐? 내가 언제?"

"얌마! 너 지금 포마드 발랐잖아!"

"뭐? 내가? 나 안 발랐는데? 부장님도 아까 그 소리하더니 너도 하네!"

"그럼 너 머리는 뭐야?"

"이거? 나 3일째 머리 안 감았더니 머릿기름이 흐른 거다. 왜?"

"헉!"

"왜?"

"정말이야?"

"응!"

"으으으! 드러워!"

"왜? 너에게도 좀 발라주랴?"

박준영은 양손으로 자기 머리카락을 잠시 뒤적거리다가 이내 그 두 손을 이영진의 머리에 들이댄다.

"으아아아!"

비명 소리와 함께 이발소로 줄행랑을 놓는 이영진. 그 뒤를 박준영이 두 손을 앞세운 채 뒤쫓아 간다.

"야! 기다려! 천연 포마드다! 그냥 발라 줄게! 으하하하!"

박준영을 피해 이발소로 들어온 이영진은 재빨리 이발 의자에 앉았다. 이발 의자에 앉은 이상 더 이상 장난은 치지 않을 것이기 때문이다.

"이발병! 귀밑머리하고 목 뒷덜미만 좀 치고 앞머리는 조금만 짤라라!"

이영진은 이발병 황영봉 이병에게 말했다.

해군은 해난 구조 때를 위하여 앞 머리카락을 기른다. 물에 빠졌을 때 구조자가 잡게 하기 위해서이다. 머리카락을 잡지 않고 몸이나 팔을 잡았을 때는 자칫하면 물에 빠진 자가 구조자까지 물속으로 끌고 들어갈 위험이 있다. 때문에 구조자의 안전을 위하여서는 물에 빠진 자의 머리카락을 잡아 올린다. 구명환이나 밧줄이 없는 경우 물에 빠진 자의 발을 물속에서 받혀 올리든가 그의 등 뒤에서 끌어안는 등의 방법이 있지만 이는 여러 명을 동시에 구조해내기에는 비효율적이다. 더구나 구명정 위에서 구조할 때는 더욱 그러하다. 따라서 여러 명의 익수자를 신속하고도 안전하게 구조해내기 위해서는 익수자의 머리카락을 잡아 올리는 것이 가장 효율적이며 좋은 구조 방법이 된다. 이에 모든 해군은 머리카락을 기른다. 그런데 이영진은 머리카락이 길어도 너무 길었다. 하지만 그는 황영봉 이발병에게 머리카락을 조금만 깎도록 요구하고 있었다. 머리카락에 대한 욕심이 많은 것이다.

“예! 알겠습니다!”

황영봉 이병은 큰소리로 대답하고는 전동 이발기를 켰다. 이때 뒤따라 이발소로 들어온 박준영이 손가락으로 황영봉 이병의 옆구리를 쿡 찔렀다.

“이봐 황 이병!”

“예! 이병 황영봉!”

황영봉 이병은 이영진의 머리카락을 깎으려다말고 얼른 부동 자체를 취하며 큰소리로 관등성명을 댔다.

“사정 볼 것 없이 득득 밀어! 알았지!”

“옛! 알겠습니다! 필승!”

그리고 황영봉 이병은 정말로 밀었다. 이영진의 뒤통수에다 고속도로를 개통시켜버린 것이다.

"으아아아악!"

이영진의 처절한 비명소리.

"야잇! 너! 너! 이발병! 이게 뭐야!"

이영진은 거의 기절하기 직전이다.

"허억!"

놀라기는 박준영도 마찬가지다. 설마 진짜로 황영봉 이병이 자신의 말을 곧이듣고 이영진의 머리카락을 밀어버릴 줄은 꿈에도 몰랐다. 경악하는 이영진과 놀라는 박준영의 사이에 명령대로 충실히 이행한 죄 밖에는 없는 황영봉 이병이 울상이 된 채 어쩔 줄 모르며 쩔쩔매고 있다.

"저- 전 중위님께서 소위님 머리를 밀라고 명령하셔서……!"

황영봉 이병은 얼굴이 벌겋게 되어서 울기 직전이다.

"응? 뭐! 아, 그렇지!"

박준영은 아차 싶었다. 자신이 이영진과는 동기이지만 자기는 일계급 특진을 해서 계급이 소위인 이영진보다 한 단계 더 높은 계급인 중위이다. 그래서 아직 순진하기만 한 이병인 황영봉이 중위가 소위를 단속해서 데려와 머리를 밀게 하는 것으로 오인을 하였던 것이다. 그러니 박준영이 시키는 대로 그대로 이영진의 뒤통수를 밀어버렸던 것이다. 덕분에 이영진의 뒤통수는 시원하게 고속도로 하나가 뻥 뚫렸다.

"으허허허헝! 박준영! 이 나쁜 놈아!"

그러나 이미 고속도로가 개통되어 버린 뒤통수. 어찌할 방법이 없다.

"아냐! 아냐! 잘 했어! 이발병! 계속 밀어! 이 기회에 아주 시원하게!"

현재로선 박준영은 이 말 밖에 할 게 없다. 이미 밀어버린 머리카락을 이발병에게 원상 복귀시키라고 명령할 수는 없는 일이기 때문이다.

"영진아! 아-! 미안해! 그만 화 풀어라! 그래도 내가 해병대의 돌격형으로 깎으라고 하지 않은 것만 해도 천만다행이다야!"

"뭐얏!"

발끈하는 이영진. 그러나 이발 의자에서 꼼짝을 못한다. 자칫 움직였다가는 이발이 서투른 황영봉 이병이 또 어떤 식으로 고속도로를 개통해버릴지 모르기 때문이다. 만일 그렇게라도 된다면 이번에는 진짜로 해병대 돌격형 머리로 잘라야 될지도 모른다.

이발 의자에 앉은 지 40분 후. 머리만 돌려도 머리카락이 넘어가던 이영진은 3부 머리의 스포츠형으로 아주 시원하게 머리가 밀어졌다.

"잉잉! 이게 뭐야? 임마! 나쁜 놈! 나쁜 놈!"

이발을 마친 이영진은 자기 침실에서 입이 십리는 더 나온 상태로 뿌루퉁하게 화가 나 있다.

"야! 그래도 멋있는데 왜 그래! 에이 참! 그만 화 풀어라!"

박준영이 계속 이영진을 달랜다.

"이씨!"

"아! 정말! 임마! 그럼 내 머리카락이라도 주랴?"

"그래! 임마! 받을 수만 있다면 받겠다! 씨이!"

"하하하! 어린애같이 뭐야 인석아!"

박준영은 너털웃음을 웃으며 이영진을 끌어안는다. 이영진은 박준영이 적극적으로 펼치는 사과에 조금 마음이 풀렸다. 그러나 그날 저녁 식사 후에 이영진의 감정은 원위치 했다.

“통신관!”

저녁 식사를 마치고 사관식당을 나와 사관실 복도를 걸어가는 이영진의 뒤에서 권대영 부장이 불렀다.

“예! 부장님!”

이영진이 사관실 복도를 걷다가 얼른 뒤돌아섰다.

“통신관! 머리가 그게 뭐야?”

“예?”

“아니 내가 머리카락 좀 자르라고 했더니 그게 그렇게 기분이 나빴나?”

“예?”

“그래서 그렇게 득득 밀어버린 거야?”

“예에? 저- 그게 아니고……!”

“아니 나에게 반항이야? 저항이야?”

“예?”

“에잉-!”

권대영 부장은 고개를 절레절레 흔들고는 자기 침실로 들어가 버린다.

‘우와! 억울해! 억울해!’

이영진은 억울해서 팔짝 뛰고라도 싶었다. 그는 자기 앞에 서 있던 박준영을 붙잡고 또다시 푸념을 해대기 시작했다.

“야잇! 박준영! 이게 다 너 때문이야! 이씨! 물어내! 물어내!”

박준영은 권대영 부장의 지나가는 말 몇 마디에 다시 꽁한 마음으로 되돌아간 이영진의 마음을 달래느라고 30분 넘게 진땀을 빼야 했다.

이영진을 달래준 후 자기 침실의 책상에 앉아서 촘스키의 변형문법 책을 읽고 있던 박준영은 20분 뒤에 있을 저녁 8시 함교 당직 차례가

다가오자 전공 서적을 덮고는 잠시 묵상에 잠겼다. 참수리 고속정 대원들과 김영호 정장 그리고 작전관 조중원과 동기 배영남과의 일들이 주마등처럼 스쳐지나갔다.

"으음!"

박준영은 자신도 모르게 괴로운 듯한 신음 소리를 냈다. 그는 두 손으로 얼굴을 감싸 안았다. 그의 손이 부들부들 떨려왔다. 그때 그의 어깨를 가만히 끌어안는 손길이 있었다. 이영진이었다. 박준영의 옆에 서 있는 이영진은 한 손에 무엇인가 들고 있었다. 그것은 사진이었다. 이영진이 사진을 박준영에게 보여주려고 그의 침실로 건너왔는데 박준영이 지난 생각에 괴로워하느라고 그만 이영진의 기척을 몰랐던 것이다.

"준영아! 괜찮니?"

이영진이 걱정스런 음성으로 조심스레 묻는다.

"우-!"

박준영은 그를 힐끗 보았다가 다시 머리를 감싼 채 신음 소리를 낸다.

"준영아! 내가 있잖니! 힘을 내!"

이영진이 박준영을 가만히 끌어안는다.

"영진아! 영진아! 너는 내 곁을 떠나지 않을 거지?"

박준영이 이영진의 품에 안긴 채 물어왔다.

"나? 내가 왜 떠나? 나 안 떠나! 내가 널 지켜줄 거야! 나 절대 안 떠나!"

"그래! 떠나지 마라! 너는…… 떠나지 마!"

박준영은 이영진을 꽉 끌어안았다. 그의 얼굴에서는 눈물이 흘러내리고 있었다.

이영진은 얼마간 말없이 박준영을 끌어안고 있었다. 그러다 분위기를 전환하려는 듯 밝은 음성으로 말을 꺼냈다.

"준영아! 너 이 사진 못 봤지?"

이영진이 박준영의 몸을 일으켜 도로 걸상에 반듯하게 앉게 하고는 자기가 들고 왔던 사진을 그에게 내보였다.

"이게 뭔데?"

박준영은 손으로 눈물을 대충 닦고는 눈을 껌벅거리며 이영진의 사진을 들여다보았다. 사진 속에는 아직 만 한 살이 채 못 된 갓난아기가 천진스럽게 웃고 있었다.

"아-! 그 아기!"

박준영은 비로소 생각난다는 듯이 활짝 웃으면서 이영진을 바라보았다.

"맞아! 내가 사관후보생 때 태어난 아기야! 내 아들!"

이영진은 벙글벙글 웃으며 자랑스럽게 이야기 했다.

"우아! 우아! 예쁘다! 와아!"

박준영은 연신 감탄을 하며 사진을 들여다보았다. 양 볼에 젖살이 통통하게 오른 아기가 정말 귀여웠다.

"야! 영진이 너 정말 부자구나! 이런 보물을 가지고 있다니! 하하하!"

큰소리로 웃어대는 박준영은 사진에서 눈을 떼지 못한다.

"내가 지금 얘 때문에 산다! 하하하!"

이영진도 덩달아 크게 웃는다.

"그래! 그렇겠다."

박준영은 여전히 얼굴에 웃음기를 담은 채 고개를 연신 끄덕였다. 그러다 문득 사진에서 고개를 돌려 이영진을 바라본다.

"그런데 네가 사는 이유에 제수씨는 없고?"

"뭐? 내 와이프?"

"응!"

"에이! 지금은 쉰내 나는 여편네가 되었는데 뭘!"

이영진은 손을 휘휘 내젓는다.

"얼래?"

정색을 하는 박준영.

"너! 제수씨에게 이른다!"

"뭐? 얌마! 빈말이라도 그런 말마라! 누구 초상 치르는 꼴 보고 싶나!"

"하하하! 오케이 꼭 제수씨에게 일러야겠다!"

박준영이 큰소리로 웃어댄다.

"이씨! 얌마는 하지 말라면 꼭 하려고 들더라!"

입이 삐죽 나와 버리는 이영진.

"하하! 알았어! 임마! 말 안 할게!"

박준영이 안심하라는 듯이 이영진의 어깨를 탁탁 두드려준다.

"그런데 영진아! 너 제수씨는 보고 싶지 않나?"

"와이프?"

"응!"

"보고 싶어!"

아내가 보고 싶다고 말하는 이영진은 금세 시무룩해졌다. 그는 정말로 아내가 보고 싶은 것이다.

"그래! 아기가 보고 싶은데 아내에 대해서는 오죽하겠니!"

박준영은 이영진의 어깨를 토닥토닥 두르려줬다.

"준영아! 나 말이야!"

잠시 가만히 있던 이영진이 돌연 눈에 생기를 띠며 말해왔다.

"응! 왜?"

박준영이 깜짝 놀라며 묻는다.

"나 말이야 사실은 어제가 결혼기념일이다!"

"뭐? 정말이야?"

"응! 어제 나 결혼 2주년 되는 날이었어."

"짝! 짝! 짝!"

"그래? 이야아! 너 축하한다야! 오-! 그래?"

박준영은 박수를 쳐대면서 진심으로 축하했다.

"고마워!"

이영진은 쑥스러운 듯이 박준영의 축하를 받는다. 박준영은 그를 한껏 축하해주고는 무엇인가 이해가 안 간다는 듯이 고개를 갸웃거리며 물어왔다.

"그런데 너 어제가 결혼기념일이라면서 왜 어제 말 안 했냐?"

"응, 결혼기념일은 어제인데 쇠기는 내일 쇠기로 했거든."

"응? 왜?"

"내일이면 우리가 출동 나간 지 20일째 되는 날 아니냐?"

"뭐? 벌써 그렇게 되니?"

박준영은 이영진의 말에 깜짝 놀란다.

"아! 그렇구나! 어이구 벌써 날짜가 그렇게 되었구나!"

"응! 몰랐니?"

"응! 몰랐어!"

박준영은 출동한지 그새 20일이 다 되어간다는 사실에 새삼 놀랐다.

"하하! 시간 참 안 가는 것 같으면서도 빨리 가지?"

"그러게 하하!"

박준영은 그새 휙 지나가버린 시간에 어이없어하며 웃었다. 그리고는 이영진이 왜 내일로 결혼기념일 쇠는 것을 옮겼는지 알겠다는 듯이 고개를 끄덕였다.

"그래서 네가 내일 결혼기념일을 쉴 생각이어서 나에게 말 안했던 거구나?"

"응, 원래대로 하면 내일 우리가 출동 임무를 마치고 입항하는 날이니까 내일 쇠기로 출동 전에 아내랑 미리 연기해놨었어."

"그래? 그런데 너 어떡하냐? 내일도 우리는 여기서 계속 출동 뛸 건데? 날짜를 연기 했어도 아내랑 결혼기념일을 쇠지 못하겠네?"

박준영은 안타깝다는 듯이 묻는다. 그런데 이영진은 생각 외로 대수롭지 않은 듯이 말한다.

"으응? 뭐 할 수 없지."

"어? 그래도 마음 아프지 않아?"

이영진의 대수롭지 않은 듯한 반응에 의아해지는 박준영.

"응? 아니! 실은 이유가 있어."

이영진이 은근히 영문 모를 미소를 짓는다.

"이유?"

"응, 너에게 희소식이 있다. 이 희소식을 들으면 이유를 알 거야!"

"희소식? 무슨 말이야?"

박준영은 무슨 소린가 싶어 멍하니 이영진을 바라본다.

"아니다! 우리 모두에게 기쁜 소식이다!"

갑자기 활짝 웃는 이영진.

"무슨 소리야?"

박준영은 더욱 궁금해진다.

"야! 드디어 해군본부 정보부에서 우리에게 연락이 왔어!"

"뭐?"

박준영은 자기도 모르게 고함을 질렀다.

"내가 통신실에 결재하러 들어갔다가 그 전문을 막 받아보고 왔어!"

"그래? 정말이야?"

"응!"

"그럼, 우리 언제 그자랑 접선한대?"

"내일 오후 4시 40분경이야!"

"이야! 그럼 우리 내일 인천으로 들어가는 거네!"

박준영은 좋아서 제자리에 앉은 채 팔짝팔짝 뛴다.

"응! 내일 오후 늦게 여기서 출발하니까 인천에는 모레 새벽녘에 도착하게 될 거야."

이영진도 덩달아 팔짝팔짝 뛰며 좋아한다.

"그런데 우리가 내일 여기서 오후 늦게 떠나니까 내일 안으로 입항하기 어려운데 어떡하냐?"

좋아하면서 팔짝거리다가 멈추고는 안타깝다는 듯이 말하는 박준영.

"글쎄 말이야. 평소대로라면 아침 일찍 다른 초계함과 임무 교대가 이루어져 오후에는 인천으로 입항할 수 있었는데 말이야. 내일은 그게 안 되네."

이영진은 좀 아쉽다는 표정을 짓는다.

"그러게! 그럼 우리가 내일 이곳을 뜬다 해도 결혼기념일은 지나버리니 어떡하냐?"

박준영은 여전히 안타깝다는 표정으로 이영진을 보았다.

"아니! 괜찮아! 혹시라도 변수가 생겨서 당일 우리 배가 인천으로 못 들어가면 그 다음날 우리 결혼기념일을 쇠기로 미리 약속을 해놨거든!"

"그래? 그럼 다행이다야."

"응, 우리가 당일 못 들어가니까 와이프는 수고스럽더라도 다음날 또 나와야지."

"뭐? 나와? 어디를?"

"우리 부대로."

"부대로? 왜?"

"부대에서 만나가지고 바로 부산으로 놀러가기로 했거든!"

"아! 좋겠다."

박준영은 고개를 끄덕이며 이영진을 부럽다는 듯이 쳐다본다. 그러다가 문득 무엇인가 걱정스럽다는 듯이 묻는다.

"야, 그런데 우리 내일 못 들어가는데 제수씨는 모르잖아! 그럼 내일 제수씨는 어떻게 되는 거냐?"

"어쩔 수 없지 뭐. 내일 우리 배가 없으니까 면회 신청도 안 될테고…… 내일은 아마 아내가 면회 시간 끝날 때까지 주차장에서 배 들어오기를 기다렸다가 갈 거야."

"저런! 어떡하냐? 이거 연락 해줄 수도 없고."

"응, 여기서는 핸드폰도 안 터져. TV 방송도 우리 것은 거의 잡히지 않고 중국 방송이 잘 잡히는 곳이니까 핸드폰도 역시 안 되지 뭐.”

이영진은 조금 답답한 표정이다.

“그럼, 내일 제수씨는 헛걸음하겠다.”

“할 수 없지. 와이프가 다음날 또 부대로 와봐야지 뭐.”

“다음날 또 올까?”

“응, 만일 당일 내가 입항하지 않았으면 3일 동안 계속 부대로 와 봐서 그래도 내가 여전히 입항하지 않으면 미안한 일이지만 그냥 집에서 기다렸다가 내가 돌아오면 그때 주말에 결혼기념일을 쇠기로 했다.”

“흠-, 부대에서는 우리 배가 언제 입항한다는 것이 군사비밀이니까 알려주지도 않을 테고……. 그냥 무조건 기다려보는 수밖에는 없네. 에그!”

“할 수 없는 일이지. 해군을 남편으로 둔 죄라고나 할까?”

“그럼 넌 모레 부대에서 만나면 잘해줘야겠다.”

“당연하지! 우선 뽀뽀부터 진하게 하고! 안아 올려서 한 바퀴 돌고! 그리고 또 뽀뽀해야지!”

“하하하! 그래 기대 된다! 기대 돼!”

박준영은 재미있다는 듯이 웃었다.

“준영아! 우리 인천에 입항하면 우리 와이프랑 간단하게 식사나 하자!”

“물론이지! 이야 벌써부터 흥분된다! 하하하!”

박준영은 신난다는 듯이 큰소리로 웃었다. 그리고는 활짝 웃는 얼굴로 이영진에게 말했다.

“그나저나 어쨌든 잘 되었다! 예정대로 결혼기념일을 치룰 수 있게 되어서!”

"응! 난 일찌감치 포기하고 있었는데 말야! 나도 놀랐다!"

"하하하! 다 네 복이다! 어떻게 일이 그렇게 잘 맞아 떨어지냐! 그래서 네가 희소식을 들어보면 안다고 그랬구나!"

박준영은 기쁜 표정으로 다시 활짝 웃었다.

"응, 그래서 함장님과 부장님께 보고 드리고 나서 너에게도 얼른 알려 주려다가 네가 최근 우리 애기 사진을 아직 못 본 것 같아서 애기 사진을 들고 왔어."

"그런 거였냐? 하하! 어쨌든 오늘 너무 즐겁고 행복하다야!"

"그지? 하하하!"

이영진은 이 세상에서 가장 행복한 웃음을 터뜨렸다.

"아참! 너 내일이 무슨 날인지 아냐?"

이영진이 웃다가 생각난 듯 박준영에게 물어온다.

"뭐? 내일? 내일이 또 무슨 날인데?"

"이그 임마! 내일이 바로 구정이다!"

"뭐? 정말? 허억!"

쏜살같은 세월에 경악하는 박준영.

"너 정말 정신없이 바삐 지냈구나!"

이영진이 안쓰럽다는 듯이 박준영을 쳐다본다.

"그래서 내일 함장님이 오전 중에 총원 윷놀이한다고 하시더라!"

"그래? 난 못 들었는데?"

"응, 그건 나도 지금 통신실에서 내려오다가 부장님에게 들었어!"

"그래? 그럼 내일 우린 오전에 윷놀이하고 오후에는 그자를 태우고 인천으로 들어가기만 하면 임무 끝이구나!"

"그렇지!"

"하하하!"

박준영은 다시 유쾌하게 웃었다.

"야! 그런데 말이야! 너 말이야!"

이영진이 갑자기 정색을 하면서 말한다.

"뭐가 말이야?"

박준영이 웃다가 멈추고는 또 무슨 일인가 하는 표정으로 그를 본다.

"너, 입항하면 이제 우리 배를 떠나겠지만 그래도 이 배에는 내가 있다는 거 잊지 마라!"

"응? 알았어. 임마! 내가 그걸 어떻게 잊냐?"

"항상 기억해줘!"

"그래, 늘 기억하마! 약속하지!"

"응, 고맙다!"

비로소 안심하는 표정을 지으며 싱긋 미소를 지어보이는 이영진. 하지만 한쪽 구석에는 왠지 쓸쓸하면서도 슬픈 듯한 표정이 그의 미소 속에 스며 있었다.

다음날 오전 10시. 이영진의 말대로 후미 갑판 위의 선실에 있는 사병 식당에서는 아침 식사 후 총원 윷놀이가 펼쳐지고 있었다. 사병 식당의 식탁을 전부 치우고는 그곳을 넓은 홀로 바꾸었다. 윷놀이는 모두 4개 팀에 각 팀마다 5명의 선수가 출전하는 것으로 하였다. 팀은 '갑판'과 '전탐' 그리고 '기관'과 '조타'로 구성되었다. '갑판' 팀은 갑판사관 박준영, 갑판장 장욱환, 병기장 라진수, 사통장 지일호, 이발병 황영봉 선수로 이루어졌고, '전탐' 팀은 통신관 이영진, 전탐장 천호영, 통신장 주장훈, 통신병 이혁진, 전탐병 한동명으로 이루어졌다. 그리고 '기관' 팀은 기관장 이강현, 기관사 전영준, 내연사 신윤범, 보수장 원명재, 기관병 남궁 혁으로 이루어졌고, '조타' 팀은 작전관 경희영, 조타장 백진한, 우현 견시 남영신, 좌현 견시 최문혁, 의무병 길종민으로 이루어졌다. 지금 이 시각에 함교 당직은 박준영이지만 윷 던지는데 자신이 없다는 권일재 포술장이 박준영과 함교 당직을 바꾸었다. 그리고 이 윷놀이에 있어서 심판은 김준희 함장이었다.

윷놀이의 포상은 일등 팀에 한해 선수들 전원 5일간의 휴가가 걸렸다. 그리고 선수 개인이 속한 부서와는 상관이 없이 일등을 한 팀의 부서는 꼴지를 한 팀의 부서원들이 와서 일주일 동안 대신 청소를 해주는 것을 누리고, 이등을 한 팀의 부서는 삼등을 한 팀의 부서원들이 와서 3일간 대신 청소를 해주는 것을 누리는 것으로 하였다. 때문에 대원들 간에는 윷이 던져질 때마다 긴장과 일희일비가 교차해대고 있었다.

지금 윷판에 있어서 '갑판' 팀은 말이 세 개 나 있고, '기관' 팀은 말 두 개가 나 있는 상황이다. 반면 '전탐' 팀과 '조타' 팀은 말이 하나도 나지 않은 상태이다. 대신 '전탐' 팀은 말 4동이 한데 업혀서 이동하는 중이다. 하지만 '조타' 팀은 말이 나가는 족족 잡혀 죽는 바람에 아직까지도 말은 한 동도 나가지 못하고 있는 상태다. 지금 차례는 '전탐' 팀의 전탐장 천호영 중사이다.

"전탐장! 큰 거! 큰 거!"

통신장 주장훈 중사는 애가 탄다. 지금 말 4동이 윷자리에 있기 때문이다.

"큰 거? 큰 게 뭔데?"

통신장 주장훈의 말에 조타장 백진한 중사가 놀린다.

"큰 거요? 윷 이상이요! 조타장님은 그것도 모릅니까!"

조타장 백진한이 놀리자 통신병 이혁진 병장이 그의 말을 재빨리 받아친다.

"모야!"

전탐장 천호영 중사가 큰소리를 내지르며 윷을 내던졌다. '개'였다.

"아으윽!"

'전탐' 팀을 맡은 이영진이 바닥을 친다.

"우메! 우메! 우짜꼬!"

통신장 주장훈이 안절부절 못한다.

"아이고 걸만 나와도 안심이 좀 될 텐데!"

통신병 이혁진이 아쉬워한다.

"으흐흐! 고작 거기냐? 기다려라! 내가 잡아주지!"

회심의 미소를 지으며 윷을 고르고 있는 이는 바로 조타장 백진한이다.

"모야!"

큰소리를 내며 윷을 던지는 조타장 백진한. 진짜로 '모'다.

"으와! 모다! 모다! 으하하하!"

조타장 백진한은 좋아서 어쩔 줄 모른다.

"역시 우리 조타장님이십니다!"

의무병 길종민 상병이 팔짝팔짝 뛰며 좋아한다. 그런데 지금까지 가만히 지켜보고 있던 사통장 지일호 중사가 이들의 기쁨에 찬물을 끼얹는다.

"모가 나오면 뭐해? 도가 아니면 잡지를 못하는데? 거 개나 나와라!"

"아! 사통장은 왜 재수 없는 말을 해!"

작전관 경희영이 발끈한다.

"이번엔 도 나와라!"

조타장 백진한이 다시 윷을 힘껏 던졌다. 말이 씨가 되었을까. '개'였다.

"아윽!"

맥이 빠진 채 털썩 주저앉는 조타장 백진한.

"하하하! 아이구 살았다!"

좋아서 춤을 추는 '전탐' 팀의 한동명 상병. 다음은 '갑판' 팀의 박준영 차례이다.

"저거 4동짜리 잡아야 하는데……! 모얏!"

박준영은 기합 소리와 함께 윷을 하늘 높이 던져 올렸다.

"이야! 윷이다!"

'갑판' 팀의 병기장 라진수가 좋아서 자리에 앉아 있다가 벌떡 일어난다.

"자! 자! 이제 개치면 잡는다! 개! 개! 개! 개얏!"

순간 조용했다. 그러다 '갑판' 팀이 일제히 환호를 한다.

"와! 모다! 모!"

일어나서 덩실거리며 춤을 추는 병기장 라진수가 박준영에게 소리를 지른다.

"자! 한 번 더! 갑판사관님! 이번엔 잡아요!"

"오케이! 개! 개! 개! 개얏!"

박준영이 윷에 주문을 걸듯이 윷가락을 모아 마구 비벼대다가 위로 높이 던져 올렸다. 정말 '개'였다.

"우하하하하! 잡았다!"

좋아서 데굴데굴 구르는 박준영.

"내가 미친다! 미쳐! 야! 너 내 동기 맞아!"

이영진이 기가 막혀 하며 박준영을 원망해댄다.

"통신관! 여기서 동기가 왜 나오나! 아하하! 잘했어! 갑판사관!"

작전관 경희영이 박준영을 변호하며 나선다. 하긴 좀 전까지만 해도 자기 팀이 꼴찌였다가 지금 박준영 때문에 역전 되었으니 작전관 경희영으로서는 박준영이 고맙기만 하다. '전탐' 팀은 한번에 너무 욕심을 부리다가 결국 말이 하나도 나가지 못한 꼴이 되었다.

이후 '갑판' 팀은 일명 신의 손이라 불리는 사통장 지일호가 연속해서 모를 4번 윷을 3번 하는 바람에 일등으로 게임을 끝냈다. 그리고 축복의 손이라 불리는 기관사 전영준과 남궁 혁 상병의 활약에 힘입어 이들의 '기관' 팀이 이등으로 났다. 이제 남은 것은 누가 꼴찌를 하느냐 였다. '전탐' 팀과 '조타' 팀 둘 다 말을 각각 3개씩 내고 이제 마지막 말 하나만 남겨놓고 있었다. 순서는 '조타' 팀이 먼저였다. '조타' 팀은 개만 쳐도 났다. 그런데 문제는 지금 윷을 던지는 자가 소위 저주의 손이라는 불리는 남영신 상병이라는 것이다.

"걸이야!"

남영신 상병은 크게 외치며 윷을 던졌다.

"으악!"

역시 저주의 손은 달랐다. '뒷도'가 나온 것이다. 한 발이라도 앞서 가는 것이 아쉬운 판에 뒤로 한 발 물러서게 되었다.

"으하하하! 과연 저주의 손이다!"

'전탐' 팀의 통신장 주장훈이 좋아서 어쩔 줄을 모른다. '전탐' 팀은 이혁진 병장이 던질 차례였다. 그는 '개'를 쳤다. 그래도 괜찮았다. 다음에 '걸'만 치면 게임이 끝난다. 상황이 이렇게 되자 '조타' 팀의 작전관 경희영은 조바심이 났다.

"야! 야! 의무병! 걸 이상 쳐야 한다! 걸 이상! 윷이나 모면 더 좋고! 제발! 부탁이다!"

작전관 경희영은 아주 안달이 난다. 하긴 지금 윷을 던져야 하는 선수가 소위 저주받은 손에 버금가는 절망의 손이라 불리는 길종민 상병이었으니 작전관 경희영으로서는 안달이 날 만도 하다.

"걸 이상!"

길종민 상병은 고함을 지르며 윷을 던졌다.

"끄아아악!"

작전관 경희영은 거의 경기를 일으키는 수준이다. 또 '뒷도'이다.

"죄송합니다!"

뒷통수를 벅벅 긁어대는 길종민 상병. 반면 '전탐' 팀은 좋아 죽을 판이다. 이번에는 '전탐' 팀의 이영진 차례이다.

"걸! 걸! 걸!"

이영진은 윷에다 콧기름까지 발라대고는 주문을 외우듯이 중얼거리며 윷을 던졌다.

"으악! 걸이닷! 걸!"

이영진은 고함을 지르며 너무 좋아 펄쩍펄쩍 뛰었다.

"엇? 잠깐! 이건 낙이다! 무효! 무효!"

작전관 경희영이 떨어진 윷을 보더니 무효라며 펄펄 뛴다.

"어디? 어디? 어? 이거는……."

박준영도 얼른 윷을 보았다. 그런데 박준영이 보기에도 낙인 것 같았다. 하지만 낙이라고 딱 잘라서 말하기도 어려운 상황이었다. 윷가락이 선에 걸쳐지기는 걸쳐졌는데 선을 가로질러 걸쳐진 것이 아니라 선과 평행되게 걸쳐진 것이다.

"아니 이게 왜 낙이에요! 이건 세이프입니다!"

이영진이 결사적으로 낙이 아니라고 우긴다.

"작전관님! 이건 걸 맞아요! 걸이요! 걸!"

'전탐' 팀의 전탐장 천호영이 핏대를 세우며 주장한다.

"이건 걸입니다! 걸! 걸!"

'전탐' 팀인 통신장 주장훈은 아예 시위를 한다.

"아니, 이게 낙이지 어째 걸이야! 함장님! 심판 좀 봐주세요!"

'조타' 팀의 조타장 백진한이 억울한 듯 김준희 함장을 쳐다본다.

"함장님! 이거 낙 맞죠? 그죠?"

작전관 경희영도 흥분해서 소리친다. 그런데 의외로 심판을 맡은 김준희 함장은 차분하다.

"흠-!"

김준희 함장은 가만히 윷가락의 놓인 상태를 살펴보았다.

"허허허!"

그런데 김준희 함장은 판정 대신 헛웃음부터 먼저 내놓는다. 그리고는 이영진을 슬쩍 본다. 이영진은 두 눈을 샛별처럼 반짝이며 김준희 함장을 쳐다보고 있다.

"걸-!"

판정이 났다.

"으아아아악!"

절규와 함께 머리를 쥐어뜯는 작전관 경희영.

"너무해! 함장님은 통신관만 이뻐하고 나 작전관은 미워해! 우어엉!"

곡을 해대는 작전관 경희영. 그러나 예쁜 것은 예쁜 것. 어쩔 수 없는 일이다. 결국 '전탐' 팀은 심판의 적극적인 후원으로 꼴찌를 면할 수 있었다. 그리고 '조타' 팀은 작전관 경희영의 곡소리와 함께 꼴찌를 하였다.

오전 11시 40분이 되어 윷놀이가 끝나자 대원들은 모두 각자 자기 자리로 돌아갔다. 점심시간까지는 아직 20분이나 남았다. 박준영은 권일재 포술장에게 윷놀이의 결과를 알려줄 겸 함교 당직 교대도 해줄 겸 해서 함교로 올라갔다. 그리고 이영진은 통신실에 들려 그동안 들어온 전보문을 확인하였다. 이영진은 전보문을 모두 결재하고 박준영을 보러 함교로 올라갔다. 함교에서는 권일재 포술장이 김준희 함장에게 그간의 주변 상황에 대해 보고하고 있었다.

"지금 현재 아함으로부터 후방 0.6마일 부근에 중국 어선단이 포진해 있습니다. 그 외는 별다른 특이 상황 없습니다."

"그래? 중국 어선은 몇 척인가?"

"9척입니다."

"다른 어선은 없는가?"

"예! 사방 2마일 이내에는 그 어선단이 유일합니다."

"음-!"

함교의 함장 자리에 앉아 있는 김준희 함장은 고개를 끄덕이며 함교 밖을 내다보았다. 중국 어선단은 함미에 있어서 함교에서는 보이지 않았다. 김준희 함장은 함교 안을 두리번거리다가 이영진이 함교에 올라와 있는 것을 보고는 이영진을 불렀다.

"통신관! 갑판사관은 좀 있다가 포술장하고 당직 교대해야 하니까 할 수 없다. 통신관이 견시 한 명하고 같이 함미에 가서 중국 어선단 좀 살펴보고 와!"

"예!"

이영진은 김준희 함장이 지시를 내리자 함교에 견시로 올라와 있는 최문혁 일병을 데리고 함교를 내려갔다.

함교에서 함미 갑판으로 내려온 이영진은 먼저 육안으로 대충 중국 어선단을 살펴보았다. 중국 어선단은 초계함으로부터 불과 0.6마일 정도밖에 떨어져 있지 않아서 육안으로도 어느 정도 식별이 가능했다. 어선을 보니 각 어선마다 마스트에 오성기가 휘날리고 있었다. 그리고 배의 선명도 모두 중국어로 되어 있었다. 배의 형태도 역시 전형적인 중국 어선이었다. 그런데 그 어선단은 정지해 있는 것이 아니라 초계함의 속도에 맞춰 엇비슷하게 이동하고 있었다.

"이상한데? 꼭 우리 뒤를 쫓는 것 같네?"

이영진은 고개를 갸웃거리며 다시 중국 어선단을 보았다. 중국의 어선들은 아까보다 더 가까워 보였다. 거리가 0.5마일로 좁혀진 것이다. 이영진은 중국의 어선들을 가만히 보다가 문득 뭔가 이상하다는 생각이 들었다.

"최 일병!"

이영진은 자신의 뒤에 가만히 서 있는 최문혁 일병을 불렀다.

"예!"

최문혁 일병이 얼른 대답하며 가까이 다가왔다.

“망원경으로 한번 자세히 봐봐!”

“뭘요?”

“저기 중국 어선들 좀 이상하지 않아?”

“예? 전 모르겠습니다!”

최문혁 일병이 망원경으로 중국 어선들을 둘러보면서 대답한다.

“그물을 내린 배가 하나도 없지?”

“어? 예! 그렇네요!”

최문혁 일병이 망원경으로 들여다보면서 새삼 인지했다는 듯이 말해 왔다.

“망원경 이리 줘 봐!”

이영진은 최문혁 일병으로부터 망원경을 받아들었다. 그리고 망원경으로 중국 어선들을 샅샅이 살펴보기 시작했다. 아무리 봐도 이상했다. 일반적으로 본다면 저들 중국 어선은 벌써 그물을 바다에 내렸어야 한다. 그런데 어떤 배도 그물을 내리지 않고 있었다. 그리고 그 상태로서 선단을 이룬 채 초계함의 뒤를 바싹 쫓아오고 있었다.

“이상한데?”

이영진은 고개를 갸웃거리며 망원경으로 다시 한번 더 중국 어선들을 살펴보기 시작했다. 그때 이영진은 중국 어선들 속에서 무엇인가 자그마한 유리알 같은 것이 햇빛에 반짝이는 것으로 보았다.

“저게 뭐지?”

이영진은 햇빛에 반짝이는 자그마한 광채에 망원경을 고정시켰다. 그리고는 중국 어선에서 들리는 폭음과 함께 그는 그대로 그 자리에 푹 쓰러졌다.

"으아아아악!"

순간 비명을 질러대는 최문혁 일병.

"으아아아악! 토-토-통신관님!"

최문혁 일병은 공포에 질린 음성으로 이영진을 불러보고는 곧바로 몸을 돌려 그대로 갑판 위의 선실로 뛰어 들어갔다. 잠시 후 박준영과 권대영 부장 그리고 경희영 작전관이 다른 대원들과 함께 함미 갑판으로 쏟아져 나왔다.

"영진아-! 영진아-! 영진아-!"

박준영은 미친 듯이 이영진의 이름을 불렀다. 이영진은 함미 갑판에 쓰러진 채 온몸을 비틀며 격렬하게 경련을 일으키고 있었다. 박준영은 함미 갑판에 주저앉은 채 이영진을 끌어안고 정신없이 그를 불렀다.

"영진아-! 영진아-! 정신 차려! 정신 차려!"

박준영은 이영진의 머리를 감싸 안으며 다급하게 외쳤다.

"의무병! 의무병! 의무병!"

박준영은 허겁지겁 달려온 의무병 길종민으로부터 솜을 한 움큼 받아들었다. 그리고는 그 솜을 그대로 이영진의 머리에다 갖다 대었다. 그 솜뭉치는 이영진의 머리에 닿자마자 바로 피로 흠뻑 물들었다. 그의 머리 4분의 1이 날아간 것이다. 저격을 당한 것이다. 이영진이 보았던 반짝거리는 물체는 바로 그를 겨누고 있던 총의 조준경이 반사하던 햇빛이었다.

머리에 구멍이 뚫린 것이 아니라 아예 두개골 자체가 날아간 것으로 보아 북한군에서 사용하는 드라구노프 SVD 저격총은 아니었다. 이는 히스파노 수이자 기관포탄인 20mm 탄환을 쓰는 크로아티아산 저격총 RT-

20에 의한 것이었다. 이 총은 사정거리가 1800m이므로 이 0.5마일 정도의 거리는 문제도 아니다. 이영진은 RT-20의 총알에 머리를 정통으로 맞지는 않았다. 아슬아슬하게 스치는 수준으로 맞았다. 그래도 그의 머리는 4분의 1이 날아가 버리고 말았다.

"영진아-! 제발 정신 좀 차려!"

박준영은 이영진의 머리를 꽉 붙들고 울부짖었다. 그는 정신없이 솜과 거즈로 이영진의 머리를 틀어막았다. 그러나 아무리 두툼한 솜과 거즈라 하더라도 갖다 대는 즉시 피로 퍽퍽 젖어나갔다. 머리에서는 허옇게 드러난 뇌가 보였다. 그리고 머리의 끊어진 동맥에서는 피가 솟구쳐 올랐다. 이영진은 고통으로 온몸을 뒤틀었다.

"으아아아아!"

"영진아! 영진아!"

박준영은 정신없이 이영진을 불렀다. 그러자 마구 몸부림을 치던 이영진이 순간적으로 박준영을 쳐다보았다. 그는 시뻘게진 눈을 부릅뜨고 갑자기 박준영의 멱살을 두 손으로 움켜잡았다.

"준영아! 나…… 좀 살려줘! 나 좀 살려줘!"

이영진은 결사적으로 박준영을 붙잡았다.

"그래! 살려줄게! 살려줄게! 영진아! 임마! 영진아!"

박준영은 고함을 질러대며 계속 이영진을 불렀다. 이영진은 고통으로 몸을 비틀어대면서 박준영의 멱살을 더욱 세게 움켜잡았다.

"아내가…… 아내가…… 부두에 와 있어!"

"그래! 그래! 알아!"

박준영의 속은 마구 타들어갔다. 그는 이영진을 꽉 끌어안았다. 박준영은 자신의 멱살을 움켜잡은 이영진의 두 손에서 힘이 서서히 빠져 나가고 있는 것을 느꼈다.

"아내에게…… 아내에게……."

"영진아!"

"나 좀 데려다 줘! 제발! 아내가…… 아내가…… 나를 기다려!"

이영진의 말은 더 이상 없었다. 박준영을 움켜잡았던 그의 손은 힘없이 갑판 위로 떨어졌다. 그리고는 어떤 미동도 없었다. 그는 더 이상 비명도 절규도 하지 않았다. 그저 가만히 박준영의 품안에 안겨 있을 뿐이었다.

"으아아아아!"

함미 갑판에서는 비탄에 잠긴 박준영의 고함소리만 바다 위를 퍼져나갔다.

초계함은 가스터빈 엔진을 쓰면서 시속 32노트 전속으로 중국의 어선단들로부터 멀어져갔다. 우선 그들의 사정거리에서 벗어나기 위해서이다. 초계함은 전투태세에 돌입해 있었다. 일단 중국 어선단들로부터 RT-20의 사격 유효거리에서 벗어나자 초계함은 기동을 멈추고 반격에 나섰다. 그러나 공격을 하지 못했다. 초계함을 따라 정선한 중국의 어선들 갑판에는 민간인으로 보이는 어부들이 나와 손을 흔들면서 포를 쏘지 말라고 아우성치며 소리를 질러대고 있었기 때문이다.

"함장님! 어떻게 할까요? 그대로 포를 쏠까요?"

권대영 부장이 망원경으로 중국 어선들을 둘러보며 김준희 함장에게 물었다.

"음-!"

김준희 함장은 깊은 신음 소리를 냈다. 그리고는 경희영 작전관에게 물었다.

"작전관! 우리에게로 날아오고 있는 링스는 어찌 되었나?"

"현재 아함으로부터 34마일 떨어진 광개토대왕함으로부터 발진한 링스가 계속 날아오고 있는 중입니다."

경희영 작전관은 전문을 잠깐 들여다보고 대답했다. 이영진이 저격당하자 김준희 함장이 그를 육상으로 빨리 이송시키기 위해 2함대 사령부에 링스 헬기를 요청하였다. 이에 2함대 사령부에서는 현재 박준영의 초계함과 가장 가까이에 있는 DDH인 광개토대왕함에 명령을 내려 링스 헬기를 발진시켰다.

"작전관! 사령부에 통신관은 전사했으나 적의 동태 파악 및 선제압을 위해 링스의 기동을 계속 유지해달라고 전문을 보내!"

"예! 알겠습니다!"

경희영 작전관은 경례를 부치고 재빨리 함교 아래의 통신실로 내려갔다. 김준희 함장은 경희영 작전관이 통신실로 내려가자 권일재 포술장을 불렀다.

"포술장!"

"예!"

"중국 어선단을 향해 함미 76mm 포와 40mm 포를 조준하도록!"

"예!"

권일재 포술장은 즉시 CIC를 호출하여 초계함으로부터 약 4마일 떨어져 있는 중국 어선단을 표적으로 하여 함미의 76mm 포와 40mm 포를 조준하도록 명령을 내렸다.

“음탐관!”

김준희 함장은 권일재 포술장이 CIC에 명령하는 것을 들으며 함내 인터폰으로 임진형 음탐관을 불렀다.

“예! 함장님!”

임진형 음탐관의 음성이 인터폰에서 들려왔다.

“중국 어선단 밑에 분명 잠수함이 있을 것이다. 찾아봐!”

“옛! 알겠습니다!”

김준희 함장은 CIC의 임진형 음탐관에게 명령을 내리고 나자 이번에는 다시 권일재 포술장을 불렀다.

“포술장!”

“옛!”

“중국 어선단 밑에 잠수함이 있을 것이다. 어뢰를 그쪽으로 세팅해 놔!”

“옛! 알겠습니다.”

권일재 포술장은 김준희 함장의 명령이 떨어지자 즉시 CIC를 불러 어뢰의 표적에 대한 세팅을 지시하기 시작했다.

김준희 함장은 중국의 어선들이 선단을 이루며 자함을 뒤쫓고 있는 점을 수상하게 여겼다. 선단을 이룬다면 무엇인가 숨기기 위해서일 것이다. 현재 선단은 어선들이므로 해상에서는 숨길 것이 없다. 그렇다면 해상이 아닌 수중이다. 저들은 지금 수중에 무엇인가를 숨긴 채 따라오고 있는 것이다. 그럼 저들이 수중에 숨긴 것은 바로 다름 아닌 잠수함일 것이다.

이에 김준희 함장은 잠수함을 잡기 위한 명령들을 신속히 내렸다. 이때 그동안 통신실에 내려가 있던 권대영 부장이 함교로 바삐 올라왔다.

이영진이 전사하는 바람에 지금 권대영 부장이 대신 통신관의 업무를 대행하고 있었다.

"함장님! 링스가 곧 여기에 도착합니다!"

권대영 부장이 지금 막 링스와 교신을 한 것이다.

"그래? 그럼 중국 어선들의 선원들이 진짜 민간인인지 그리고 민간인이라면 그들을 방패로 내몰고 있는 북한의 공작선이 그 어선들 중 어느 배인지 확인하라고 지시해!"

"옛!"

권대영 부장은 다시 함교 아래의 통신실로 뛰어 내려갔다. 잠시 후 권대영 부장과 교신한 링스는 곧장 중국 어선들 위로 날아갔다. 권대영 부장은 통신실에 오래 있지 않았다. 링스로부터 곧바로 연락이 왔기 때문이다. 권대영 부장은 링스의 보고를 받자 재차 함교로 급히 올라왔다.

"함장님! 링스로부터 보고가 왔는데 중국 어선들의 갑판 위에 나와 있는 사람들은 실제 민간인 어부들로 사료된다고 합니다. 그리고 이들 어선들 가운데 1천 300톤급 검은색 철선이 북한의 공작선으로 의심된다고 합니다."

권대영 부장은 김준희 함장에게 빠른 말로 보고를 했다.

"검은 철선?"

김준희 함장이 권대영 부장의 보고를 듣다가 그의 얼굴을 쳐다본다.

"예! 검은 철선만이 어선의 형태를 띠지 않았고 갑판에는 그물도 없다고 합니다. 그리고 그 배의 갑판에만 유독 사람들이 나와 있지 않다고 합니다."

"그래?"

"예! 아마 그 배의 선실 내에서 공작원들이 다른 배의 선원들을 향해 총을 겨누고 있는 중인 것 같습니다."

"음-! 그럼 우리 통신관을 쏜 것도 그놈들 짓이겠군!"

김준희 함장은 비통한 음성으로 말했다.

"예! 우리 통신관이 저들의 수상한 낌새에 눈치를 채고 확인에 들어가자 저들이 자신의 정체가 드러난 것으로 알고 통신관을 살해한 것 같습니다."

권대영 부장이 분개하며 말을 했다.

"흠! 우리가 눈치 채서 공격하기 전에 선제공격을 했다 이것인가!"

"예!"

"그래서 우리 통신관을 죽였단 말이지!"

김준희 함장은 주먹을 움켜쥐었다.

"내! 그놈들을 결코 살려 보내지 않겠다!"

주먹 쥔 그의 손은 떨리고 있었다. 자신이 그토록 아끼고 예뻐하던 이영진 통신관을 죽인 자들이라 생각하니 분노가 치밀어 오른 것이다.

"함장님! 바로 칠까요? 명령만 내리십시오!"

권대영 부장은 분개했다. 그의 음성도 분노로 떨리고 있었다.

"으음!"

깊은 신음을 하는 김준희 함장.

"아냐! 그렇다고 민간인을 다치게 할 수는 없다. 저 철선하고 어선단 밑에 숨어 있을 잠수함만을 쳐야 한다."

"그럼……?"

"링스에 연락해! 우선 철선만을 공격해서 그 여파로 다른 어선들이 흩어지도록 만들라고 명령을 내려!"

"옛! 알겠습니다!"

권대영 부장이 큰소리로 대답하고 재빨리 함교를 나섰다. 그러나 그는 통신실로 가지 않았다. 곧바로 함미 갑판으로 달려 나갔다. 함교에 있는 임진형 포술장의 헤드셋에 박준영의 다급한 보고가 올라왔기 때문이다. 박준영은 갑판사관이기 때문에 링스 헬기를 유도하기 위해 함미 갑판에 나가 있었다. 그런데 그런 그로부터 긴급 보고가 올라온 것이다.

"링스가 추락합니다! 포술장님!"

그와 동시에 통신실에서도 링스 헬기에서 다급하게 외치는 소리가 스피커를 통해 크게 들려오고 있었다.

"메이데이! 메이데이! 메이데이!"

링스 헬기에서 외치는 소리는 통신실의 스피커를 통해 함교에까지 들려왔다. 순간 김준희 함장은 의자에서 급히 내려와 함교 밖으로 뛰쳐나갔다. 하늘에서는 링스 헬기가 꼬리 부분에서 검은 연기를 내뿜으며 마구잡이로 선회하고 있었다.

"탈출해! 탈출해!"

김준희 함장은 하늘에 대고 마구 고함을 쳤다. 그러나 링스 헬기의 캐노피는 분리되지 않았다. 미친 듯이 선회하고 있는 링스 헬기의 캐노피는 이미 파손되어 있었다.

"안 돼!"

"쾅과과과광!"

김준희 함장의 짧은 외침과 동시에 링스 헬기는 바다로 곤두박질쳤다. 바다 위에 파편과 불꽃이 일었다. 그리고 얼마 안 있어 시퍼런 바다 밑으로 링스 헬기는 서서히 자취를 감추어 갔다. 전원 전사였다.

광개토대왕함에서 급발진한 링스는 서해 이북 방향의 공해로 급히 날아갔다. 부상자 수송을 위한 출동이었다. 링스 기장과 부장은 부상자의 상태가 아주 위급하다고 들었다. 이에 링스 기장은 상황이 발생한 초계함을 향해 전속력으로 날아갔다.

"기장님! 우리 좀 더 빨리 갈 수 없나요?"

링스 부장은 현재 링스 헬기가 시속 250km의 속도로 날아가고 있지만 왠지 한없이 느리게만 느껴졌다.

"부장! 나도 지금 최선을 다해 빨리 날고 있어! 동기가 다쳤다고 너무 흥분하지 말고 진정해!"

링스 헬기 기장인 성종오 대위가 말했다.

"예! 죄송합니다!"

성종오 기장에게 대답한 부장은 자신의 발 아래로 빠르게 스쳐지나가는 바다를 내려다보았다. 그는 더 이상 말은 없었으나 얼굴에는 초조한 빛이 역력했다.

'영진아! 죽지 말고 힘내라! 내가 곧 갈게!'

부장은 조급한 마음에 자꾸만 밖을 내다보았다. 불안해서 어쩔 줄 몰라 하는 그는 바로 동기들 사이에서 '빠삐용'의 '드가'로 불렸던 조민형이다.

계속 밖을 내다보던 조민형이 갑자기 엉덩이를 들썩여대기 시작했다. 이영진이 탄 초계함이 저 멀리 아래에서 조그마하게 육안으로 보이기 시작했기 때문이다. 그러나 초계함까지는 아직 20마일 정도나 더 남아 있었다. 조민형은 조바심이 바짝 났다. 그러다 곧 그는 고함을 질렀다.

"안 돼! 안 돼! 영진아!"

무전 연락으로 이영진이 지금 막 숨을 거두었다는 말을 들은 것이다.

"으흐흐흑!"

조민형은 고개를 숙이고 큰소리로 울었다.

"부장! 진정해! 부장!"

조민형의 뒤에서 누군가가 그의 어깨를 어루만지며 위로를 해왔다. 그는 육상 근무에서 해상 근무로 자원한 군의관 최준호 대위였다. 전투 수영장에서 심장마비를 일으켰던 문규현을 살려냈던 바로 그 군의관이다. 전역 1년을 앞두고 함상 근무를 한번 해보고 싶었던 그는 굳이 배를 타지 않아도 될 상황이었지만 함상 근무를 지원했다. 그리고 소원대로 함상 근무를 시작했다. 이에 현재 광개토대왕함 군의관으로 근무 중인 그가 응급환자를 수송하기 위해 여기 링스 헬기에 탑승을 한 것이다.

"부장님! 진정하십시오!"

또 한 사람이 조민형을 위로해왔다. 그는 무장사 이성만 중사였다. 링스 헬기에는 최준호 군의관이 탑승하는 바람에 부사관은 한 명만 탑승했다. 원래는 기장과 부장 외에 부사관 2명이 동승해야 하지만 최준호 군의관과 이영진을 태우기 위해 부사관은 이성만 중사 한 명만 탑승했다.

"으흐흐흑"

조민형은 주위의 위로에도 불구하고 눈물이 그치지 않았다. 이때 기장에게 재차 명령이 떨어지고 있었다. 모함으로 복귀하지 말고 계속 항진하여 초계함의 근방에 있는 중국 어선단에서 갑판 위에 나와 있는 자들이 어부인지 아닌지를 확인하고 북한의 공작선을 식별해내라는 명령이었다.

"부장! 그만 진정하고, 네 동기 죽인 놈 잡으러 가자! 명령이 떨어졌다!"

성종오 기장이 자기 옆에 앉은 조민형의 어깨를 툭 치며 말했다.

"예! 저는 내 동기를 죽인 그놈들을 반드시 죽일 겁니다!"

해군 2함대 사령부의 명령을 성종오 기장과 같이 들은 조민형이 눈물을 닦으며 말했다. 속도를 전혀 줄이지 않고 계속 날아간 링스 헬기는 마침내 초계함의 상공에 다다르고 있었다. 링스 헬기는 초계함이 보이자 우선 초계함의 후미 갑판 쪽으로 날아갔다.

"엇! 박준영이닷!"

조민형이 후미 갑판에 나와 있는 박준영을 본 것이다. 박준영은 후미 갑판에 나와 서서 링스 헬기를 향해 지시봉으로 문제의 중국 어선단을 연신 가리켜대고 있었다. 그런데 조민형과 달리 박준영은 지금 링스 헬기에 동기 조민형이 타고 있다는 사실을 전혀 모르고 있었다. 하긴 조민형이 커다란 조종사용 헬멧에다가 까만 선글라스까지 끼고 있으니 아무리 시력 좋은 박준영이라도 그가 조민형이라는 것을 알 도리가 없었다.

"에이! 준영이는 내가 온 것을 모르는 모양이군!"

혼자서 중얼거린 조민형은 곧바로 중국 어선단을 살펴보기 시작했다. 박준영이 자기를 알아보지 못하는 것이 서운하지만 어쩔 수 없는 일이다.

성종오 기장은 레이더로 중국 어선단을 일단 확인했지만 레이더상의 어선단이 바로 그 문제의 어선단이라는 것을 초계함의 후미 갑판에 나와 있는 박준영으로부터 최종 확인을 받았다. 성종오 기장은 문제의 중국 어선단 위를 선회하기 시작했다. 중국 어선들의 갑판 위에는 많은 사람들이 나와서 손을 흔들어 대고 있었다.

성종오 기장은 링스 헬기를 그들의 머리 위로 선회시켰다. 그리고 조민형은 망원경으로 그들을 살펴보았다. 평범한 선상 작업복에 일반적인 체형을 가진 그들은 전문 군사 훈련을 받은 군인에게서 느껴지는 다부진 체격이 보이지 않았다. 그들 중에는 몹시 늙수그레한 사람들도 다수 섞여 있었다.

"기장님! 아무래도 저들은 진짜 어부 같습니다."

"그래?"

"예!"

성종오 기장은 고개를 끄덕이며 자신도 창밖으로 그들을 내려다보았다. 이때 조민형이 급히 말해왔다.

"기장님! 저기 저 가운데 있는 배가 수상합니다!"

"뭐?"

"가운데 있는 저기 저 까만 배에는 선원들이 아무도 나와 있지 않습니다! 그리고 그물도 전혀 실려 있지 않습니다! 갑판에 아무 것도 없습니다. 아주 깨끗합니다!"

"그렇다면 저 까만 배가 북한 공작선이다!"

성종오 기장은 조민형의 보고를 받자 곧바로 초계함의 통신실에 이 사실들을 알리기 시작했다.

조민형이 찾아낸 의심 선박은 북한의 공작선이 맞았다. 그 까만 배는 북한의 대남해외공작기구인 조선노동당 소속 작전부(현 인민무력부 소속 정찰총국)에서 파견한 공작선이었다. 조민형의 보고를 들은 성종오 기장은 보다 더 분명히 확인하기 위해 그 배의 주변으로 링스 헬기를 선회시키기 시작했다. 이때 링스 헬기가 선회하면서 고도가 1800m 이내로 낮아지자 조민형이 성종오 기장에게 조심스레 건의를 해왔다.

"기장님! 제 동기가 RT-20의 공격을 받은 것으로 사료된다고 하는데 좀 더 고도를 높여야 하지 않을까요?"

그러자 무장사 이성만 중사가 성종오 기장과 조민형에게 말해왔다.

"그건 걱정할 것 없습니다. RT-20은 폐쇄된 공간에서는 쏠 수 없습니다. 총의 뒤로 쏟아지는 후폭풍 때문에 저 좁은 선실 내에서 사용하지 못합니다."

"그럼?"

성종오 기장이 뒤에 앉은 이성만 중사를 잠깐 뒤돌아보았다.

"저들이 우리에게 RT-20으로 공격하려면 선실에서 갑판으로 그 총을 들고 나와야 하는데 그걸 우리가 가만히 보고 있을 리가 없지 않습니까? 그러니까 저들이 우리에게 어떻게 하기 어려우니까 지금껏 조용히 있는 것 입니다."

"그래?"

성종오 기장은 고개를 끄덕이며 왼쪽 아래에서 보이는 까만색 철선을 내려다보았다. 그런데 그가 갑자기 조종간을 잡아당기면서 링스 헬기를 급상승시켰다. 까만색 철선의 선수와 선미의 갑판에 있는 해치의 문이 벌컥 열리면서 RT-20이 모습을 드러냈기 때문이다. 전혀 예상치 못했던 매복이었다. RT-20을 들고 나타난 그들은 해치 밖으로 몸이 미처 반 밖에 나오지 않았는데도 벌써 총을 발사하고 있었다. 이때 RT-20의 후폭풍은 바다로 휘몰아쳐졌다. 선수와 선미 갑판 위의 해치가 선측 가까이에 설치되어 있어서 그들이 해치 밖으로 몸을 절반만 내밀고 RT-20을 쏘아도 이 총의 바렐이 선측 바깥으로 향하게 되어서 바렐 위에 설치된 반동 억제용 가스관에서 나오는 후폭풍은 갑판이 아닌 바다로 뿜어졌다.

그들은 해치 안에서 단단히 준비하고 있었던 것이다. 굉음과 함께 붉은 불덩어리가 선수와 선미에서 각각 솟아올라왔다.

"메이데이! 메이데이! 메이데이!"

조민형이 다급하게 긴급 구조를 요청했다. 캐노피는 반쪽이나 깨져 없어졌다. 성종오 기장의 손이 건들거렸다. 그의 가슴에는 커다란 구멍이 뚫려 있었다.

"기장님! 기장님!"

조민형이 고함을 치며 성종오 기장을 불렀다. 대답이 없다. 그는 이미 절명해 있었다. 성종오 기장의 좌석은 온통 시뻘건 핏물로 범벅이 되어 있었다.

"흐아아아아악!"

성종오 기장의 뒤에 앉아 있던 이성만 중사가 비명을 질렀다. 그의 오른쪽 어깨 이하가 보이지 않았다. 그의 오른 팔이 링스 헬기의 바닥에서 퍼덕대고 있었다. 성종오 기장의 가슴을 뚫고 나온 20mm 탄환을 맞은 것이다. 그의 오른쪽 어깨에서는 피가 분수처럼 솟구쳐 나왔다. 그러나 군의관 최준호는 이성만 중사를 응급처치할 수 없었다. 그 역시 비명을 지르는 와중에 소화기로 불을 꺼대고 있었기 때문이다.

"으아아아!"

조민형의 뒤에 앉았던 최준호 군의관의 하반신은 온통 시뻘건 불길에 휩싸여 있었다. 그의 얼굴은 불길과 그을음에 의해 까맣게 변해 있었다. 그는 헬기 안의 비상 소화기로 자신의 몸에 붙은 불과 헬기의 뒤편에서 솟아나오는 불길을 향해 정신없이 분말을 분사했다. RT-20의 20mm 탄환이 각각 링스 헬기의 전면과 후부를 맞춘 것이다.

북한 공작선의 선수에서 쏜 RT-20의 20mm 탄환은 링스 헬기의 캐노피를 박살내면서 성종오 기장의 가슴을 관통한 후 그의 좌석을 뚫고 이성만 중사의 오른쪽 어깨를 으깨버렸다. 이때 북한 공작선의 선미에서 쏜 RT-20의 탄환은 링스 헬기의 후부를 관통해 들어가면서 헬기 내에 화재를 일으켰다. 그리고 이의 공격에 의해 링스 헬기의 꼬리날개가 회전을 멈추었다. 꼬리날개가 멈춘 링스 헬기는 공중에서 마구 맴돌기 시작했다.

"이야아아아!"

조민형은 소리를 지르며 조종간을 움켜잡고 링스 헬기를 조종했다. 그러나 링스 헬기는 더욱 무서운 속도로 맴돌며 바다를 향해 떨어지기 시작했다.

"이야아아아!"

"콰과과과광!"

폭음과 함께 일어나는 불꽃. 바다와의 충돌이다. 링스 헬기는 시뻘건 불길과 시커먼 연기를 일으키며 시퍼런 바닷속 깊이 가라앉아 갔다.

토요일 오후 경상북도 포항시 북구 환호동 등대박물관 입구에 서 있는 조민형은 애가 타듯이 말했다.

"왜 저의 사랑을 받아주시지 않는 거지요?"

"미안해요! 민형씨가 싫어서 그런 것이 아니에요. 미워하지도 않아요. 저도…… 민형씨를 사랑해요! 그래서…….."

오연희는 눈시울이 붉어져 있었다.

"아니 저를 싫어하는 것도 아니고 미워하는 것도 아니고 그런데 왜 사랑할 수 없다는 것 입니까!"

이번에는 조민형이 오연희에게 따지듯이 말해왔다. 조민형은 항공 병과인 관계로 초등 군사 교육반 과정을 마치고 포항에 있는 해군의 헬기 부대로 배치를 받았다. 임관 이후 그동안 꾸준히 지속적으로 오연희와 만남을 가져왔던 조민형은 포항으로 발령 받아 가서도 계속 매주 주말마다 그녀와의 데이트를 즐겼다. 조민형은 항상 그녀를 매우 소중하게 그리고 조심스럽게 대했다. 이유는 그를 사랑하는 것도 있었지만 자신과 동기들이 한창 어렵고 힘들었을 때 빵을 사서 넣어준 은인이기도 하였기 때문이다.

조민형은 오연희가 약속대로 임관식에 참석해주자 그 기회를 놓치지 않았다. 축하 인사를 해주고는 곧바로 사라지는 그녀를 마치 100m 달리기 선수처럼 달려가 잡은 그는 그 자리에서 결사적으로 매달렸다. 40분에 걸친 애원 끝에 그는 마침내 그녀와 교제를 시작할 수 있었다. 그런데 그녀가 지금 돌연 절교를 선언한 것이다. 그 이유도 사랑하게 되어서이다.

"아니! 사랑하기 때문에 떠난다니 뭔 말이 그렇습니까? 내가 무슨 사랑은 흘러 가도의 최무룡도 아니고 뭐가 그렇습니까!"

볼멘 음성으로 따지는 조민형. 심각했던 오연희가 그의 말에 피식 웃음을 터뜨린다. 이 기회를 놓치지 않은 조민형.

"그러니까 난 영화 속의 주인공이 되기 싫어요. 제발 거 이상한 소리 좀 마시고 떠난다는 소리 취소해줘요!"

말을 마친 조민형은 뿌루퉁해서 오연희를 바라본다. 오연희 역시 그를 가만히 바라본다. 그러다 그녀가 갑자기 조민형을 끌어안고 깊은 입맞춤을 해오기 시작했다. 얼마간 그렇게 입맞춤을 해댄 그녀는 마침내 입을 열기 시작했다. 오연희의 이야기는 그녀가 아직 여고를 다니던 때로 거슬러 올라갔다.

"여러분 그동안 우리에게 사랑과 정성으로 국어를 가르쳐 주시던 서정민 선생님께서 입대를 하시게 되었습니다."

3월 8일 월요일 운동장 전체 조회시간에서 교장 선생이 교단 위에 올라와 학생들에게 이야기했다. 당시 여고 3학년이었던 오연희는 그 말을 듣자 깜짝 놀랐다. 자신은 물론 모든 여학생들이 그토록 좋아했던 총각 선생님이 입대를 하는 것이다.

서정민 선생은 2년 동안 오연희의 담임이었다. 그리고 그녀는 줄곧 서정민 선생 반의 반장이었다. 오연희가 짝사랑해온 서정민 선생은 학교에 근무하면서 다니던 대학원 석사과정을 마치자 그동안 미뤄왔던 입영을 하게 된 것이다. 새 학기에 담임 배정에서 서정민 선생이 빠지자 오연희는 이상했다. 뿐만 아니라 서정민 선생은 국어 수업에서도 빠져 있었다. 오연희는 자신이 짝사랑하는 서정민 선생이 담임에서도 수업에서도 모두 빠지자 속상하면서도 이상했다. 하지만 그녀의 궁금증은 개학 후 두 번째 월요일 오전에 행해진 운동장 조회 시간 때에 비로소 해소되었다.

오연희는 서정민 선생이 입대한다는 교장 선생의 말에 세상이 하얗게 변했다. 그녀는 더 이상 교장 선생의 말이 귀에 하나도 들려오지 않았다. 조회가 끝나자 오연희는 교무실로 달려갔다. 그리고는 걸상에 앉아 있는 서정민 선생의 무릎에 머리를 묻고는 하염없이 울었다.

"연희야! 울지 마라! 네가 그렇게 우니까 선생님도 마음이 아프다!"

서정민 선생은 오연희의 머리를 가만히 쓰다듬었다. 그의 눈시울도 붉어 있었다.

"연희야! 선생님이 3개월 후에 하얀 정모에 하얀 제복 그리고 하얀 구두를 신고 너를 찾아 올게! 이제 그만 울렴!"

오연희는 서정민 선생의 말에 약속에 약속을 하였다. 그렇게 그녀는 자신이 짝사랑했던 서정민 선생과 헤어졌다. 그러나 서정민 선생은 3개월 후에 그녀의 앞에 나타나지 않았다. 그리고 그 다음 달에도 또 그 다음 달에도 서정민 선생은 여전히 나타나지 않았다.

시간은 흘러 어느덧 12월 24일이 되었다. 그동안 오연희는 9월까지 서정민 선생을 애타게 기다리다가 코앞에 닥친 대학 입시에 잠시 그를 잊고 공부에 열중해야 했다. 마침내 대학 입시를 치르고 12월 24일 크리스마스이브가 되자 그녀는 문득 서정민 선생이 보고 싶어졌다. 오연희는 서정민 선생이 생각나자 미치도록 그가 보고 싶었다. 그리고 또 한편으로는 지금까지 아무 연락도 안 해주는 그가 미웠다. 그녀는 공중전화기로 달려갔다. 그리고는 서정민 선생의 집으로 전화를 걸었다. 신호가 얼마간 가다가 달칵 소리와 함께 누군가가 전화를 받았다.

"여보세요!"

여자였다. 수화기에서 중년 부인의 음성이 들려왔다. 아마도 서정민 선생의 어머니인 것 같았다.

"안녕하세요! 저는 서정민 선생님 제자 오연희인데요."

"녜!."

"선생님께서 지난 6월에 돌아오신다고 하셨는데 여태 연락이 없으셔서 궁금해서 전화 드렸습니다!"

"……"

수화기에서는 아무 대답도 들리지 않았다.

“여보세요!”

“……”

역시 수화기에서는 어떤 말도 없었다.

“여보세요!”

오연희가 세 번째 불렀을 때 비로소 수화기에서 대답이 들려왔다.

“우리 아들은 지난 6월에 첫 출동 나갔다가 죽었어요!”

“……”

오연희는 더 이상 아무런 말도 들리지 않았다. 그리고 어떠한 것도 보이지 않았다. 그녀는 그 자리에서 고꾸라지듯이 주저앉았다. 그리고는 멍하니 전화박스 밖을 내다보았다. 그녀의 눈에서는 눈물이 흘러내리고 있었다. 전화기에서 길게 늘어진 수화기에서는 중년 부인의 음성이 계속 흘러나왔다.

“여보세요! 여보세요! 여보세요!”

그리고 3년 후 오연희는 하얀 정모에 하얀 정복 그리고 하얀 구두를 신은 해군 장교를 만나게 되었다. 다만 서정민 선생이 아닌 조민형이었다는 것만 달랐을 뿐이다.

“저는 민형씨를 사랑하면 사랑할수록 무서워요.”

말을 마친 오연희는 조민형의 가슴을 꽉 끌어안았다. 그녀는 울고 있었다.

“민형씨도 제 곁을 말없이 떠나 버릴까봐 무서워요! 서정민 선생님처럼 돌아오겠다는 말만 남겨놓고 영원히 제 곁을 떠나 버릴까봐 무서워요!”

그녀는 큰소리로 울기 시작했다.

“그래서…… 그게 무서워서…… 민형씨를 더 사랑하기 전에 떠나려는 거예요!"

그녀는 조민형의 가슴에 얼굴을 파묻고 흐느꼈다.

"바보같이! 그래서 사랑을 않겠다는 거예요?"

조민형은 가녀린 그녀를 가만히 끌어안았다.

"걱정 말아요. 그런 걱정이라면 하지 않아도 돼요. 저도 해군 장교이지만 서정민 선생님처럼 배를 몰지 않고 헬기를 몹니다. 다시는 연희씨에게 아픔을 주지 않을 거예요. 약속해요!"

조민형은 흐느끼는 그녀의 얼굴을 사랑스럽게 감싸 안으며 조용히 속삭였다.

그녀와 헤어진 후 부대로 복귀한 조민형은 BOQ에서 TV를 보며 휴식을 취하고 있는 성종오 기장에게 다짜고짜 물었다.

"선배님! 서정민이라는 사람 알아요?"

"응? 서정민?"

"예!"

"서정민은 내 동기인데?"

"그래요? 그럼 그 선배는 어떻게 되었어요?"

"내 동기는 왜?"

"아니 좀 알아야 할 일이 생겨서요!"

"서정민이는 6월 첫 출동 때 함정 사고로 죽었지. 시체는 못 찾았어!"

조민형은 이번 출동 항해 때에도 오연희에게 자기는 헬기를 몰기 때문에 아무 걱정하지 말라고 하며 떠났다. 그리고 이 출동이 끝나면 제주도로 놀러가자면서 비행기 왕복 티켓 두 장을 그녀에게 주고는 어디 딴데로 새버리지 말고 기다려 달라며 떠났다. 오연희는 그렇게 떠나간 조민형이 돌아오기를 손꼽아 기다리며 지난 날짜의 달력을 한 장 찢어냈다. 벌서 보름이 흘렀다. 이때 조민형은 이영진의 초계함을 향해 광개토대왕함에서 발진하고 있었다.

검푸른 바다는 거대한 아귀와 같이 조민형의 링스 헬기를 집어삼켰다. 김준희 함장은 아연해진 채 이 장면을 지켜보고 있었다. 그러다 그는 급히 함교로 도로 뛰어 들어갔다.

"조타장! 우현 전타!"

"우현 전타 완료!"

백진한 조타장이 영문도 모른 채 키를 우현으로 최대한 돌렸다. 김준희 함장은 백진한 조타장에게 키를 전타시킨 후 함교의 우측 창문으로 달려가 바다를 내려다보았다. 초계함의 우현 뒤편에는 바다 표면에 그어지고 있는 하나의 하얀 물줄기가 보였다. 그 물줄기는 바다 멀리 깊은 데서부터 함미가 있는 바다 표면에까지 일직선으로 그어지고 있었다. 스크루가 남기는 궤적이었다. 황해남도 비파곶 11전대에서 발진한 북한의 130톤 소형 잠수함으로서 일명 연어급으로 불리는 잠수함에서 쏘아올린 직주어뢰의 궤적인 것이다.

하얀 물줄기는 아슬아슬하게 초계함의 함미 뒤를 스쳐지나갔다. 링스 헬기의 추락에 의한 폭발 때문에 초계함의 음탐실에서 그만 직주어뢰의 발사음을 잡아내지 못한 것이다. 북한 잠수함은 링스 헬기가 바다로 추락하자 그 틈을 타서 즉시 어뢰를 발사했다. 북한 잠수함의 계산대로 초계함에서는 어뢰의 발사를 눈치 채지 못했다. 그러나 북한의 직주어뢰는 초계함을 맞추지는 못 했다. 이의 쾌적을 본 김준희 함장에 의한 긴급회피로 초계함이 아슬아슬하게 어뢰로부터 벗어났기 때문이다.

"함장님! 2번 어뢰가 발사되었습니다!"

함교로 임진형 음탐관의 다급한 보고가 올라왔다. 북한의 잠수함에서 1번 어뢰가 실패하자 이어서 2번 어뢰를 발사한 것이다. 그러나 2번 어뢰가 발사 될 때는 링스 헬기에 의한 소음이 사라진 뒤라서 초계함의 음탐실에서 이의 소리를 잡아내었다. 어뢰가 발사된 지점은 김준희 함장이 아까 잠수함이 있을 것으로 추정했던 곳이었다.

"좌현 전타!"

"좌현 전타 완료!"

그러나 거리가 너무 가까웠다. 하얀 궤적이 초계함의 함수를 향해 빠르게 그어지고 있었다. 그리고 어느덧 그 궤적은 초계함 함수에 도달하고 있었다.

"콰앙!"

함교 위의 사람들은 엄청난 굉음과 함께 몸이 공중으로 튀어 올랐다. 사방은 하얗게 솟아오른 물로 휩싸였다. 물기둥이 사라졌을 때 초계함의 함수도 함께 사라져 있었다.

함수가 맞은 것이다. 하지만 다행히 함교는 남아 있었다. 그러나 함수에 있던 76mm 주포와 40mm 기관포가 사라지고 없었다. 아니 이들 함포가 있던 갑판 자체가 없어졌다. 초계함은 4분의 1이 사라진 것이다.

함교는 아수라장이었다. 우선, 함교 밖에 나가 좌현에서 견시를 서던 최문혁 일병이 없어졌다. 폭발 때 물기둥과 함께 산화된 것이다. 한편 함교 우현에 나가 견시를 서던 남영신 상병은 함교 안으로 들어와 있었다. 그런데 그는 문을 통해 함교 안으로 들어온 것이 아니었다. 어뢰의 폭발력에 의해 함교의 창문을 통해 밖에서 튕겨져 안으로 들어온 것이다. 눈을 부릅뜨고 있는 남영신 상병은 허리가 뒤로 완전히 꺾이어진 채 등과 엉덩이가 맞붙어 있었다. 조타장 백진한은 조타석에 앉은 채 절명해 있었다. 그의 머리와 몸통에는 온통 유리 파편이 박혀 있었다. 그의 오른 쪽 귀는 날아온 유리 조각에 의해 너덜거렸다. 그리고 왼쪽 손은 날카로운 금속 파편에 의해 잘려져 없었다.

작전관 경희영은 함교의 뒤편 벽에 쭈그린 채 고개를 푹 숙이고 가만히 앉아 있었다. 그는 전혀 미동도 하지 않았다. 그의 엉덩이 아래로 검붉은 피가 흥건히 흘러나오고 있었다. 그가 움켜쥐고 있는 배에서는 창자가 쏟아져 나와 있었다.

"으으음!"

바닥에 나뒹굴어졌던 김준희 함장이 신음 소리와 함께 몸을 일으켰다. 왼쪽 손목에서 피가 솟구쳐 오르고 있었다. 금속 파편에 의해 동맥이 절단된 것이다.

"함장님! 지혈을 해드리겠습니다!"

권대영 부장이 엉금엉금 기다시피하며 다가왔다. 온몸을 바닷물로 뒤집어 쓴 그는 다행히 큰 상처는 없었다. 다만 오른쪽 귀의 고막이 나가서 소리 듣는 것을 왼쪽 귀의 고막에만 의지하고 있었다.

"함장님! 여기 함교는 제가 맡겠습니다! 함장님은 CIC로 대피하십시오!"

권대영 부장이 구두 끈으로 김준희 함장의 왼팔을 지혈시킨 후 다급하게 말했다. 그리고 대원들을 구조하고자 CIC에서 통신장 주장훈을 데리고 함교로 급히 올라온 음탐관 임진형에게 명령을 했다.

"음탐관은 빨리 함장님 모시고 CIC로 들어갓!"

"옛!"

임진형 음탐관이 대답과 동시에 통신장 주장훈과 함께 김준희 함장을 재빨리 부축하여 함교를 내려가기 시작했다.

"그럼, 부장이 함교를 책임져! 만일 사정이 여의치 않으면 함교 포기하고 부장도 CIC로 내려와!"

김준희 함장은 함교를 나서면서 권대영 부장을 돌아다보며 급히 말했다.

"옛! 함교는 걱정 마십시오! 제가 알아서 수습하겠습니다!"

김준희 함장은 권대영 부장의 말을 들으며 함교를 내려와 방탄 처리된 CIC로 들어갔다.

한편, 함교 아래의 포병 및 갑판병의 침실은 지옥을 방불케 하고 있었다. 함교 아래쪽 부근에 위치한 이발실은 흔적도 없이 사라졌다. 아울러 그곳에 있던 이발병 황영봉 이병도 이발실과 함께 산화해버렸다.

이발실에 있던 황영봉 이병은 김준희 함장으로부터 전투배치 명령이 떨어지자 전투배치시의 자기 위치인 함미 갑판으로 K-2 자동소총을 들고 가기 위해 신속하게 이발실을 나와 무기고에 있는 장욱환 갑판장에게 다급하게 달려갔다.

"이발병!"

무기고 앞에 선 장욱환 갑판장이 황영봉 이병에게 K-2 자동소총을 내어주면 그를 불렀다.

"옛! 갑판장님!"

"이발실 용구들 잘 단속했나?"

"예?"

"이발실 용구들이 충격에 쏟아지지 않게 잘 단속했냔 말이다!"

“저-! 따로 단속은 안 해놨습니다!”

“그거 자칫하면 흉기 된다. 얼른 가서 이발 용구들을 쏟아지지 않게끔 잘 단속하고 와!”

“옛! 알겠습니다!”

황영봉 이병은 장욱환 갑판장에게 거수경례를 하고는 재빨리 이발실로 다시 달려갔다. 그리고 그것이 그의 마지막 모습이었다. 황영봉 이병은 이발실과 함께 산화했다.

바닷물은 뻥 뚫려버린 포병 및 갑판병의 침실로 밀어닥쳤다. 한 번에 높이 4m가 넘는 물이 들이닥치면서 주변의 모든 것을 휩쓸었다.

“아아악!”

“으아아아악!”

“아악!”

대원들은 밀려오는 물살에 휩쓸려 기둥과 벽에 부딪치고, 물에 떠다니는 철제 캐비닛이나 거대한 물품 등에 받쳤다. 이의 충격에 그만 정신을 잃고 물속으로 가라앉는 대원들이 곳곳에서 속출했다. 그리고 또 한편으로는 초계함 밖으로 그대로 쓸려나가 바다로 빠져나가는 대원도 있었다.

이때 전탐병 한동명 상병이 함교 부근 갑판 아래에서 허겁지겁 물살을 헤치며 빠져나오고 있었다. 물에 가슴까지 잠긴 그는 물에 떠다니는 동료들의 시체를 제치며 정신없이 걸었다. 간혹 그의 팔에는 동료의 잘려나간 팔이나 다리도 걸렸다. 그때마다 그는 그 팔다리를 멀리 내던졌다. 근처에 던지면 또 다시 자기에게로 밀려오기 때문이다. 그러면 나아가는데 지장이 되므로 그는 즉시즉시 멀리 집어던지면서 마구 걸었다.

한동명 상병이 당직을 마치고 포병 및 갑판병 침실에서 쉬다가 어떻게 용케 그곳을 탈출한 것이다. 갑판 아래는 쏟아져 들어오는 물소리만 가득히 들릴 뿐 사방이 컴컴했다. 어뢰 공격의 충격으로 전기가 모두 나가버렸기 때문이다. 한동명 상병은 벽을 더듬으며 결사적으로 물에서 나오려고 했다. 그는 공포에 질려 있었다. 생각 같아서는 공중에 날아올라 물 밖에서 떠 있고 싶었다. 이제 곧 전기가 들어올 것이기 때문이다. 지금은 어뢰의 충격에 의해 전기가 나갔지만 곧 자동으로 전기가 복귀될 것이다. 그럼 끊어진 전선이 잠긴 물속에 있던 자들은 고압 전류에 의해 모두 감전사하고 만다. 전류는 퓨즈가 끊어지든가 누군가가 두꺼비 집에서 전원을 차단하기 전까지 계속 물속을 흐를 것이다. 이를 잘 알고 있는 한동명 상병은 필사적으로 물이 없는 곳을 찾아 앞으로 나아갔다. 그러나 가도 가도 사방은 물뿐이었다.

"으아아아아!"

한동명 상병은 울음 섞인 비명을 지르며 앞으로 앞으로 나아갔다.

"파바바바밧!"

순간 곳곳에서 강한 전기 불꽃이 튀었다. 천장 위의 전등이 깜박깜박하며 커졌다가 도로 팍하며 나갔다.

한동명 상병은 더 이상 아무 비명도 지르지 않았다. 다만 물 위에 엎어진 채 둥둥 떠다니고 있을 뿐이었다.

바닷물은 막힘없이 초계함 안으로 휩쓸며 들어왔다. 갑판 아래의 선실과 복도 곳곳에는 바닷물이 출렁거리고 있었다.

"문을 닫앗! 문을 닫으란 말이야!"

고함을 질러대는 장욱환 갑판장. 그는 포병 및 갑판병의 침실을 빠져 나오면서 쏟아져 들어오는 물살을 헤치며 근처의 수밀문들을 차례로 닫았다.

"기관실로 물이 들어가지 않도록 막앗!"

선실 복도에서는 원명재 보수장이 피를 토하는 것처럼 외쳤다. 원명재 보수장은 떠다니는 시체와 물체들을 헤치며 앞으로 정신없이 나아갔다. 복도와 연결된 함수 창고의 수밀문을 닫기 위해서이다. 활짝 열린 함수 창고의 수밀문에서 바닷물이 폭포처럼 쏟아져 들어왔다. 창고로 다가가던 원명재 보수장은 물살에 휩쓸려 넘어지면서 그대로 쭉 뒤로 밀려갔다. 함수 창고의 수밀문을 통해 쏟아져 들어온 바닷물은 선실 복도를 통해 쏜살같이 함미 쪽으로 흘러갔다. 이대로 선실 복도를 통해 물이 들이치면 기관실도 물에 잠긴다. 원명재 보수장은 함수 창고의 수밀문을 닫는 것을 포기하고 담수화 처리 장치가 있는 격실로 후퇴했다. 담수화 처리 장치 다음의 격실은 바로 이 배의 엔진이 있는 기관실이다. 여기를 막지 못하면 기관실이 침수된다. 그리고 기관실이 침수되면 그나마 살아있는 이 함미 부분마저 침몰하고 만다.

"으아아앗!"

원명재 보수장은 담수화 처리 장치 격실로 들어오자 비명에 가까운 기합 소리를 내면서 담수화 처리 장치 격실의 수밀문을 재빨리 밀어붙였다. 그러나 함수 쪽으로 난 이 수밀문은 닫히지 않았다. 밖에서 밀려 들어오는 바닷물의 수압에 의해 수밀문이 꿈쩍도 않는 것이다.

"이거 닫앗!"

원명재 보수장이 고함을 질렀다. 그러자 주먹만한 크기로 뻥 뚫려버린 담수화 처리 장치 격실의 벽을 자신의 윗옷을 벗어 가까스로 틀어막은 기관병 남궁 혁 상병이 급히 달려왔다. 그리고 곧 이어 장욱환 갑판장도 합세했다. 장욱환 갑판장은 함수에서 수밀문을 닫아대면서 담수화 처리 장치 격실에까지 들어왔다. 그리고는 남궁 혁 상병과 같이 격실의 벽에 뚫린 구멍들을 찾아 자신의 옷가지들을 찢어 막아대고 있었다. 장욱환 갑판장은 이미 입고 있던 러닝셔츠도 벗어 격실의 구멍을 막아서 윗몸이 알몸이었다. 햇빛에 그을린 구리 빛 피부의 장욱환 갑판장이 기합을 주며 수밀문을 밀었다. 원명재 보수장도 악을 쓰며 수밀문을 밀어붙였다. 마찬가지로 남궁 혁 상병도 죽을힘을 다하여 수밀문을 밀었다.

"으아아아아앗!"

"아아아아앗!"

"흐아아아앗!"

세 사람은 있는 힘을 다하여 수밀문을 밀었다. 그러자 수밀문이 닫히기 시작했다. 그런데 이때 수밀문의 틈새로 굵은 쇠기둥 하나가 불쑥 튀어나왔다. 포병 및 갑판병의 침실에 있던 기둥이었다. 물살에 밀려 여기까지 흘러온 것이다. 남궁 혁 상병이 얼른 그 쇠기둥을 수밀문의 틈새로 다시 밀어 넣었다. 그러나 밀어 넣어지지 않았다. 그 쇠기둥이 길이만 2m가 넘고 또 강한 물살을 받고 있어서 좀처럼 수밀문의 틈새로 다시 들어가지지 않았다. 이 수밀문만 닫으면 적어도 초계함의 절반 이상은 구할 수 있다.

수밀문 틈새로 삐져나온 쇠기둥이 꿈쩍도 않자 힘이 좋은 장욱환 갑판장이 홀로 그 수밀문을 밀어붙였다. 그러자 원명재 보수장이 남궁 혁 상병을 도와 그 쇠기둥을 수밀문의 틈새로 재빨리 밀었다.

"으으으으!"

혼자서 버티며 수밀문을 막고 있는 장욱환 갑판장의 근육들이 터질 듯이 부풀어 올랐다. 평소 운동을 하여 잘 발달된 근육을 자랑하던 그도 힘이 한계에 달하고 있었다.

"안 돼! 밖에 나가서 저 쇠기둥을 치워야 해!"

쇠기둥을 밀어 넣던 원명재 보수장이 절망적으로 외쳤다. 그리고는 남 궁 혁 상병을 쳐다보고 소리쳤다.

"너는 내가 문밖으로 나가는 사이 갑판장님을 도와 이 문이 활짝 열 리지 않도록 해!"

"예?"

남궁 혁 상병은 순간 반문을 했다. 지금 이 수밀문 밖으로 나간다면 다시 여기로 들어올 수 없다. 그런데 원명재 보수장이 나가겠다고 말하 고 있는 것이다.

"나가시면 못 들어오십니다!"

"나도 알아! 자식아!"

원명재 보수장은 고함을 치고는 일단 수밀문의 틈새로 몸을 최대한 끼워 넣었다. 수밀문을 가능한 조금 열기 위해서다. 이때 누군가가 원명 재 보수장의 뒷덜미를 잡았다. 장욱환 갑판장이었다.

"보수장의 힘으로는 저 쇠기둥 치우지 못 해!"

장욱환 갑판장이 고함을 치면서 원명재 보수장을 수밀문에서 떼어냈다.

"제가 왜 못 합니까!"

"못 한다면 못 하는 줄 알아! 그런 소리하고 있을 시간 있으면 빨리 지렛대나 하나 구해와!"

원명재 보수장은 뭐라 말하려다 중지하고는 천장에서 끊어진 채 덜렁 거리고 있는 쇠파이프 하나를 흔들어서 끊어 왔다. 그는 그 쇠파이프를 얼른 수밀문에 받쳤다. 그러자 장욱환 갑판장이 씩 웃으며 말해왔다.

"수고했어! 난 없어도 갑판사관님이 계시니까 괜찮아!"

"예? 무슨 소리이십니까?"

쇠파이프로 수밀문에 잘 갖다 맞춘 원명재 보수장이 고개를 들어 장욱환 갑판장을 보았다.

"우리 배의 침수를 막으려면 보수장이 필요해!"

"예?"

"퍽!"

순간 원명재 보수장은 의식을 잃었다. 장욱환 갑판장의 주먹 한 방에 그대로 뻗어버린 것이다.

"문이 왈칵 열리지 않도록 지렛대를 잘 조정해!"

장욱환 갑판장이 수밀문의 틈새에 몸을 끼우면서 남궁 혁 상병에게 말했다.

"예? 예!"

당황하는 남궁 혁 상병.

"지렛대를 내가 빠져 나갈 수 있을 정도의 틈만 열리도록 잘 조정해서 다시 받혀!"

"갑판장님!"

남궁 혁 상병의 음성은 금세 울음이 터져 나올 것 같았다.

"어서! 시간이 없다!"

"갑판장님!"

남궁 혁 상병은 흐르는 눈물을 닦으며 지렛대를 다시 조정했다. 이어서 장욱환 갑판장은 곧 수밀문을 열었다. 수밀문이 조금 더 열리자 그

틈새로 물이 마구 쏟아져 들어오기 시작했다. 그러나 지렛대로 받쳐놓고 있어서 더 이상 수밀문은 열리지 않고 있었다.

"내가 나가 밖에서 나대로 문을 잡아당길 테니까 너는 빨리 문을 잠가!"

"갑판장님!"

아무 대답도 않은 장욱환 갑판장은 한 손으로 쇠기둥을 위로 받치고는 있는 힘을 다해 수밀문의 틈새로 몸을 밀어 넣었다. 쏟아져 들어오는 물살과 잠시 씨름을 하던 장욱환 갑판장은 마침내 수밀문 밖으로 나가는데 성공했다. 그는 밖으로 나오자 곧바로 쇠기둥을 수밀문의 틈새에서 뽑아내었다. 그리고 곧이어 밖에서 수밀문을 힘껏 잡아당겼다. 남궁 혁 상병도 눈물 콧물을 흘려대며 수밀문을 있는 힘을 다해 밀었다. 수밀문의 손잡이가 돌아갔다. 드디어 닫힌 것이다. 수밀문의 손잡이는 밖에서 장욱환 갑판장이 돌렸다.

"갑판장님! 갑판장님!"

남궁 혁 상병은 눈물을 흘려대면서 수밀문에 나 있는 둥그런 창을 통해 장욱환 갑판장을 애타게 불러 댔다. 수밀문의 창에는 벌써 절반이나 바닷물이 차오르고 있었다.

남궁 혁 상병의 울부짖음에 원명재 보수장이 정신을 차렸다. 그는 정신이 들자 후다닥 일어났다. 그리고 곧바로 수밀문으로 달려갔다. 수밀문의 밖은 이미 천장까지 바닷물이 꽉 들어차 있었다. 장욱환 갑판장이 수밀문의 창을 통해 보였다. 그는 물에 휩쓸리지 않으려고 문고리를 움켜잡고 있었다. 비록 수밀문의 둥그런 창을 통해 본 것이지만 장욱환 갑판장은 분명 활짝 웃고 있었다. 그는 오른손을 들어 엄지를 치켜세웠다. 그리고는 문고리를 잡고 있던 왼손을 놓았다.

함수가 어뢰에 날아가 버려 앞부분이 휑하게 뚫린 바람에 함수 쪽으로는 퍼런 바닷속이 그대로 보였다. 그 어둡고 퍼런 바닷속으로 장욱환 갑판장이 쓸려나가고 있었다. 원명재 보수장이 장욱환 갑판장을 본 것은 그게 마지막이었다.

초계함의 4분의 3은 침몰되지 않고 살아남았다. 원명재 보수장의 결사적인 노력의 결과였다. CIC에는 원명재 보수관이 기관부에서 올리는 보고가 들어오고 있었다.

"모든 침수를 막았습니다. 기관 양호하고 전기 양호합니다!"

김준희 함장은 원명재 보수관의 보고를 듣자 권일재 포술장에게 물었다.

"적의 동향은?"

"중국의 어선단이 엔진을 살려둔 채 그대로 표류 정박하고 있습니다. 아마도 우리의 어뢰 발사기가 살아있어서 잠수함을 보호하기 위한 조치인 것 같습니다."

"음-!"

김준희 함장은 깊은 신음소리를 내며 가만히 있었다. 권일재 포술장의 견해 역시 김준희 함장이 생각했던 것과 같은 말이었다.

사실 그러했다. 원래대로라면 직주어뢰에 의해 초계함이 침몰되었어야 했다. 그러나 반파되는 정도에 그치고 말았다. 그래도 이 직주어뢰의 공격에 의해 초계함의 KMK-32 MOD5 어뢰 발사대라도 파괴되었으면 북한 작전부 공작대로서는 다행한 일인데 초계함은 함수 부분만 타격을 받는 바람에 함미 부근의 중갑판에 설치된 KMK-32 MOD5 어뢰 발사대는 멀쩡했다. 이것은 북한의 작전부 공작대를 당황케 하기에 충분했다.

KMK-32 MOD5 어뢰 발사대가 멀쩡하다는 것은 곧 초계함에서 MK-44 MOD1 어뢰로 북한의 잠수함을 공격할 수 있음을 의미하기 때문이다.

따라서 북한의 잠수함이 기동을 하였다가 만에 하나라도 초계함에서 MK-44 MOD1 어뢰를 잠수함의 엔진 소리를 쫓아가는 수동 방식으로 전환하여 쏘게 되면 잠수함은 곧바로 격침이다. 그렇다고 잠수함이 가만히 있기만 하면 안전이 100% 보장되는 것도 아니다. 초계함에서 MK-44 MOD1 어뢰를 수동이 아닌 능동으로 방식을 바꾸어 발사하게 되면 어뢰가 자체적으로 음파를 발사하여 이의 반사되어 오는 음파에 의해 잠수함을 자동 추적하기 때문에 잠수함이 용케 음파 탐색에서 걸리지 않으면 살지만 그렇지 않으면 역시 격침이다.

다행히 지금 연어급 잠수함이 숨어 있는 곳은 해저 지형이 다소 복잡한 곳이라서 능동형 어뢰의 공격으로부터 다소 안전하기는 하지만 안전성은 50% 밖에 되지 않는다. 그런데 MK-44 MOD1 어뢰는 능동과 수동 양 방식 모두 사용할 수 있는 어뢰이므로 초계함을 공격한 연어급 잠수함은 섣불리 자리를 뜰 수도 없고 그렇다고 무한정 은신할 수도 없는 상황이다.

지금 이 상황에서 북한 작전부 공작대의 입장은 CHT-02D 어뢰를 잠수함에 탑재하지 않고 직주어뢰를 잠수함에 탑재한 것을 후회할 판이다. 그러나 탑재 당시로서는 CHT-02D 어뢰 보다 직주어뢰가 오히려 성공률이 더 높은 것으로 평가됐었다. CHT-02D 어뢰는 음향 항적 및 음향 수동 추적 방식이므로 함선의 소음을 따라 간다. 그러면 멀리 있는 초계함 보다는 잠수함의 근처에 떠 있는 중국 어선단의 어느 어선을 공격할 확률이 높다.

그리고 중국 어선단과 초계함과의 거리 또한 멀지 않으므로 CHT-02D 어뢰에 거리를 입력한다고 하더라도 초계함이 아닌 초계함 근처의 중국 어선을 공격할 확률이 높았다. 아무래도 어뢰는 두 선박이 서로 엇비슷한 거리에 있을 때 어뢰에 보다 더 가까이에서 소음을 내고 있는 배를 공격할 것이기 때문이다. 그렇다면 잠수함에 가까이 있는 선박이 중국 어선이므로 중국 어선이 초계함보다 어뢰에 더 가까이 있는 배가 된다. 따라서 어뢰는 초계함이 아닌 중국 어선을 때리게 될 것이다.

그럼 이러한 경우를 피하기 위하여 중국의 어선단 모두가 엔진을 끄면 CHT-02D 어뢰는 표적에 대한 착오 없이 초계함만을 공격할 것이다. 그러나 만에 하나 초계함에서 이를 눈치 채고 중국 어선단과 더불어 엔진을 꺼버리면 배에서 내는 음향을 따라가는 수동 어뢰인 CHT-02D 어뢰는 무용지물이 되어버리고 만다.

따라서 이러한 여러 변수에 걸친 실수를 하지 않으려면 주변의 상황에 상관없이 무조건 표적을 향해 나아가는 직주어뢰가 성공적으로 표적을 맞출 확률이 높다. 그래서 CHT-02D 어뢰가 아닌 직주어뢰를 연어급 잠수함에 탑재했는데 결과적으로는 절반의 성공 절반의 실패인 상태가 되었다.

이 상황에서 가장 좋은 방법은 초계함을 완전 침몰시키는 것인데 현재 연어급 잠수함의 형편으로서는 초계함에 대해 재차 공격할 수도 없었다. 연어급 잠수함에서 쏠 수 있는 어뢰는 단 두 개뿐으로 이미 다 썼기 때문이다. 따라서 현재 북한의 잠수함은 이러지도 못 하고 저러지도 못 하고 있는 실정이었다.

이에 덩달아 북한의 공작선 역시 자리를 뜰 수 없었다. 북한의 공작선이 자리를 뜨게 되면 이 공작선에 볼모로 잡힌 중국 어선들도 동시에 자리를 뜰 것이고 그렇게 되면 그 선단의 밑에 있던 북한의 잠수함은 졸지에 방패막이를 잃게 되기 때문이다.

중국 어선단이 북한 잠수함 위에 있을 경우 초계함에서 만일 MK-44 MOD1 어뢰를 수동 방식으로 하여 발사하여도 중국 어선단에서 내는 엔진의 소음으로 인해 MK-44 MOD1 어뢰가 북한 잠수함이 아닌 중국 어선을 공격할 수가 있다. 그리고 설혹 초계함에서 MK-44 MOD1 어뢰를 수동이 아닌 능동 방식으로 발사하여 북한 잠수함을 명중시킬 수 있다하더라도 초계함에서는 섣불리 그렇게 할 수가 없다. 만일 그렇게 했다가는 북한 잠수함의 위에 떠 있는 중국 어선들도 같이 침몰되어 버릴 것이기 때문이다. 그렇게 되면 새로이 국제 분쟁이 야기된다. 따라서 이래저래 초계함에서는 MK-44 MOD1 어뢰를 함부로 발사할 수 없는 처지이다. 이처럼 중국 어선단은 북한 잠수함에 있어서 훌륭한 방패였다.

그러나 중국의 어선단이 위치를 바꾸든가 해산되면 사정이 달라진다. 초계함에서는 전혀 꺼릴 것 없이 곧바로 MK-44 MOD1 어뢰로 북한의 잠수함을 공격할 수 있다. 때문에 북한 공작선으로서는 연어급 잠수함을 보호하기 위해서 어떻게 자리를 뜰 수 없는 상황이었다. 북한 잠수함으로부터 방패를 치우면 안 되기 때문이다.

"지금 중국 어선단의 위치는 변동이 없나?"

김준희 함장이 임진형 음탐관에게 물었다.

"아니, 있습니다. 조류에 의해 아까보다 좌측으로 0.5마일 정도 이동되었습니다!"

"음-!"

김준희 함장은 잠깐 생각하다가 다시 물었다.

"그럼 아함과 공작선과의 거리는?"

"1마일이 조금 넘습니다."

"1마일?"

"예! 함장님! RT-20의 사정거리에 들었습니다."

"흠-!"

김준희 함장은 얼굴이 굳어졌다. RT-20의 사정거리를 벗어나려면 엔진을 가동시켜 기동을 해야 한다. 현재 엔진이 살아있으므로 기동이 가능하다. 그런데 전진은 할 수 없다. 그렇게 했다가는 헤쳐지는 물살에 의해 그나마 남아 있던 초계함의 후미마저도 침몰되어 버리고 만다. 우회전이든 좌회전이든 이는 마찬가지이다. 초계함의 절단면이 받는 물살의 정도가 전진했을 때보다 조금 약하다뿐이지 초계함의 절단면에 물살이 들이치는 것에 있어서는 어차피 같다. 그렇다고 후진할 수는 없는 일이다.

"포술장!"

김준희 함장은 권일재 포술장을 불렀다.

"예! 함장님!"

"지금 방위로 하여 어뢰 세팅을 재조정해 놓아!"

"예! 알겠습니다!"

"그리고 통신장!"

"예!"

"함교로 올라가 부장에게 저들의 공격이 예상되니 조심하라고 전해!"

"옛! 알겠습니다!"

주장훈 통신장이 자리에서 얼른 일어나 CIC를 나섰다. 현재 북한의 공작선과 잠수함이 사정상 기동을 못 하고 있지만 그렇다고 저들이 마냥 이대로 있을 수는 없는 상황이었다. 지금 한국의 구축함과 초계함 그리고 참수리 고속정이 전속력으로 이곳을 향해 오고 있는 중이기 때문이다. 공군도 서산 해미의 20전투비행단기지에서 즉시 KF-16기 2대를 이곳을 띄워 보냈으나 몇 번 선회하다가 돌아갔다. 중국의 어선단 때문에 어떻게 공격을 해볼 수가 없었기 때문이다. 그러나 상황이 조금이라도 바뀌면 이들 KF-16기는 언제든지 곧바로 다시 날아올 것이다.

따라서 북한의 공작선과 잠수함은 어떻게 하든 지금의 이 상황을 한시바삐 벗어나야만 한다. 그러기 위해서는 먼저 북한의 공작선이 어떤 수로든 활로를 뚫어야 한다. 하지만 활로를 뚫기 위해 잠수함이 먼저 움직일 수는 없다. 그랬다가는 초계함의 MK-44 MOD1 어뢰를 벗어날 길이 없다. 이 어뢰는 사정거리가 5km나 되기 때문에 지금 이처럼 가까운 거리에서 어설프게 기동했다가는 사정거리를 벗어나기도 전에 격침되기 십상이다. 따라서 섣불리 잠수함이 기동할 수는 없다. 따라서 어떻게 하든 북한의 공작선이 먼저 이 난국을 타개해주어야 한다. 그 방법은 단 하나뿐이다. 초계함을 공격하여 어뢰를 무능화시키는 것이다. 그러기 위해서는 함교와 CIC를 공격해야 할 것이다.

김준희 함장의 우려는 적중했다. 주장훈 통신장이 함교로 올라가기 직전 함교에 구경이 무려 20mm에 달하는 RT-20의 탄환이 날아들었다.

"부장님!"

주장훈 통신장이 고함을 지르며 함교 위로 뛰어올라갔다.

"부장님!"

권대영 부장은 서 있지 않았다. 그는 바닥에 누운 채 꼼짝도 하지 않았다. 권대영 부장은 목 아래 부분을 맞아 갈비뼈가 드러나 보였다. 조준 사격이었다. 이 정도의 사격술이라면 북한의 공작선에 탄 자들은 모두 경보교도지도국에서 차출되어 온 자들이 틀림 없었다.

"부장님이 전사했습니다!"

주장훈 통신장이 함교에서 함교 아래의 CIC를 향해 소리를 질렀다.

"함교는 포기한다. 대원들을 모두 퇴각시켜!"

김준희 함장의 명령을 받은 권일재 포술장이 CIC에서 나와 소리쳤다. 이때였다. CIC의 벽에 꿍음이 들렸다. 또 다시 날아든 RT-20의 20mm 탄환이었다.

"으아아악!"

통신병 이혁진 병장이 나뒹굴었다.

"내 눈! 내 눈! 으아아악!"

20mm 탄환의 충격에 의해 계기판이 깨지면서 유리 파편이 그의 두 눈을 찌른 것이다. 그의 얼굴은 날아든 유리 파편을 맞아 온통 피투성이었다. 그리고 두 눈에서는 피가 줄줄 흘러내리고 있었다.

"괜찮아! 괜찮아! 병원 가면 괜찮아 질 거야!"

함교에서 내려온 주장훈 통신장이 이혁진 병장을 끌어안으며 소리쳤다. 그리고는 신속하게 이혁진 병장의 얼굴에 박힌 유리 파편들을 뽑아 내기 시작했다.

CIC는 방탄으로 되어 있어서 히스파노 수이자 기관포탄인 20mm 탄환도 다행히 뚫지는 못했다. 그러나 CIC에 있는 계기들이 20mm 탄환의 충격에 의해 고장이 났다. 이들 계기의 고장에 있어서 가장 난감한 것은 사격통제장치가 부서져 어뢰의 공격에 있어 CIC에서 공격 단추를 누를 수 없게 되었다는 것이다.

"따따다다다다땅!"

"땅! 땅! 땅! 따다다당!"

초계함의 함미 갑판에서는 K-2 자동소총의 총소리가 요란하게 들려오고 있었다. 박준영이 대원들을 이끌고 함미 갑판에 포진한 채 북한의 공작선을 향해 위협사격을 해대는 소리였다. 초계함에서 사라진 부분은 함수이므로 다행히 병기고는 남아 있었다. 이에 박준영이 대원들에게 K-2 자동소총으로 무장 시키고 함미 갑판에 매복하고 있었다. 그러다 북한의 공작선에서 RT-20으로 공격을 재개하자 박준영과 대원들이 일제히 사격을 개시하였다. 그러나 공작선에 대해 직접적으로 공격하지는 못했다. 자칫 잘못하면 북한 공작선 옆에서 표류 정박해 있는 중국 어선의 선원들이 맞을 우려가 있어서이다. 하지만 북한 공작원들의 공격에 대한 견제 효과는 충분했다. RT-20을 쏘던 자들이 함미 갑판에서 K-2 자동소총을 쏘아대는 박준영과 초계함 대원들을 향해 RT-20을 한 발 더 쏘고는 이내 갑판의 해치 아래로 황급히 몸을 숨겼기 때문이다. 북한 공작대가 마지막으로 쏜 RT-20의 히스파노 수이자 기관포탄은 중간 갑판에 있는 40mm 기관포의 포대를 맞췄다. 40mm 기관포의 포대에는 사람 머리만 한 구멍이 뻥 뚫렸다. 이에 40mm 기관포는 포대 내부가 엉망으로 부서졌다.

"음탐관!"

김준희 함장이 갑자기 임진형 음탐관을 불렀다.

"옛!"

"레이더는 살아있나?"

"옛! 다행히 살아있습니다!"

"그럼 중국 어선단이 처음 위치에서 또 어느 정도 멀어졌나?"

"조류가 강해서 지금은 1.3마일 정도 멀어졌습니다!"

"좋아! 포술장! MCR에 있는 기관장과 후미 갑판에 있는 갑판사관은 CIC로 호출하고 각 직별장도 CIC로 집합시켜!"

김준희 함장은 무엇인가 큰 결심을 한 듯 명령을 내렸다. 잠시 후 CIC에는 기관장 이강현과 갑판사관 박준영 그리고 기관사 전영준과 내연사 신윤범 및 보수장 원명재와 병기장 라진수가 들어왔다. 그런데 이들과 CIC에 있는 직별장을 제외한 나머지 직별장들은 모이지 못했다. 그들은 모두 이미 전사했다.

김준희 함장은 이들이 전부 모이자 잠깐 눈을 감았다 떴다. 그리고는 비장한 음성으로 입을 열었다.

"지금 놈들이 우리를 공격해오는 것으로 봐서는 놈들이 곧 여기를 뜰 것으로 보인다. 더 지체하다가는 우리 함대가 도착할 것이므로 저들은 한시바삐 이곳을 벗어나려 할 것이다. 그러나 나는 저놈들을 보낼 줄 생각이 없다. 이것은 나의 고집이 아니라 군인으로서의 임무이기 때문이다."

그의 표정은 마치 바위와 같이 단단히 굳어 있었다. 대원들을 둘러보면 말하던 김준희 함장은 잠시 말을 끊었다. 아무 말 없이 조용히 얼마간 대원들을 쳐다보던 그는 다시 단호한 음성으로 말을 시작했다.

"우리에게는 아직 배가 있고 장병이 있고 적이 있다. 그러나 후퇴 명령은 우리에게 주어지지 않았다. 따라서 우리는 계속 공격한다. 이유는 간단하다. 우리는 군인이기 때문이다. 적이 있으면 무찔러야 한다는 군인의 사명은 국민이 준 명령이다. 우리는 군인이므로 국민이 내린 명령을 수행한다.”

김준희 함장에게는 누구도 꺾을 수 없는 굳은 의지가 흐르고 있었다. 그는 또 다시 잠시 말을 멈추고 대원들을 다시 한번 더 찬찬히 둘러보았다. 그리고는 차분히 가라앉은 음성으로 입을 열었다. 그런데 이번에 흘러나오는 그의 음성에는 고뇌와 괴로움이 젖어 있었다. 그리고 또 한편으로는 미안함도 배어 있었다.

“나는 어뢰로 적 잠수함을 침몰시킬 것이다. 그리고 배를 전속으로 후진시켜 저 공작선과 충돌할 것이다. 나는 저 공작선도 역시 잡을 것이다. 적을 완전 괴멸시키는 것이 지금 우리가 완수해야 할 명령이자 임무이다. 따라서 내가 호명하는 사람은 여기에 남고 나머지 사람은 모두 이함한다!”

“……!”

CIC에 모인 사람들은 모두 아무 말도 없었다.

“우선 기관장은 여기에 남는다. MCR에서 기관을 책임진다!”

“지당하신 말씀이십니다! 불러주셔서 감사합니다!”

이강현 기관장이 경례를 부치고는 씨익 미소를 지으며 대답했다. 김준희 함장은 이강현 기관장의 대답을 듣자 이번에는 신윤범 내연사를 돌아다보았다.

“그리고 신윤범 내연사도 남는다. 함교가 부서졌기 때문에 수동으로 타를 움직여야 한다. 내연사가 후타실을 맡아야 하겠다!”

“옛! 알겠습니다! 동참시켜주셔서 감사합니다!”

신윤범 내연사도 활짝 웃으며 대답했다.

"그외 기관부 인원은 모두 이함한다! 알았나? 전연준 기관사? 기관부원들을 모두 인솔하고 이함하도록!"

김준희 함장이 전영준 기관사를 바라보았다.

"아니! 함장님! MCR만 잘 지키면 뭐 합니까? 정작 엔진이 말썽 피우면 끝 아닙니까?"

긴장 한 채 부동자세로 서 있던 전영준 기관사가 정색을 하고 김준희 함장에게 항의를 해왔다.

"그러니까 제가 엔진 이 놈이 말썽 피우지 않도록 끝까지 잘 보살펴야 합니다! 그게 또 제 책임이니까 저에게 책임을 다할 기회를 주십시오!"

전영준 기관사는 김준희 함장이 어떤 말을 해도 물러나지 않겠다는 기세로 말했다. 김준희 함장은 잠시 말이 없었다. 그러다 전영준 기관사를 바라보며 짤막하게 말했다.

"그럼, 임무를 완수해!"

김준희 함장은 전영준 기관사의 잔류를 허락한 다음 원명재 보수장을 불렀다.

"보수장!"

"옛!"

"보수장은 이함하도록!"

"예?"

"보수장은 이함한다!"

"예? 아니 함장님! 전 못 합니다! 절대로 이함 못 합니다!"

원명재 보수장이 흥분된 음성으로 말해왔다.

"이함해!"

“아니, 못 합니다! 저에게도 임무를 완수할 기회를 주십시오!”

원명재 보수장은 부동자세를 취하며 큰소리로 말했다.

“보수장! 보수장의 임무는 이미 끝났다. 우리 초계함을 가라앉지 않게 함으로써 보수장의 임무는 종료되었다. 이제…… 이 배는 더 이상 보수장이 필요하지 않아! 내리게!”

“……!”

“국가가 보수장에게 새로운 임무를 부여할 걸세! 여기서의 임무는 이것으로 끝이네! 가서 국가로부터 새로운 임무를 받게! 그동안 같이 지내서 행복했네!”

김준희 함장는 단호하게 말하고는 그에게서 등을 돌렸다.

“하- 함장님!”

원명재 보수장의 부동자세는 한 순간에 무너지고 있었다.

“함장님! 저는 지금까지 30년 동안 제 직별에 대해 한 번도 후회한 적이 없었습니다. 저는 제 직별에 무한한 자긍심과 보람을 가지고 있었습니다. 그런데…… 지금은 제 직별이 너무도 원망스럽습니다. 제 직별에 대해 처음으로 회의를 느낍니다.”

원명재 보수관은 어느덧 굵은 눈물을 흘리고 있었다.

“함장님을 모셔서 영광이었습니다. 저도 함장님과 여러분을 만나 행복했습니다. 제가 죽는 날까지 여러분들을 사랑할 겁니다.”

원명재 보수관은 솥뚜껑 같은 손으로 눈물을 훔쳤다. 그리고는 부동자세를 취하고 마지막 경례를 부쳤다.

“필승!”

원명재 보수관은 뒤도 돌아보지 않고 그대로 CIC를 나갔다.

“사통장!”

김준희 함장은 원명재 보수관이 CIC를 나가자 이번에는 지일호 사통장을 불렀다.

“예-옛!”

지일호 사통장은 잔뜩 긴장한 채 대답을 했다. 혹시나 자기에게도 이함하라는 명령을 내릴까하여 걱정되어서이다.

“이함해!”

역시였다. 김준희 함장은 지일호 사통장에게도 이함 명령을 내리고 있었다.

“함장님!”

“이함해!”

“함장님! 제발 군인답게 죽게 해주십시오!”

“군인은 자신의 임무에 맞춰 죽을 때 군인답게 죽는 것이야. 지금 사통장치가 고장 나서 사통장이 할 수 있는 일은 아무 것도 없네!”

“그럼, 갑판에 나가서 총이라도 쏘다가 죽겠습니다!”

“그게 사통장의 임무인가?”

“……!”

“사통장의 임무 역시 사통장치의 고장과 더불어 끝났어. 이 배에서는 더 이상 자네가 수행해야 할 임무가 없네. 국가가 다시 부를 것일세!”

“하- 함장님! 으흐흐흑!”

지일호 사통장은 마구 흐느껴 울었다. 그리고는 김준희 함장에게 마지막 경례를 부치고는 비틀거리며 CIC를 나섰다.

“병기장!”

이번에는 병기장 차례였다. 김준희 함장이 라진수 병기장을 바라보았다.

"옛! 함장님! 전 이함 안 합니다! 절대로 할 수 없습니다. 놈들을 공격해야 하는데 제가 이함할 수는 없습니다!"

라진수 병기장은 지레 짐작하여 명령을 수행할 수 없다면서 결연한 음성으로 말해왔다. 그러나 김준희 함장의 명령은 짧았다.

"이함해!"

"함장님!"

"우리가 할 수 있는 공격 수단은 어뢰 밖에 없다. 다행히 마스트 위의 WSA-423과 함미의 ST-1802가 무사하지만 이들 사격통제 레이더가 무사하면 무엇 해? 여기 CIC의 사격통제장치가 부서졌는데. 76mm 주포는 CIC 사격통제장치가 부서졌으니 아예 전혀 쏠 수 없고, 그나마 40mm 기관포는 CIC 사격통제장치가 부서져도 수동으로 쏠 수 있지만 지금 40mm 기관포 포대가 부서져버렸으니 수동으로도 쏠 수 없는 상황이 아닌가? 그리고 설사 어떻게 함포를 쏜다고 해도 중국 어선들 때문에 도대체 함포를 쏠 수 없지 않은가? 그런데 어뢰는 이러한 문제에 상관없이 쏠 수 있잖아! 더구나 포술장 한 명만 있어도 쏠 수 있어! CIC가 공격당하기 전에 이미 어뢰에 세팅을 해놨기 때문에 포술장은 그냥 가서 수동으로 발사만 시키면 돼!"

"함장님! 그럼 포술장님과 같이 어뢰를 발사시키겠습니다."

라진수 병기장은 어떻게든 남겠다는 듯이 말해왔다.

"뭐 하러?"

하지만 김준희 함장의 반응은 냉정했다.

“그까짓 일에 뭐 하러 그렇게 인력을 낭비하나? 안 그런가?”

김준희 함장은 물끄러미 라진수 병기장을 바라보았다. 라진수 병기장도 역시 김준희 함장을 부동자세로 쳐다보았다. 그러다 끝내 라진수 병기장은 마지못해 경례를 부쳤다.

“하- 함장님! 그- 그럼……! 필승!”

경례를 마친 라진수 병기장은 등을 돌렸다. 그리고는 눈물을 훔치면서 그대로 후다닥 CIC를 뛰쳐나갔다. 김준희 함장은 라진수 병기장이 나가자 곧바로 임진형 음탐관과 주장훈 통신장을 불렀다.

“음탐관 그리고 통신장!”

“옛!”

“예!”

“귀관들은 자기 직별 대원들을 이끌고 모두 이함해!”

“예?”

“예에?”

“음탐관은 함수의 소나가 없어졌으니까 임무가 소실됐다. 그리고 통신장은 우리 통신기기가 부서졌기 때문에 역시 임무를 수행할 수가 없다. 군인은 자기 임무를 수행할 때 비로소 진정한 군인이 된다. 귀관들은 현재 임무를 수행할 수 없다. 국가가 귀관들에게 임무를 수행할 기회를 다시 줄 것이다. 하지만 지금은 아니다. 살아서 대기하라! 따라서 지금 귀관들에게 주어지는 새로운 임무는 반드시 살아라 이다. 함장으로서 마지막 명령이다. 살아남아라!”

임진형 음탐관과 주장훈 통신장은 김준희 함장의 명령에 아무 반론도 붙이지 않았다. 그들은 다만 고개를 숙인 채 눈물만 흘리고 있을 뿐이었다. 그러다 가까스로 고개를 들었다. 그리고는 부동자세로 경례를 부쳤다.

"필승!"

"필승!"

그들은 떨어지지 않은 발걸음으로 CIC를 나섰다. 이제 그들은 김준희 함장의 명령대로 반드시 살아남기 위해 노력할 것이다. 그리고 여기 초계함에 남은 사람들에게 부끄럽지 않도록 새로운 임무를 수행해나갈 것이다.

"전탐장!"

김준희 함장은 임진형 음탐관과 주장훈 통신장까지 CIC에서 내보내자 조용한 음성으로 천호영 전탐장을 불렀다.

"예! 함장님!"

"음-!"

김준희 함장은 잠시 뜸을 들였다. 그리고는 무거운 음성으로 말했다.

"전탐장은 남아! 나랑 같이 가자!"

김준희 함장은 말을 마치자 눈을 감았다.

"하- 함장님! 함장님! 감사합니다!"

천호영 전탐장의 음성은 떨렸다.

"우리가 정확히 충돌하게끔 방향을 확실하게 잡아드리겠습니다!"

천호영 전탐장은 미소를 지으며 대답했다. 그의 눈가에는 자그마하게 이슬이 맺혔다. 하지만 김준희 함장은 그의 눈가에 맺힌 이슬을 보지 못했다. 눈을 감고 있었기 때문이다. 그에게서 등을 돌린 김준희 함장의 꼭 감은 두 눈은 물기로 촉촉이 젖어들고 있었다. 자기가 이 배에 남긴 이들은 이제 모두 죽을 것이다. 산다는 보장은 없다. 김준희 함장은 이들을 다 데리고 가는 것이다.

얼마간 가만히 있던 김준희 함장은 이번에 박준영을 불렀다.

"갑판사관!"

"옛!"

"이함해!"

"예?"

"귀관의 임무는 따로 있지 않나?"

"저-!"

"맞지?"

"……!"

"군인은 자신의 임무를 수행해야 하는 책임이 있어. 귀관은 임무를 수행하지 못했으니 임무를 마저 수행해야 되겠지?"

"……!"

"나는 이게 내 임무야. 이 배를 지키고, 적들의 침입을 막고, 우리를 공격한 적들을 물리치는 것! 이게 내 임무일세."

"……!"

"그래서 나는 내 끝나지 않은 임무를 완수하려는 것이고, 귀관은 더 이상 여기서 임무를 완수할 수 없으니 이함하도록!"

"함장님!"

"아-! 참! 귀관이 비록 우리 배에 임시 직책으로 왔다하더라도 직책은 직책이니까 내가 함장으로서 그 직책에 대한 명령을 내리겠네!"

"……!"

"귀관은 갑판사관이니까 단정으로 대원들을 구조하게! 이게 내가 귀관의 상관으로서 내리는 마지막 명령일세!"

"함장님!"

"자, 그럼 그만 이함해!"

"함장님! 그럼……, 저에게…… 저에게 주신 갑판사관의 임무 완수하겠습니다! 아무 심려 마십시오! 필승!"

박준영은 떨리는 입술을 꾹 다물며 CIC를 빠져나왔다. 그리고는 단정이 있는 중간 갑판으로 뛰어갔다. 단정은 장욱환 갑판장이 단정을 내리기 전에 숨겼기 때문에 아직 중간 갑판에 매달려 있었다. 그러나 좌현에 있던 단정은 누군가에 의해 이미 바다에 내려져 있었다. 박준영은 우현에 매달려 있는 나머지 단정을 대원들과 함께 바다로 내렸다.

이제 이함 명령이 떨어지면 수많은 대원들이 바다로 뛰어들 것이다. 지원함이 이곳에 도착하기 전에 이 초계함은 적을 향해 돌진할 것이기 때문에 대원들은 지금 바다에 뛰어들어야 한다. 박준영은 좌우전후로 마구 흔들리는 단정에 서서 갑판을 올려다보았다. 얼마 안 있어 함미 갑판과 중간 갑판으로 붉은색 구명조끼를 입은 대원들이 쏟아져 나오기 시작했다. 함장의 전 대원 이함 명령이 하달된 것이다. 그들은 지체 없이 바로 바다로 뛰어들기 시작했다. 초계함이 기동을 하기 전에 바다에 뛰어들어 될 수 있는 한 배로부터 멀리 떨어져야 하기 때문이다. 그렇지 않으면 배의 스크루 물살에 휩쓸려 배 밑으로 빨려들어 갈 수가 있다. 그리고 어물어물 하다가 북한의 공작선으로부터 저격을 당할 수도 있기 때문이다.

초계함에서는 마치 동백꽃 붉은 꽃잎이 해풍에 떨어지듯이 빨간 구명조끼를 입은 대원들이 일제히 바다로 떨어져 내리고 있었다.

"빨리 저쪽으로 배를 저어!"

박준영은 단정에 탄 대원들에게 명령을 내리면서 물속에서 허우적거리고 있는 대원들을 구조해냈다. 단정에는 모터가 설치되어 있었으나 이를 사용하지 않았다. 모터를 쓰다가 자칫 물에 빠진 사람들에게 위험을 줄 수도 있기 때문이다. 그래서 더디고 힘들지만 노를 저어가며 사람들을 구조하고 있었다. 이때 박준영의 단정 안에서는 의무병 길종민 상병이 통신병 이혁진 병장의 두 눈에 대해 간병을 하고 있었다.

2월의 바다는 차기만 했다. 영상 2도 정도의 찬물이었다. 때문에 조금이라도 늦게 구조되는 대원들은 저체온증으로 인해 대개 의식을 잃거나 잃어가고 있었다. 다만, 이 상황에서 한 가지 다행한 것은 여름이 아니라서 갈치 떼의 습격은 피할 수 있다는 것이었다. 바다의 늑대로 불리는 갈치떼의 습격을 받으면 속수무책으로 당할 수밖에 없다. 처음에는 사방에서 살이 뜯겨 나가고 이어서 내장이 사방으로 뜯겨 나간다. 상어라면 상어 퇴치용 총이라도 쏘겠지만 갈치떼는 마땅한 퇴치용 무기가 없다. 물어뜯을 때는 거대한 하나의 몸체이지만 공격을 당할 때는 낱낱으로 흩어져 버려 탄환이 무색해져 버린다. 그리고 곧바로 또 다시 하나의 거대한 괴물이 되어 다시 물어뜯는다. 이때 몸체는 하나이지만 물어뜯는 입은 수십 개이다. 수십 개의 입마다 날카로운 이를 드러내고 살을 뜯어댄다. 따라서 이 괴물은 총을 쏘아도 쏘아도 죽지 않는 살인마이다. 해군에 있어서 해상 표류 시 상어에는 비견도 되지 않는 가장 무서운 존재이다.

"가- 갑판사관님!"

저 멀리서 누군가 허우적거리며 박준영을 결사적으로 불렀다. 사관당번 이정은 병장이었다. 그런데 그는 구명조끼를 입지 않고 있었다. 아니 입지 않은 것이 아니라 구명조끼의 끈을 제대로 매지 않아서 배에서 뛰어내렸을 때 물의 표면과 부딪치는 충격에 의해 그만 구명조끼가 훌렁 벗겨져 버린 것이다. 그래서 몸만 구명조끼에서 쏙 빠져서 물속 깊숙이 처박혔다가 올라온 것이다.

이정은 병장은 수영을 좀 하는 측에 속했다. 그런데 이번에는 영 아니었다. 거의 통나무 수준으로 몸을 억지로 움직이고 있었다. 물이 너무 차서 사지가 오그라들고 있었기 때문이다.

"저 쪽으로 어서 가자!"

박준영이 단정의 대원들에게 소리쳤다. 그러나 이정은 병장에게 가기에는 거리가 좀 멀었다. 그리고 지금 이 순간에도 다른 대원들이 단정에 올라타고 있었기 때문에 이정은 병장 하나만을 구하기 위해 이들을 모두 떨쳐버리고 갈 수는 없었다.

"이 병장!"

박준영이 이정은 병장에게 소리쳤다. 그러나 그의 음성을 들을 이정은 병장은 그곳에 없었다. 가라앉은 것이다. 박준영은 그가 보이지 않자 그 즉시 바다로 뛰어 들었다. 그리고는 이정은 병장이 사라진 근처까지 가서는 바로 잠수해 들어갔다.

물속에는 이미 여러 대원들이 죽은 채 가라앉고 있었다. 그중에서 물속 저 깊은 데서 이정은 병장도 가라앉고 있었다. 박준영은 결사적으로 잠수해 들어갔다. 그리고는 이정은 병장의 머리채를 움켜잡고 물 밖으로 나왔다. 이정은 병장은 사지를 오그린 채 굳어 있었다. 저체온증에 의한 익사자의 전형적인 자세이다. 박준영은 이정은의 머리채를 끌며 단정을 향해 필사적으로 헤엄쳐 갔다. 이때 단정 안에 있던 길종민 의무병이 박준영을 보고 외쳤다.

"갑판사관님! 이 병장은 포기하십시오!"

"안 돼!"

"갑판사관님! 벌써 5분이 지났습니다! 지금 8분째입니다!"

"……!"

박준영은 이정은 병장을 잡아당겨 꽉 끌어안았다. 그리고는 그의 이마에 입맞춤을 하였다.

"정은아! 정은아! 미안하다!"

박준영은 이정은 병장을 놓았다. 이정은 병장은 스르르 그의 품안을 벗어나 다시 물속 깊이 가라앉아 갔다.

박준영도 사지가 오그라들기 시작했다. 이때 누군가가 박준영의 목덜미 부분의 깃을 강하게 낚아챘다. 길종민 의무병이었다.

한편, 후미 갑판으로부터 지하 1층이 되는 후타실에서는 기관병 남궁혁 상병이 신윤범 내연사하고 나란히 바닥에 앉은 채 다정다감하게 이야기를 나누고 있었다.

"야! 남궁아! 너 정말 안 내릴 거야?"

신윤범 내연사는 남궁 혁 상병을 부를 때는 항상 성을 이름마냥 불렀다.

"에이! 내연사님! 전 이름이 혁이지 남궁이 아닙니다!"

"임마! 우리 배에 남궁이 너밖에 더 있어?"

"그건 맞지만……!"

"임마! 그럼 됐지! 뭐가 불만이야!"

“에이! 그래도 전 혁이지 남궁이는 아닌데!”

“어쭈! 자꾸 그러면 아예 남궁이가 아니라 궁뎅이로 부른다!”

“어혁!”

“싫지! 거봐 그러니까 가만히 있어!”

“옙!”

“하하하! 녀석!”

신윤범 내연사는 남궁 혁 상병을 귀여운 듯이 바라보며 웃었다.

“남궁아! 너 지금도 늦지 않았다! 어여 내려라!”

신윤범 내연사는 후타실 천장을 바라보며 말했다.

“에이, 좋아요 그럼 난 내릴 테니까 내연사님 혼자서 타를 돌리세요!”

“뭐?”

“왜요? 못 하겠죠?”

“임마! 못 하기는 왜 못 해! 우선 여기 돌려놓고 그 다음에 거기 가서 돌리고 하면 되지!”

“하하하!”

남궁 혁 상병은 재미있다는 듯이 크게 웃었다.

“내연사님! 개그 중에서 제일 웃겼어요!”

“뭐? 그러냐? 허허허!”

신윤범 내연사는 허탈하게 웃었다. 이때 후타실의 인터폰을 통해 김준희 함장의 명령이 떨어졌다. 전원이 살아 있기 때문에 인터폰으로 연락이 된 것이다. 김준희 함장의 명령을 들은 신윤범 내연사가 인터폰을 끊으며 남궁 혁 상병을 보며 급히 말했다.

“혁아! 타를 014도로 틀란다!”

"그래요?"

남궁 혁 상병은 얼른 몸을 일으켜 자리에서 일어났다. 그리고는 신윤범 내연사와 더불어 남궁 혁 상병도 타를 돌리기 시작했다.

"혁아! 정말로 이제 너하고 같이 가게 되었구나!"

신윤범 내연사가 애잔한 눈길로 남궁 혁 상병을 바라보았다.

"왜 싫으세요? 전 좋은데? 그런데 이제 막판에 와서 제 이름을 부르십니까!"

"임마! 니 이름 불러주는 게 소원이라며! 떠나기 전에 한번 불러준 거다! 다신 안 부를거야 임마!"

"제가 언제 소원이라고까지 했습니까! 그래도 불러주시니 좋네요! 하하하!"

"하하하!"

신윤범 내연사와 남궁 혁 상병이 서로 유쾌하게 웃을 때 초계함은 서서히 움직이기 시작했다.

초계함이 다시 기동을 시작할 때 권일재 포술장은 함미 중간 갑판에 나와 있었다. 그는 KMK-32 MOD5 어뢰 발사대에 서서 어뢰를 발사시키기 위해 중간 갑판에 쳐진 라이프 라인을 젖히고 있었다.

"포술장님!"

누군가가 살며시 권일재 포술장을 불렀다. 그는 깜짝 놀라며 뒤를 돌아다보았다. 라진수 병기장이었다.

"아니? 아까 이함하지 않았어?"

"예! 아무래도 이함할 수 없었습니다!"

"함장님이 명령했잖아! 이함하라고!"

"그래도 어뢰를 쏘는데 제 도움이 필요할 것 같아서 내릴 수가 없었습니다!"

"……!"

권일재 포술장은 잠깐 말이 없었다. 그러다 밝은 표정을 지으며 라진수 병기장을 보았다.

"사실 나 혼자 하기는 좀 벅찼어! 자 이리 와서 이 녀석 포구를 바다 쪽으로 돌리자!"

권일재 포술장은 낑낑 대면서 KMK-32 MOD5 어뢰 발사대의 포구가 바다를 향하도록 돌렸다.

라진수 병기장이 얼른 달려와 같이 권일재 포술장과 같이 힘을 합쳐 KMK-32 MOD5 어뢰 발사대의 포구를 바다 쪽으로 돌렸다.

"가만! 병기장! 이 발사대의 앞에 있는 라이프 라인 기둥 좀 마저 다 쓰러뜨려주게! 자꾸 걸리적거리네!"

"예!"

라진수 병기장은 쭈그려 앉은 자세로 함측에 있는 라이프 라인의 기둥들을 따라가며 재빨리 눕히기 시작했다. 그때 순간 라진수 병기장은 눈앞이 하얘졌다.

"퍽!"

권일재 포술장의 주먹이 날아든 것이다.

라진수 병기장이 다시 정신을 차렸을 때는 길종민 의무병이 그를 바다 위에서 단정 위로 끌어올리고 있을 때였다.

"포술장님! 포술장님!"

라진수 병기장은 단정 안에서 초계함의 중간 갑판을 향해 목 놓아 외쳤다.

"잘 가! 사랑한다!"

권일재 포술장이 초계함의 중간 갑판에서 손을 크게 흔들며 외쳤다. 그리고는 잠깐 있다가 곧바로 KMK-32 MOD5 어뢰 발사대에서 수동조작으로 MK-44 MOD1 어뢰를 발사했다.

"쾅!"

마침내 1번 어뢰가 발사되었다.

"포술장님!"

라진수 병기장은 멀어져 가는 초계함을 향해 울부짖었다. 그리고는 뜨거운 눈물을 흘리며 초계함을 향해 거수경례를 부쳤다. 이때 단정 위의 대원들 모두 거수경례를 부쳤다. 물 위에 떠 있던 대원들도 초계함을 향해 거수경례를 부쳤다. 이제 저 초계함은 돌아오지 않는 싸움의 길을 떠나는 것이다.

능동 모드로 하여 날아간 1번 어뢰는 터지지 않았다. 북한의 연어급 잠수함을 찾는데 실패한 것이다. 권일재 포술장은 5분이 지나도 어뢰가 터지지 않자 방위를 조금 틀어서 2번 어뢰를 발사했다. CIC의 사격통제 장치가 부서지기 전에 어뢰를 세팅해 놓았기 때문에 어뢰를 발사하는 데에는 아무 문제가 없었다. 다만, 하나 마음에 걸리는 것은 북한의 잠수함이 그 세팅대로 그 자리에 있어주느냐이다.

2번 어뢰는 1번 어뢰와는 달리 수동 모드로 맞춰져 있었다. 북한 잠수함이 1번 어뢰에 격침되지 않았다는 것은 그들이 초계함으로부터의 어뢰 공격이 시작되었다는 것을 이제는 분명히 알고 있다는 것을 의미한다. 그렇다면 재차 어뢰의 공격이 또 올 것이라는 것도 그들이 잘 알 것이다. 어떻게 1번 어뢰는 운 좋게 그냥 지나갔지만 2번 어뢰도 그냥 지나갈 것이라는 보장이 없다. 그럼 가만히 앉아서 어뢰가 와서 때려주기만을 기다리는 것보다는 능동적으로 어뢰를 회피하는 것이 더 생존 확률이 높을 것이다. 북한의 연어급 잠수함은 마침내 기동을 하기 시작했다.

그런데 1번 어뢰가 김준희 함장이 파놓은 함정이었다. 북한 잠수함이 내려앉아 은신한 곳은 해저지형이 복잡해서 능동형 모드로 해서는 잡기가 어렵다. 따라서 50%의 확률을 따라 또 다시 능동 모드로 해서 어뢰를 발사하는 것은 전력 낭비다. 그렇다면 잠수함이 기동을 해주어야만 수동 모드로 해서 어뢰를 쏠 수가 있는데 문제는 북한 잠수함이 엔진을 끈 채 꼼짝도 않는다는 것이다. 이를 움직이게 하는 방법은 하나뿐이다. 바로 위협을 주는 것이다. 위협을 느끼면 자연 움직이게 되어 있다. 그래서 김준희 함장이 맞출 확률이 50% 밖에 되지 않았지만 능동 모드로 해서 북한 잠수함에 대해 쏜 것이다. 그리고 김준희 함장의 계산대로 북한 잠수함은 움직이기 시작했다.

수동 모드로 맞춰진 2번 어뢰는 30노트의 속도로 북한 잠수함을 향해 헤엄쳐 갔다. 현재 중국의 어선단이 본래 있던 곳으로부터 1.3마일 정도 떠 밀려갔기 때문에 중국 어선단의 엔진 소음에 MK-44 MOD1 어뢰가 홀리지 않고 곧장 북한의 연어급 잠수함을 향해 돌진해 갔다. 중국 어선단은 물 위에 떠 있기 때문에 위치가 바뀌었지만 해저에 가라앉아 있는 북한의 잠수함은 위치가 바뀔 수가 없었다. 결국 그 위치로 세팅해 놓은 MK-44 MOD1 어뢰는 수동 모드에 따라 북한 잠수함이 내는 엔진 소리를 좇아 쏜살같이 다가가고 있었다. 북한 잠수함이 비록 기동을 시작했어도 본래의 위치에서 아직 크게 벗어나지는 못했으므로 그 방향으로 발사된 MK-44 MOD1 어뢰는 일단 북한 잠수함이 있던 장소로 나아간 후 그곳에서부터 다시 북한 잠수함의 엔진 소리를 좇아 나아갔다.

권일재 포술장은 초조하게 시계를 들여다보고 있었다. 벌써 4분이 지나가고 있었다. 그리고 5분이 다 되어갔다.

'또 실패인가?'

권일재 포술장은 얼굴이 흙빛으로 변했다. 그때였다.

"쿠과과광!"

엄청난 폭음이었다. 100m에 달하는 하얀 물기둥이 치솟아 올랐다. 명중이다.

"됐어!"

권일재 포술장은 주먹을 휘둘러 보이고는 재빨리 CIC로 달려갔다. 이때 초계함은 이에 맞추어 전속력으로 후진 기동하기 시작했다. CIC의 사격통제장치가 부서지고 40mm 기관포대가 망가졌기 때문에 함미 갑판에 있는 76mm 주포는 물론 함미 쪽 중간 간판에 있는 40mm 기관포도 어떻게 쏠 수가 없다. 초계함에 현재 마지막까지 살아 있는 기능은 오직 기동력 밖에는 없다. 김준희 함장은 적을 괴멸시킬 초계함 최후의 무기로 이 기동력을 쓰고 있었다.

북한 잠수함이 폭파되자 중국 어선단은 난리가 났다. 그들은 이미 북한 잠수함으로부터 1.3마일 정도 떨어졌기 때문에 어뢰의 폭발로 인해 침몰되는 일은 없었다. 대신 그들은 아주 혼이 났다.

"통! 통! 통! 통!"

"쿵! 쿵! 쿵! 쿵!"

중국 어선들은 북한의 공작선이 총부리를 들이대고 있든 말든 상관없이 제 살길을 찾아 이리저리 마구 흩어져 전속력으로 도망가기 시작했다. 모든 것이 김준희 함장이 계획했던 대로이다. 순식간에 북한 공작선은 홀로 바다 위에 남았다. 그리고 그 공작선을 향해 거대한 초계함이 후미로써 돌진해 오고 있었다.

"쾅!"

대전차 로켓이 날아왔다. 북한 공작선에서 쏜 것이다. 북한 공작대가 휴대용 대전차 유탄 발사기인 RPG-7을 북한에서 개량한 68년식 7호 발사관을 통해 대전차 로켓을 발사한 것이다. 이 대전차 로켓은 사정거리가 300m 밖에 되지 않아서 지금까지 북한 공작대에서 쏘지 못하고 있었던 것이다. 그런데 지금은 초계함이 북한 공작선에 다가와 이제는 거리가 채 200m도 남지 않았기 때문에 북한 공작대들이 68년식 7호 발사관으로 대전차 로켓을 급히 쏘아대기 시작한 것이다.

"쾅!"

또 다시 대전차 로켓이 초계함을 향해 날아왔다.

"쾅!"

그리고 또 터지는 68년식 7호 발사관.

"쾅!"

이어 터지는 폭음과 함께 대전차 로켓이 재차 날아든다. 하지만 초계함은 멈추지 않았다. 대전차 로켓을 연속해서 계속 맞은 초계함에서는 마침내 검은 연기와 함께 붉은 불길이 치솟았다. 그러나 초계함은 조금도 속도를 멈추지 않고 1천 300톤급 북한 공작선을 향해 내달렸다. 북한 공작선도 급히 기동하기 시작했다. 그러나 초계함이 더 빨랐다.

"콰아앙!"

초계함은 큰 굉음을 내며 북한 공작선과 충돌했다. 그리고 그 상태로 얼마간 가만히 떠 있었다. 얼마 안 있어 초계함의 함미 갑판 아래에서부터 불꽃이 얼핏 번져대기 시작했다.

"쿠아아아앙!"

곧바로 고막을 찢는 엄청난 폭음과 함께 거대한 불길과 검은 연기가 치솟았다. 시뻘건 불길과 시커먼 연기는 서로 휘감기며 하늘로 마구 치솟아 올라갔다. 초계함의 함미 갑판 아래에 있던 포탄이 터진 것이다.

"쾅! 쾅! 쾅! 콰콰콰쾅! 쿠앙!"

초계함의 함미 갑판 아래의 포탄들이 연속적으로 터지면서 초계함의 연료통도 같이 터졌다. 그리고 이의 폭발에 의해 북한 공작선에 실려 있던 대전차 로켓탄과 공작선의 연료통도 더불어 터졌다.

"쿠우우웅!"

불기둥이 사방 40m에 높이 120m로 치솟아 올랐다. 아울러 시커멓고 거대한 연기가 용트림하듯 하늘로 퍼져 올라갔다. 끝이 보이지 않는다.

이때 이제 막 인근 해역에 도착한 다른 초계함으로부터 내려진 해병대의 IBS 15인승 고무보트가 물살을 가르며 쏜살같이 달려오고 있었다. 그들은 백령도 주둔 해병 6연단에서 파견된 구조대였다.

"안 돼! 안 돼!"

IBS 15인승 고무보트 위에서 한 해병 장교가 목 놓아 외쳤다. 김영균이었다. 동기가 탄 초계함을 구하러 왔다가 그 초계함이 거대한 폭음과 화염 속에 사라져 가는 것을 목도한 것이다.

"안 돼-!"

김영균은 IBS 위에서 멍하니 바다를 바라보고 있었다. 그곳에는 더 이상 아무 것도 없었다. 그의 얼굴에는 동기와 전우를 잃은 남자의 굵은 눈물이 흘러내리고 있었다.

격전 해역으로 해병대의 IBS가 속속 도착하고 있었다. IBS의 책임 장교 중에는 김상억도 보였다. 그리고 오호진도 보이고 있었다. 그들은 찢어지는 듯한 비통한 심정으로 해상 구조 작업에 나서고 있었다.

이제 그 초계함은 침몰로써 영원히 살아있는 전설이 되었다. 따라서 그들은 결코 사라지지 않았다. 다만 전설 속으로 사라졌을 뿐이다.

제2장

사랑을 향해 쏘다

　박준영이 탔던 초계함이 침몰해 들어가고 있을 때 그곳으로부터 7마일 떨어진 해상에서 급히 방향을 틀어 다시 중국으로 들어가는 어선이 한 척 있었다. 이러한 어선이 있었다는 사실에 대해서는 그 당시 그곳에 있던 사람은 어느 누구도 알지 못했다. 그런데 그 어선이 바로 박준영이 그토록 기다렸던 그자가 타고 있는 배였다. 그자는 그날 배를 돌려 사라지고는 또 다시 긴 잠적에 들어갔다.

　6월 중순에 접어드는 6월 14일 둘째 주 토요일 오후. 박준영의 초계함이 공해상 깊은 바닷속으로 사라진지 벌써 4개월이 지났다. 전라남도 목포의 유달산은 온통 6월의 신록으로 우거졌다. 박준영은 최태훈과 같이 유달산 조각 공원을 걷고 있었다.

　"어때 3함대 작전 상황실은 근무할 만하냐?"

　박준영이 최태훈을 바라보며 물었다.

　"배 타는 것보다야 낫지. 적어도 매일 퇴근은 하니까 말이야!"

최태훈이 박준영을 쳐다보며 씩 웃었다. 그는 이달 6월 초까지 해서 제1함대의 PCC 초계함 통신관으로 9개월간 근무했었다. 그러다 소위에서 중위로 진급하면서 3함대의 작전 상황실 상황장교로 발령을 받았다. 최태훈은 3함대 작전 상황실로 발령 받아 목포로 오자마자 제일 먼저 목포 해양대에서 교무부장으로 근무하고 있는 박준영부터 제일 먼저 찾았다.

박준영은 초계함의 해전 이후 또 한 차례 특진을 하여 지금은 계급이 대위이다. 그리고 충무무공훈장을 수여 받았다. 그러나 그는 그 훈장과 훈장기장을 태극무공훈장의 경우와 마찬가지로 그의 서류 가방 속에 넣어둔 채 한 번도 꺼내 보지 않았다. 초계함에서 마지막 숨결을 같이 했던 선배 장교와 동기 그리고 사랑하는 대원들이 생각나서이다. 그는 그들이 불현듯 생각날 적마다 미칠 것만 같았다. 뼈에 사무치도록 그들이 보고 싶었다. 그때마다 그는 벽을 쳐대며 울었다. 때문에 그의 손은 항상 상처가 나 있었으며 아물지도 않았다.

초계함의 해전 이후 박준영은 또 다시 2개월간의 휴양 기간을 거친 후 여기 목포 해양대 해군 학군단의 교무부장으로 재발령을 받아 왔다. 이번에 받은 2개월간의 휴양은 국군통합병원이 아닌 진해 해군 교육사령부 산하의 충무공 리더십센터에서 보냈다. 참수리 고속정 해전 때와는 달리 이번 초계함 해전에서는 박준영이 별다른 큰 부상을 입지 않았기 때문이다.

"준영아! 나 목포 세발 낙지나 사주라!"

최태훈이 갑자기 세발 낙지 타령을 하며 박준영의 손을 이끌며 조각 공원을 나섰다.

"어라? 임마, 너 어제도 내가 샀잖아! 또 내가 사야 하냐?"

박준영이 최태훈에게 막무가내로 끌려 나가며 항의한다.

"임마! 먼저 왔으면 그 정도 접대는 해야지! 그리고 너 진급 턱도 아직 안 냈잖아!"

볼멘 음성으로 말하는 최태훈.

"얼씨구! 진급은 나만 했냐! 너는 안 했니!"

박준영의 입이 삐죽 나온다.

"얼라? 얌마! 진급이면 다 같은 진급이냐! 너는 대위 진급이고 나는 중위 진급인데! 살려면 니가 더 많이 사야지! 치사하게 영화도 기껏 두 번 밖에 안 보여주고는!"

최태훈이 씩씩댄다.

"으이그! 알았다! 임마! 너 일 년 동안 내내 우려먹어라!"

박준영은 손을 휘휘 내젓고는 최태훈을 끌고 유달산 아래의 주차장으로 내려왔다. 그리고는 최태훈을 자신의 차에 태워 북항의 회 센터를 향해 차를 몰았다.

박준영은 최태훈이 굳이 거의 매일 같이 찾아와 산책가자, 회 사 달라, 영화 구경 가자하며 졸라대는 이유를 알고 있었다. 바로 자신의 아픈 마음을 달리 위로해주고 치유해줄 수 없어서 최태훈이 그렇게 한다는 것을 잘 알고 있었다. 박준영은 최태훈이 말을 하지 않아도 그가 자기를 위해 얼마나 걱정을 하고 있는지 마음 속 깊이 느끼고 있었다.

사실 최태훈은 한시 바삐 초계함의 충격과 슬픔에서 박준영이 벗어나기를 간절히 원했다. 그래서 그 아픔에서 빨리 헤어나게 해주기 위해서 박준영이 초계함에 대한 회상에 잠기지 못하게 그리고 그것을 이제는 잊게끔 하기 위해 최태훈은 박준영에게 이것저것 잡다한 요구를 하며 그를 여기저기 끌고 다니고 있었다. 이러한 최태훈의 마음을 잘 헤아리고 있는 박준영은 모른 척 하면서 그가 하자는 대로 따라하며 최태훈의 바람대로 초계함의 아픔을 치유하고 있었다.

초계함 해전 5년 전. 북조선 인민공화국 평양직할시 대성구역 룡남동에 위치한 김일성 종합대학 내 교정. 11월 첫째 주 금요일 오후 3시에 세 사람이 다소 따스한 햇살을 받으며 정문을 향해 걸어가고 있었다. 교정에는 어제까지 이틀 내내 내렸던 눈이 아직도 녹지 않은 채 그대로 쌓여 있었다.

"우리 구내식당 또 털렸슴메!"

김일성 종합대학 생물학부 4학년에 다니는 시희섭이 걱정스런 표정으로 말한다. 그는 대학 총학생회 간부에 해당되는 청년동맹 간부이다.

"발써 여덟 번째라 아이 함메?"

근심어린 표정으로 말하는 구문환은 김일성 종합대학 지리학부 3학년 학생으로서 역시 청년동맹 간부이다. 그는 비록 학년은 1년 낮지만 나이는 시희섭과 추호엽하고 같았다.

"기런 반동 새끼들은 모주리 잡아서 쳐 죽여야 함메! 내 누깔에 띄기만 하문 바루 요절을 내 버렸을 거임메!"

마치 현장에서 범인을 놓친 양 억울해하며 두 주먹을 허공에 휘둘러대는 자는 김일성 종합대학 원자력학부의 4학년 추호엽 학생이다. 그는 대학 총학생회 회장 격인 청년동맹 비서이다.

이들은 모두 대학 당위원회에서 선출한 학생들로서 고위 당간부 집안의 자제들이다. 이들 중에서 특히 청년동맹 비서인 추호엽은 김정일 국

방위원장이 상무위원으로 있는 중앙위원회 산하 정치국 위원이다.

"고난의 행군 이후에 우리 대학 구내식당이 털리기 시작하는 거로 보아서리 주변의 단과대학 학생 아새끼들이 우리 학교로 식량을 야경벌이하러 오는 거이라는 소문이 있디 않슴메?"

시희섭이 어디선가 소문을 들었다는 듯이 말한다.

"와 하필이문 고난의 행군 이후에 그러메?"

구문환이 무슨 소리인지 모르겠다는 듯이 묻는다.

"고난의 행군 이후에 우리 같은 중앙 대학에만 장학금과 식사가 제공되고 있디 않슴메? 다른 단과대학들은 이거이 전부 끊기거나 일부만 디급되고 있으니께네 다른 학교 학생들이 우리 대학에 야경벌이하러 오는 거임메!"

시희섭이 나름 분석을 하여 답을 말한다.

"기런 반동들은 전부 색출해서리 쳐 죽여야 함메! 디금 온 인민이 고난의 행군을 하며 허리띠를 졸라매고 있는데 기깟 굶주림을 못 이겨 야경벌이를 함메? 더구나 감히 우리 김일성대학에 와서 그러메!"

추호엽이 시희섭의 말을 듣자 한층 더 흥분한다.

"하-! 어드렇게 내 누깔에 아이 띄나? 보이기만 하문 아조 요절을 내버릴 거임메! 감히 어드렇게 우리 김일성대학을 털 생각을 함메? 참 기맥혀서! 에잇!"

추호엽이 다시 허공에다가 헛주먹질을 해댄다.

"기러게 말임메!"

구문환이 추호엽의 비위에 맞추어 같이 허공에 대해 주먹을 해 보인다. 그러다가 문득 누군가를 쳐다보다가 추호엽에게 은근히 말해온다.

"어? 호엽 동무! 저 동무 쫌 수상함매!"

구문환은 자기들이 잡아내고자 하는 자를 혹시 찾아낸 것이 아니냐는 듯이 조심스레 말하였다.

"머이가?"

시희섭이 구문환을 쳐다보았다.

"저어기 저 동무!"

구문환이 본관으로 올라가는 길 부근에서 자꾸 두리번거리고 있는 사람을 가리켰다. 그 사람은 남루한 차림을 한 40대 중반의 남성으로서 왼손에는 두툼한 전공 서적 세 권을 들고 있었다.

"이야아아아!"

추호엽이 순식간에 그자에게 달려갔다. 그의 곁에 있던 시희섭과 구문환이 어떻게 말리기도 전에 그는 40대 중반의 남성에게 뛰어갔다. 그리고는 그대로 날아오르며 이단 옆차기로 40대 중반 남성의 옆구리를 걸어찼다.

"흐으윽!"

불시에 옆구리를 맞은 40대 중반의 남성은 숨이 탁 막혔는지 숨도 제대로 쉬지 못하면서 바닥을 나뒹굴었다.

"이 도족놈의 새끼! 죽으라! 죽으라! 죽으라!"

추호엽은 눈이 뒤집힌 채 40대 중반의 남성을 마구 밟아 댔다.

"어이구! 어이구!"

40대 중반의 남성은 이제 갓 21살 된 혈기왕성한 추호엽의 발길질에 방어 한 번 제대로 못 한 채 속수무책으로 맞고 있었다.

"사-살려주시라요! 살려주시라요!"

40대 중반의 남성은 영문도 모른 채 발길질을 당하면서 일단은 자신이 무슨 잘못을 했는지도 모르면서 바닥에 납작 엎드린 채 두 손을 비비며 살려달라고 애원을 했다. 살려달라고 애원하는 그자의 입에서는 피가 마구 흘러나오고 있었다. 앞니 세 대가 뿌리째 뽑혀 나간 것이다. 그의 얼굴을 추호엽이 구둣발로 걷어찼기 때문이다.

"야! 야! 호엽 동무! 동무래 와 그래?"

시희섭이 당황하며 추호엽의 앞을 가로막았다.

"동무 갑재기 와 그래?"

구문환도 당혹해하면서 추호엽을 잡았다.

"비키라우! 이 반동 새끼래 바루 우리 대학을 야경벌이해 온 도족놈임메!"

추호엽은 흥분으로 음성까지 떨어대면서 40대 중반의 남성을 향해 소리쳤다. 그리고는 바닥에 엎어져 빌고 있는 그자의 얼굴을 향해 또 다시 냅다 발을 걷어찼다.

"아윽!"

40대 중반의 남성은 외마디 비명을 지르며 얼굴을 감쌌다. 얼굴을 가린 손가락 사이로 피가 줄줄 흘러나왔다.

"호엽 동무! 그거이 무스게 소리임메? 우리 대학을 털어온 도족이라니?"

시희섭이 눈이 휘둥그레지면서 추호엽을 바라보았다.

"야! 우리 김일성대학 학생들은 대부분 중학교를 졸업하자마자 바루 대학으로 들어온 직통생들 아이가? 그렇디?"

"응, 기건 그렇디!"

"기건 맞음메!"

추호엽의 말에 시희섭과 구문환이 고개를 끄덕였다. 사실 김일성대학은 고위 당간부 자제 아니면 돈 많은 집안의 영향력 있는 자제들이 들어오는 대학이므로 김일성대학의 학생들은 굳이 군대나 직장에 들어가서 그곳의 근무연한을 다 마치고 추천을 받아 들어올 필요가 없었다. 때문에 중학교 과정이 끝나는 17살에 이들은 군대나 직장으로 배치되지 않고 곧바로 여기 김일성대학으로 진학한다. 소위 직통생이 되는 것이다. 물론 2년에서 5년간의 직장 생활을 마치거나 7년 이상의 군복무를 마친 후 추천을 받아 김일성대학에 들어올 수도 있으나 이는 손가락으로 꼽아도 될 정도로 인원수가 적었다. 이것은 곧 김일성대학은 학생들의 평균 연령이 십대 후반에서 이십대 초반이 된다는 것을 의미한다. 김일성대학 4학년 학생이라고 해봐야 이제 나이가 갓 21살밖에는 되지 않는다.

그러나 2년제 전문대학이나 3년제 단과대 그리고 지방의 일반 대학들은 고위 당간부 자제나 영향력 있는 부유한 집안의 자제들이 가지 않고 주로 직장 근무나 군복무의 의무기간을 다 마친 자들이 진학을 하기 때문에 자연 이들 대학의 학생들은 평균 연령이 높다. 따라서 이들 대학의 경우에는 나이 많은 자가 교정에 어슬렁거려도 아무 이상한 일이 아니지만 김일성대학의 경우에는 상황이 다르다. 이는 일상적으로 볼 수 있는 것이 아니다. 그렇다면 대학생인 것처럼 하고 있는 이 40대 중반의 남성이 만일 진짜 대학생이라면 2년제 전문대학이거나 3년제 단과대 학생 또는 지방의 일반 대학 학생일 것이다. 그리고 이들 대학에서는 현재 재학생에 대한 급식이 완전히 끊겼거나 수업을 지탱해나가기 어려울 정도의 급식만 제공되고 있는 상황이므로 추호엽의 판단에는 이자가 그동안 구내식당을 털어온 도둑이 틀림없었다.

"그러니께네 이 간나 새끼래 도족임메!"

추호엽은 확신에 찬 음성으로 흥분해서 말했다.

"이 반동 새끼 밟아! 죽이라! 죽이라!"

추호엽은 말을 끝내자마자 다시 구둣발을 들어 40대 중반 남성의 몸을 마구 짓밟기 시작했다. 그러자 시희섭과 구문환도 같이 덩달아 그자를 밟아대기 시작했다.

"살려주시라요! 살려주시라요!"

40대 중반의 남성은 길바닥에 쓰러진 채 이리저리 마구 채이면서 울먹이는 음성으로 애원을 했다.

"이 도족놈아! 기래 기동안 얼매나 챘음메! 반동 새끼!"

추호엽이 잠시 발질을 멈추고 그에게 물었다.

"채다니 무스게 말입네까? 내래 챈 거이 없시다!"

40대 중반의 남성은 온 얼굴이 퍼렇게 부어오르고 피투성이가 된 채 간신히 고개를 들고 말했다.

"이거이 끝꺼정 거짓부리 지꺼려!"

시희섭이 옆에서 냅다 그의 얼굴을 구둣발로 깠다.

"아약! 정말입네다! 챈 거이 없습네다!"

40대 중반의 남성은 비명을 지르며 소리쳤다. 그러자 그의 비명소리와 추호엽의 고성으로 떠들어대는 욕설 그리고 시희섭과 구문환이 그자를 때리면서 내지르는 기합소리에 학생들이 몰려들었다. 학생들이 이들을 빙 둘러 싸자 추호엽이 그자를 때리는 것을 잠시 멈추고 학생들을 향해 자랑스럽게 연설하기 시작했다.

"학생 동지들! 내래 청년동맹 비서 추호엽이 마내 우리 학교 구내식당을 채온 도족을 붙잡았습네다! 직끔 모든 인민이 고난의 행군을 하며 배고픔의 고통을 이겨내고 있는 상황에 내 홈자 배불리갓다며 미쳐 날뛰는 이리케 버러지만도 못한 반동 분자를 잡아냈습네다!"

추호엽의 연설에 웅성대던 학생들이 일순 조용해졌다.

"이런 악을 응징하는 데에는 폭력만이 유일한 수단입네다. 폭력 자체는 나쁘디만 악을 물리치는 데 있어서는 반드시 수반되어야 하는 방법입네다. 내래 이 반동 분자를 폭력으로 까부수고 우리 김일성대학 학생들의 권익과 안전을 지켜낼 거입네다. 이는 청년동맹 비서로서 신성한 임무입네다! 내래 이 임무를 정의의 폭력으로써 완수할 거입네다!"

추호엽이 연설을 마치자 여기저기서 박수가 터져 나오기 시작했다. 그리고 곧 이어 학생들 전원이 환호성을 지르며 박수를 쳐 댔다. 특히 여학생들은 아주 열광적으로 박수를 쳐대고 있었다.

추호엽은 특히 여학생들에게서 인기가 많았다. 이는 그가 갸름한 얼굴에 하얀 피부 그리고 서슬서글한 눈매를 가진 호감형 얼굴을 가졌기 때문이기도 하지만 가장 큰 이유는 대학 당위원회에서 아무 의의 없이 그를 청년동맹 비서로 선출할 정도로 위세가 막강한 정치국 위원의 아들이기 때문이다.

그의 얼굴을 얼핏 보면 서글한 눈매의 선량한 청년으로 보이지만 자세히 보면 항상 무엇인가 노리고 있는 듯한 눈길에 야비한 미소를 얼굴에 곧잘 띠우는 사악한 얼굴이었다. 성품이 잔인한 그는 선동질과 자기 변명에 능하면서도 자기보다 위에 있다고 생각되는 사람에게는 전혀 주저함도 없이 바로 비굴해지는 자였다. 이러한 그의 성품에 대해 많은 여학생들이 잘 알고 있었다. 그러나 김일성 종합대학은 물론 타 대학의 여학생 중에서 그를 좋아하는 여학생들은 이에 대해 전혀 개의치 않았다. 그의 성품이 어떻든 간에 학벌과 집안이 좋은 그와 결혼만 하면 호위호식은 보장되기 때문이다.

추호엽은 학생들의 열렬한 지지와 박수를 받자 우쭐해져서 더욱 거칠게 40대 중반의 남자를 밟아 댔다. 그러자 그의 잔악한 폭행에 그만 비명을 지르는 여학생들이 학생 무리 중에 몇몇 있었다.

"에-! 심약한 녀학생 동지를 위해 여구메서는 이 도족놈 새끼에 대한 우리의 응징을 일단 중지하갓습네다. 본의 아니게 우리 녀학생 동지를 놀라게 해서리 내래 맘이 아픕네다. 이 반동 분자를 응징하고 까밝히는 것은 우리 청년동맹 회의실에서 마자 끝내도록 하갓습네다!"

추호엽은 여학생들에게 놀라게 해서 진정 마음이 아프다는 듯이 자기의 가슴을 만져대며 얘기하고는 40대 중반 남성의 머리채를 움켜잡고 그대로 질질 끌고 갔다.

"아닙네다! 동지들! 아닙네다! 살려주시라요! 내래 도족이 아닙네다!"

피투성이가 된 40대 중반 남성은 추호엽에게 머리카락이 잡힌 채 바닥에 질질 끌려가면서 울부짖었다. 그러나 그는 시희섭과 구문환에게 걸어 채이면서 계속 끌려갔다.

"짝! 짝! 짝! 짝!"

학생들이 열렬히 박수를 쳤다. 그중에서도 여학생들이 더 적극적으로 박수를 쳤다. 학생들의 박수소리를 들으며 더욱 우쭐해진 추호엽은 끌고 가던 40대 중반 남성의 머리를 갑자기 바닥에 내동댕이치고는 다시 한

번 더 그자의 머리를 짓밟았다. 학생들의 박수소리가 또 들려왔다.

추호엽은 걸상에 앉은 채 40대 중반의 남성을 내려다보았다. 그 남성은 바닥에 누운 상태로 꼼짝도 않고 있었다. 추호엽이 이 40대 중반의 남성을 바닥에 질질 끌면서 청년동맹 회의실로 데려 온지 벌써 한 시간이 흘렀다. 추호엽은 시계를 들여다보고는 문을 쳐다보았다. 시희섭이 40대 중반 남성의 신상을 확인해보겠다며 나간 지 30분이 다 되어가는데 아직도 돌아오지 않고 있다.

"야! 니 우리 학교에 와 왔네?

문을 잠시 쳐다보던 추호엽이 고개를 돌려서는 바닥에 엎어져 있는 40대 중반 남성의 머리를 구둣발로 툭툭 차면서 물었다. 그러나 그는 대답이 없다.

"문환 동무! 이 반동 새끼래 기절했음메! 고치 깨우라!"

추호엽은 자기 옆에 서 있는 구문환에게 턱 끝으로 40대 중반 남성을 가리켰다. 그러자 구문환이 기다렸다는 듯이 굵은 몽둥이로 그자의 엉덩이를 사정없이 힘껏 내리쳤다. 순간 그자의 엉덩이에서 피와 살점이 튀어 올랐다. 그자는 전신의 옷이 모두 다 벗겨진 채 알몸이었던 것이다. 알몸인 그의 몸은 성한 곳이 한 부분도 없었다. 모두 찢어지고 짓무르고 살점이 떨어져 나가 있었다. 개중에는 아직 살점이 떨어지지 않고 건들거리고 있는 곳도 있었다. 그자의 몸은 피와 진물로 온통 뒤 덮여 있다시피 하였다. 그런데 그는 반응을 보이지 않았다.

"이얏!"

구문환이 다시 한번 더 세게 내리쳤다. 그러자 그때서야 그자가 조금 꿈틀거리더니 시퍼렇게 멍이 든 채 퉁퉁 부어올라 이제는 떠지지도 않는 눈을 들어 겨우 들리는 음성으로 말해왔다.

"사- 사- 살려……주시라요!"

가까스로 의식을 차려 말하고는 바닥에서 간신히 몸을 일으킨 40대 중반의 남성은 힘줄이 끊어져 더 이상 움직여지지 않는 오른쪽 다리를 몸 쪽으로 끌어당겨 가며 억지로 바닥에 앉았다. 그가 바닥에 꿇어앉은 형상으로 앉자 추호엽이 빈정거리면서 물어왔다.

"어이! 동무래 학생증을 보니께네 사리원 지질대학 지질탐사학부 3학년 학생이더구만! 기런데 여게 평양의 김일성대학에는 와 들어왔슴메?"

"마- 말했잖습네까! 우리 지도 교수 심부름으로 책 빌리러 왔다고……."

"그 거짓부리를 내래 어케 믿네?"

버럭 고함을 지르는 추호엽.

"여행증이 있잖습네까! 으흑!"

40대 중년 남자는 울면서 말했다.

"여행증? 이거이? 이거이 우리 돈으로 1000원만 주문 뉘귀나 다 발급 받을 수 있음메! 지방 관리들이 썩어서 말임메!"

추호엽이 40대 중년 남자에게서 받았던 여행증을 자기 바지주머니에서 꺼내 그자의 얼굴에 대고 좌우로 때려대면서 말했다.

"아! 아닙네다! 정말입네다! 그거이 공무로 받은 것입네다! 너무 야싸 합네다! 미숩게 죄기지만 마시구 제발 믿어주시라요! 제발! 으흐흐흑!"

40대 중년의 남성은 울면서 애원했다. 하지만 추호엽은 40대 중년 남성의 여행증을 자기 바지주머니에 도로 집어넣고는 그자가 우는 것을 피식피식 웃으면서 쳐다볼 뿐이었다.

"문환 동무! 이 반동 새끼래 끝꺼정 거짓부리 함메! 정신 좀 채리게

해줘야갓슴메!"

추호엽은 여전히 얼굴에 비웃음을 띤 채 고개를 돌려 구문환을 바라보았다.

"아임네다! 아임네다! 내래 거저 심부름 왔을 뿐입네다! 살려주시라요! 살려주시라요!"

가까스로 몸을 일으켜 바닥에 앉은 40대 중반 남성은 왼팔이 이미 부러져 뼈가 드러났음에도 불구하고 양손을 들어 비벼대며 애원하려 했다. 눈이 시퍼렇게 부어서 떠지지도 않는 그자의 눈에서는 피눈물이 계속 흘러내렸다.

"이 새끼래!"

순간 추호엽이 그자의 가슴팍에다 냅다 발길질을 하였다.

"허윽!"

40대 중반의 남성은 숨이 턱 막히는 듯한 짧은 비명을 내며 그대로 앞으로 고꾸라졌다.

"으으으!"

40대 중반의 남성은 앞으로 쭉 뻗어버린 채 다시 인사불성이 되어가고 있었다. 이때 구문환이 그자의 뒷덜미를 잡아 번쩍 들어올렸다. 이에 40대 중반 남성은 윗몸이 들리면서 머리가 앞으로 수그러졌다. 그러자 추호엽이 얼음이 둥둥 떠 있는 찬물이 가득 담긴 양동이를 들고 왔다. 그리고는 40대 중반 남성의 머리를 양동이 깊숙이 쑤셔 박았다. 정신이 곧 들었는지 40대 중반 남성은 즉시 버둥거렸다. 그러자 추호엽이 얼른 구둣발을 들어 그자의 뒤통수를 꾹 밟았다. 이때 구문환이 양손으로 그자의 뒷덜미를 계속 잡아 올렸다. 그자가 양동이의 모서리에 목이 눌려 질

식되지 않게 하기 위해서이다. 목이 눌리지 않은 상태가 되면 그자는 보다 더 많이 물을 마시게 된다. 구문환이 바로 이 점을 노린 것이다.

40대 중반의 남성은 결사적으로 저항해왔다. 그러나 그의 왼팔이 이미 부러져 있었기 때문에 오른쪽 한 팔로 구문환의 손을 치우다가 다시 추호엽의 발을 잡았다가 하며 버둥거렸다. 하지만 그자가 아무리 버둥거려도 그자의 뒷덜미를 잡아 올린 구문환의 양손은 꿈쩍도 하지 않았고 그자의 뒤통수를 밟음으로써 양동이 속의 얼음물에 그자의 얼굴을 잠기게 하고 있는 추호엽의 오른쪽 다리도 역시 꿈쩍 하지 않았다. 추호엽은 마구 버둥대는 그자를 내려 보며 입가에 야릇한 미소를 띠웠다.

그렇게 8분이 지났을 때였다. 갑자기 청년동맹 회의실 문이 활짝 열리며 시희섭이 다급하게 뛰어들어 왔다.

"호엽 동무! 여기 이 동지 사리원 지질대학 교수 심부름으로 온 거이 맞슴메!"

"무스게 말임메?"

추호엽이 예상외라는 듯이 깜짝 놀라면서 발을 40대 중반 남성의 뒤통수에서 얼른 치우며 시희섭을 쳐다보았다. 구문환도 재빨리 양동이를 발로 치우면서 그자의 목덜미에서 손을 뗐다.

"사리원 지질대학 지질탐사학부 교수래 우리 대학 지질학부 교수에게서 전공 서적 좀 개오라고 보냈다구 함메!"

시희섭이 울상이 되어 소리쳤다.

"머이가? 덩말입네?"

몹시 당황하는 구문환.

"기래! 내래 직끔 량쪽 대학 교수에게서리 말짝 확인했슴메!"

“에잇 재수없음메!”

추호엽이 양동이를 냅다 걷어찼다. 모처럼 학생들 사이에서 영웅이 될 기회를 놓친 것이 억울한 것이다.

“어? 기런데 데 동지 움직이디 않슴메!”

시희섭이 겁이 나는 표정으로 40대 중반의 남성을 가리켰다. 그의 말대로 그자는 눈을 부릅뜨고 엎드린 채 꼼짝도 않고 있었다. 시희섭이 주저주저 하다가 얼른 그자에게 달려가 맥박을 짚어보았다. 맥박이 없다. 눈을 들여다보았다. 동공은 이미 활짝 열려 있다.

“주- 죽었슴메!”

시희섭이 공포에 질린 음성으로 말했다.

“기- 기럼 이저는 우리 어드럭하네?”

구문환이 겁에 질리면서 금세 울음 섞인 음성으로 변한다.

“에잇! 티껍게 재수 없는 새끼!”

추호엽은 40대 중반 남성이 죽었음이 확인되자 발로 바닥을 쾅쾅 밟아대다가 바닥에 죽어 엎드려져 있는 40대 중반 남성의 배를 냅다 걷어찼다.

“호엽 동무! 이저 우리 어드럭하네?”

구문환이 울먹이면서 물어왔다.

“……!”

추호엽은 잠시 아무 말도 않고 가만히 있었다. 그러다가 그는 40대 중반 남성이 자신을 믿어달라며 지갑에서 꺼내 보여주었던 여행증을 갑자기 자기 바지주머니에서 꺼내들었다. 그리고는 윗옷 호주머니에서 라이터를 꺼내 그 여행증을 불태워버렸다.

"호엽 동무! 머사니 하는 거네?"

시희섭이 갑작스런 추호엽의 행동에 의아해 하며 물었다.

"우리는 이 동지가 우리 학교에 와 왔는디 끝꺼정 몰랐다고 하는 기야. 길구 이 동무에게서 여행증도 보디 못했고 이 동무는 제시하디도 아이 하였다구 말하자우. 기래서 우리가 이 동무를 수상하게 너겨 자체적으로 정체를 확인하기 위해 정의의 폭력으로 까부수었다고 하자우."

"기케 말하문 되갔슴메?"

시희섭이 겁에 질려 눈물을 찔끔거린다.

"응, 우리는 폭력으로 정의를 실행하였을 뿐 이 동무래 죽은 것은 몰랐다구 하문 용서가 될 거임메."

"덩말 기렇게 되갔슴메?"

다소 안도하는 표정을 짓는 구문환. 그러나 속으로는 여전히 떨리고 겁이 난다.

"내 말을 믿으라우!"

살인을 했다는 사실에 밀려오는 겁과 두려움 속에 떨고 있는 시희섭과 구문환과는 달리 추호엽은 눈 하나 깜짝이지 않았다. 오히려 그는 어떠한 기대감마저 보이고 있었다.

"학생 동지들은 우리를 영웅으로 받들 거임메! 내래 군중 심리를 잘 알고 있슴메! 직끔 우리 인민들이 허리띠를 졸라매며 굶주림을 버티고 있는 에릅고 힘든 시기잖슴메? 그러니께네 우리는 영웅이 될 거임메!"

추호엽은 겁에 질려 있는 얼굴이 하얗게 변한 시희섭과 구문환을 쳐다보았다. 그리고는 그들의 어깨를 두드려 대며 말했다.

"동무들! 배고픈데 우리 나가서리 창광 음식점 거리에나 가보자우. 가

서리 락원 불고기집에서 불고기나 배터지게 먹구 보링그나 한바탕 치자
우. 길구 올 겨울 방학에 스키 타러 갈 계획이나 짜자우!"

　그 다음날 오전 김일성 종합대학에서는 청년동맹에서 주최하는 학생
총원 참석 비상 생활총화가 열렸다. 비상 생활총화는 청년동맹에서 열었
지만 이 자리에는 학생들은 물론 교수와 총장 그리고 사회안전부를 총
괄하는 백학림 차수까지 참석하였다.

　이 비상 생활총화는 추호엽의 말처럼 잘 짜인 각본처럼 진행되어 나
갔다. 그리고 추호엽의 말대로 추호엽과 시희섭 그리고 구문환은 학생들
의 영웅이 되었다. 학교의 권위를 지키고 학생들의 안전을 수호한 영웅
이 된 것이다. 물론, 그가 살인범이 되지 않고 영웅이 된 배경에는 정치
국 위원인 그의 아버지가 있었다.

　생활총화는 자아비판 및 동료 학생들의 비판이 이루어지는 시간이지
만 추호엽과 시희섭 및 구문환은 자아비판을 하기는커녕 자아칭찬만 하
였고 학생들도 이들의 행위에 대해 비판을 하는 것이 아니라 칭송하는
것으로 일관하였다. 따라서 이들은 살인자로 체포되는 것이 아니라 학교
와 학생들을 지키는 자로서 해야 할 모범적인 행동을 보인 자들로 규정
되었다. 아울러 추호엽이 이때 생활총화에서 남긴 말은 이후 청년동맹
간부이면 외워야 하는 말이 되었다.

　'폭력은 나쁘디만 우리의 권위와 안전을 위해서는 폭력을 애껴서는
아이 됩네다!'

　추호엽은 이미 김일성 종합대학을 졸업하고 학교를 떠났지만 그가 남
긴 이 말은 지금도 학생들에게 회자되며 많은 학생들에게 감동을 주고
있다고 한다.

김일성 종합대학에서의 폭행치사 사건이 일어난 지도 어느덧 3년이 되었다. 그런데 이 사건의 주역인 추호엽은 벌써 이 폭행치사 사건에 대해 싹 다 잊은 채 제3공병국 43여단에서 상위로 근무하고 있었다. 추호엽은 김일성 종합대학 재학생 때 군부대에 입소하여 6개월간의 군사 훈련을 이수했기 때문에 이미 예비역 소위로 군복무가 마쳐진 상태였다. 하지만 그는 군복무를 예비역 소위로 끝내지 않고 현역 장교로 자원하여 현재 상위까지 진급해 있는 상태였다. 추호엽은 계급이 그냥 마구 올라가는 소위 도깨비 군관이었던 것이다. 그의 이처럼 빠른 진급 역시 정치국 위원인 그의 아버지 후광 덕택이었다.

추호엽은 김일성 종합대학에서 원자력학부를 마치고 곧바로 입대하여 평양직할시 중구역 충성동에 위치한 5기계공업총국의 시설물들을 건설하고 이를 관리하고 있는 제3공병국 43여단 중위로 부임하였다. 그의 제3공병국 43여단으로의 발령 또한 정치국 위원인 아버지의 힘에 의해서 이루어졌다.

그의 아버지는 적극적으로 나서서 추호엽을 제3공병국 43여단으로 보냈다. 그 이유는 5기계공업총국이 바로 평안북도 영변에 있는 핵개발단지인 분강 지구이기 때문이다. 이 분강 지구를 건설하고 시설물들을 관리하고 있는 부대가 바로 제3공병국 43여단으로서 중앙당의 직속 부대이다. 중앙당의 직속 부대라는 것은 곧 김정일 국방위원장과 직접 접촉할 기회가 많은 부대라는 것을 의미한다. 실제로 추호엽은 이 부대로 발령받아 와서 벌써 4번이나 김정일 국방위원장을 이곳의 문화회관에서 직접 보았었다. 이처럼 김정일 국방위원장을 자주 볼 수 있다는 것은 그 정도로 이 부대가 김정일 국방위원장의 관심과 총애를 받고 있다는 말로서

이는 달리 보면 고속으로 출세할 기회가 그만큼 많다는 것을 뜻한다.

추호엽은 비록 김일성 종합대학을 나왔으나 그의 학업 실력은 처음부터 형편없었다. 그는 교활하고 잔학한 쪽으로는 머리가 잘 발달되었지만 학문에 있어서는 아주 열등하였다. 그는 12월에 치르는 대입 예비시험에서 김일성 주석 혁명역사 및 김정일 총비서 혁명역사에서만 비교적 우수한 성적을 받았고 문학에서는 중간 성적에도 못 미치는 점수를 받았다. 그리고 영어와 수학 및 화학은 평양 시내 대입 예비시험 응시자 중에서 최하 점수를 받았다. 심지어 물리는 0점을 받았다. 이정도로 추호엽은 학업이 매우 열등했다. 그는 대학별 입학고사에서도 학과시험은 김일성 종합대학 응시생 중에서 최하위 점수를 기록했다. 그러나 체력장과 면접고사에서는 만점을 받았다. 이처럼 학업 성적에 있어서 형편없었음에도 불구하고 추호엽은 당당하게 김일성 종합대학에 합격을 했다.

추호엽은 북한의 최고 대학을 다닌다는 자부심이 대단했다. 그는 그 자부심을 타 대학 여학생들을 농락하는데 이용했다. 그리고 자신과 같은 대학인 김일성 종합대학 여학생들에게는 자기 아버지의 후광을 빌미로 역시 농락했었다. 따라서 학문에는 관심이 없고 오직 여학생들 농락하는 데만 심혈을 쏟는 그가 원자력에 대한 학자가 된다는 것은 그야말로 세상 사람들이 다 웃을 소리였다. 더구나 그는 가득이나 학문적 지식과 소양이 없는 상태였다. 그런데 부족한 공부를 메우는 데는 전혀 힘쓰지 않고 오직 여학생 농락과 향락에만 전념을 하고 있었으니 그러한 그를 바라본 그의 아버지는 추호엽을 원자력 학자로서 김정일 국방위원장의 젊은 핵심 인물로 키우려는 욕심을 버려야만 했다.

그러나 그렇다고 하여 아들을 김정일 국방위원장의 젊은 측근 요인으로 만드는 것을 포기할 수는 없는 일이다. 그래서 추호엽의 아버지는 모아니면 도라는 심정으로 추호엽을 핵개발의 요충지인 5기계공업총국에 학자로 들여보내지 못하는 대신 5기계공업총국의 시설물들을 관할하는 제3공병국 43여단 군관으로라도 들여보내 김정일 국방위원장과 지속적인 접촉을 할 수 있는 계기를 만들고자 하였다. 이는 그의 아들 추호엽과도 뜻이 맞았다. 이에 추호엽은 자진 입대를 하여 지금 제3공병국 43여단의 상위에 이르게 되었다.

추호엽이 제3공병국 43여단으로 발령 받게 된 데에는 그의 아버지 입김이 절대적으로 작용하였지만 그가 김일성 종합대학 원자력학부 출신이라는 점도 크게 작용하였다. 하지만 매 학기마다 그의 아버지가 지도교수에게 압력과 고가의 선물로써 그를 낙제에서 구제시켜가며 겨우 졸업시켰다는 사실을 만일 발령권자가 알았다면 추호엽을 김일성 종합대학 원자력학부 출신이라는 점을 높이 사서 그를 제3공병국 43여단으로 발령시키는 것에 대해 다시 생각했을 지도 모른다.

제3공병국 43여단에서 상위가 된 추호엽은 5기계공업총국에서 문서보관소의 출입을 관장하는 총 책임 군관으로 근무하고 있었다. 그런데 8월 초순 어느 날 20대 묘령의 여인이 그가 근무하고 있는 군관실로 찾아왔다.

"동지가 문서 보관소 경비 중대장 추호엽 상위세요?"

서울 말씨를 쓰는 그 여인은 일반 북한의 여성들과는 다른 머리 형태와 옷차림을 하고 있었다. 전체적으로 매우 세련된 차림이었다. 추호엽은 첫 눈에 그녀가 외국을 많이 나다닌 여자이거나 아니면 외국에서 살다온 교포일 것이라는 생각이 들었다.

"기렇소! 내래 추호엽 경비 중대장이오. 기러는 녀성 동지는 뉘기오?"

"안녕하세요! 저는 원자력 공업부에서 파견 나온 김아연이라고 해요."

그녀는 생글거리며 인사해왔다.

"원자력 공업부에서의 파견이란 말입네까?"

"네! 저는 원자력 공업부 최학겸 부장 동지 수행 비서에요."

대답하면서 방긋 웃는 김아연은 천진하면서도 귀여웠다.

"기럼, 무신 일로?"

"저폭뇌관 개조 테스트를 하기 위해서 왔어요."

"저폭뇌관이라문 101 핵 연구소에서 개발한 거이 말입네까?"

"네! 맞아요!"

김아연은 다시 싱긋 웃었다.

"개조 테스트를 한다문 저폭뇌관에 무신 문제라도 있는 겁네까?"

"큰 문제는 아니고 우리 원자력 공업부에서 저폭뇌관을 핵미사일에 장착시키는데 있어서 작동상 문제점이 발생했어요. 그래서 이를 해결하기 위해 여기에 왔어요."

"기래요? 기렇다문 원자력 공업부에서 해결할 일이디 와 하필이문 여구메로 왔습네까?"

추호엽은 그녀가 굳이 이곳까지 온 것에 대해 이해가 안 간다는 듯한 표정으로 물었다.

"우리 원자력 공업부에서는 이를 실험할 시설이 없어요. 이 실험은 여기 5기계공업총국에서만 할 수 있어요."

"아! 기렇습네까?"

추호엽은 이제 알겠다는 듯이 고개를 끄덕였다.

“네! ”

“기럼 실험은 어느 동지래 합네까?”

이번에는 실험자가 궁금한지 추호엽은 다시 그녀의 얼굴을 보며 물었
다.

“제가 해요!”

김아연은 싱긋 미소를 지어보였다. 미소를 짓는 그녀의 얼굴은 대단히
매혹적이면서 예뻤다.

“비서 동지래?”

추호엽은 예상치도 못했다는 듯이 눈이 휘둥그레졌다. 그러나 이는 김
아연에 있어서 전혀 이상한 일이 아니었다. 그녀는 최학겸 부장의 수행
비서 이전에 핵물리학의 수재였다. 김아연은 일본 도쿄대학교 물리학과
를 수석으로 졸업한 인재였던 것이다. 그래서 그녀가 원자력 공업부 최
학겸의 수행 비서가 될 수 있었던 것이다.

“기럼, 내래 도와줄 일은 무스게 입네까?”

“이 실험을 하려면 핵미사일 설계도를 보아야 하는데 그 설계도면을
볼 수 있게 문서 보관소로 들여보내 주세요.”

“기래서 내를 찾아온 겁네까?”

“네!”

김아연이 고개를 꾸벅하면서 대답했다. 추호엽은 고개를 숙이며 대답
하는 그녀를 가만히 쳐다보았다. 보기 드문 미녀였다.

“기런데 비서 동지는 아무리 봐도 우리 북조선 출신은 아인 것 같은
데 맞습네까?”

추호엽은 고개를 갸웃거리며 물었다.

"어머! 그것도 밝혀야 하나요?"

김아연이 다소 당황하면서 얼굴을 살짝 붉힌다.

"아니, 뭐 거저 궁금해서 물었습네다."

"어머! 그래요? 호호호!"

김아연은 수줍은 듯이 입을 가리고 웃었다. 그리고는 밝은 미소를 띠고 말했다.

"맞아요. 저는 재일 교포에요. 일본으로 귀화했고요. 일본 이름은 카네모또 유끼에에요. 리과대학 물리학과로 유학 왔다가 원자력 공업부 최학 겸 부장 동지에게 발탁되었어요. 이번 기회에 우리 조선인민 공화국으로 귀화하려고 해요."

"아! 기래요? 꼭 귀화하기 바랍네다! 조선 사람이문 조선 국적으로 살아야 하는 거이 옳시다!"

"네! 저도 그렇게 생각해요!"

김아연이 생긋 웃어보였다.

"기럼, 여게서 잠간만 기다리기오."

추호엽은 김아연에게 대기하고 있으라고 지시하고는 중대장실을 나섰다. 그녀의 신원을 다시 한번 더 확인하기 위해서이다. 5기계공업총국의 문서 보관소에는 5기계공업총국에서 개발한 핵기술 외에 다른 기관에서 개발한 핵기술까지 모두 컴퓨터 파일로 보관되어 있기 때문이다. 뿐만 아니라 핵미사일에 대한 기술까지 컴퓨터 파일로 보관되어 있었다. 이는 5기계공업총국이 핵무기 개발에 있어 가장 중추적인 역할을 하는 기관이어서이다. 추호엽이 상부에 확인한 결과 그녀의 신분은 확실했고 그 임무 또한 사실이었다.

"내를 따라오기오!"

다시 중대장실로 들어간 추호엽은 김아연을 이끌고 중대장실을 나와 문서 보관소로 향했다. 잠시 후 문서 보관소에 도착한 추호엽은 출입문을 열고 김아연을 데리고 들어갔다. 김아연은 문서 보관소에 있는 컴퓨터를 통해 필요한 파일들을 열어 확인하고는 그곳에 있는 또 다른 컴퓨터로써 새로운 설계도를 그려냈다. 이때 추호엽은 그녀가 일을 끝낼 때까지 문서 보관소를 나서지 않고 계속 지키고 서 있었다. 그러다가 마침내 김아연이 일을 끝내자 그녀를 데리고 문서 보관소를 나섰다. 북한의 핵무기 개발에 대한 모든 내용이 컴퓨터 파일로 보관되어 있는 문서 보관소이기 때문에 추호엽이 직접 김아연을 데리고 들어갔다가 데리고 나왔다.

그런데 김아연의 임무는 하루 이틀에 끝날 일이 아니었다. 핵미사일의 구조를 일일이 확인하여서 이번에 개발된 저폭뇌관의 설계도와 비교한 후 이를 종합하여 재설계를 해보고, 이를 바탕으로 모의실험을 해본 다음 다시 수정하고 하는 것이었으므로 시간이 대단히 많이 걸리는 작업이었다. 따라서 추호엽은 김아연이 온 이후부터 새로운 업무를 수행해야 했다. 그것은 매일 김아연을 문서 보관소로 데리고 들어갔다가 다시 데리고 나오는 일이었다.

어느덧 시간은 흘러 그녀가 이곳에 온지 벌써 보름째에 접어들고 있었다. 그동안 그녀는 문서 보관소에 있는 컴퓨터로 설계를 해보다가 모의실험을 해야 할 때에는 문서 보관소를 나와 실험실 또는 공작소로 가곤 했다. 따라서 추호엽은 그때마다 혼자서 문서 보관소에서 그녀가 다시 오기를 기다리며 있든가 아니면 문서 보관소의 문을 잠그고 중대장실에서 그녀가 오기를 기다렸다. 김아연은 실험실이나 공작소에 들렸다가 오는 경우에는 항상 추호엽에게 상냥한 미소로써 자신의 미안함을 대신하곤 하였다. 그녀가 미안해하면서 미소를 지을 때는 꼭 추호엽의 앞에 가까이 다가와서는 고개를 꾸벅 숙이면서 인사를 했다. 그때마다 옷깃을 살짝 열어젖힌 그녀의 가슴에서는 달콤한 바닐라 향의 르 씨르 크 드 포피 모레니 향수가 풍겨 나왔다.

이렇게 하며 지내오는 와중에 추호엽은 자신도 모르는 사이에 김아연에 대해 혼자 깊이 빠져들고 있었다. 그리고 이에 비례하여 그녀를 범하고 싶은 욕구도 강하게 일었다. 그러나 김아연은 추호엽의 상관급인 원자력 공업부 최학겸 부장의 수행 비서이므로 함부로 수작을 걸 수 없는 상대였다. 이에 추호엽은 홀로 나날이 속이 타들어 갔다. 김아연이 하는 일의 진척 상황을 보아서는 오늘 내일 내로 곧 끝날 것 같았다. 때문에 추호엽은 속이 타다 못해 조바심까지 나는 판국이었다.

그런데 김아연이 여기 5기계공업총국에 온지 20일째 되던 날 그녀는 추호엽에게 곧 돌아올 터이니 중대장실로 가지 말고 문서 보관소에서 기다려달라고 해놓고는 무슨 일인지 무려 7시간이나 늦어서야 문서 보관소로 돌아왔다.

"비서 동지! 이거이 너머 한 거이 아이 넵까!"

추호엽은 김아연을 보자 불같이 화를 냈다.

"어머! 죄송해요!"

얼굴이 빨개진 김아연은 얼른 고개를 숙였다.

"도대체 내를 뭘로 본 것임메?"

추호엽은 여전히 화를 내며 거친 음성으로 말했다. 그러나 그는 더 이상 말을 못 했다. 김아연이 그를 와락 끌어안았기 때문이다. 그를 끌어

안은 김아연은 그에게 입을 살짝 맞추고는 다짜고짜 그의 가슴을 파고
들었다. 추호엽은 돌변한 김아연의 행동에 당황하면서 한편으로는 자신
도 모르게 그녀를 끌어안았다. 그러자 그녀는 야트막한 신음소리를 내면
서 그의 팔을 끌어내렸다.

"아-! 안 돼요! 오늘 너무 늦었어요. 사람들이 올 거예요!"

"……!"

"전 내일 오전 중에 돌아가요. 그래서 오늘 총정리 하느라고 늦었어
요. 죄송해요!"

"내릿날 갑네까?"

추호엽이 놀라면서 물었다. 예상했던 일이지만 막상 그녀의 입을 통해
들으니 무척 아쉬웠다. 김아연은 대답 대신 고개만 살짝 끄덕였다. 그리
고는 그에게 속삭이듯이 말해왔다.

"저-! 내일 아침 우리 여기로 일찍 와요!"

낮은 음성으로 말한 김아연은 다시 추호엽에게 살짝 입맞춤을 하였다.

"기런데 비서 동지! 와 내게……?"

추호엽은 김아연의 행동에 대해 도무지 영문을 모르겠다는 듯이 물었
다.

"쉿-! 아무 말 말아요! 중대장 동지는 나를 모르겠지만 나는 중대장
동지를 잘 알고 있어요?"

"그기 무신 소립네까?"

추호엽은 난데없이 김아연이 자신을 잘 알고 있다는 말에 깜짝 놀라
며 묻는다.

"우리 원자력 공업부에 있는 여성 연구원 동지 중에는 여기 5기계공

업총국에 있다가 새로 발령 받아온 여성 동지가 몇 있어요."

"……?"

"그런데 그 여성 동지들 모두가 추호엽 중대장 동지 얘기를 하면서 사모하더군요."

김아연은 부끄러운 듯이 고개를 살짝 숙였다.

"기래요? 내래 뭐 녀성 동지들한테 인기가 있다는 거이 알고 있드랬디만 발령 받아 가서도 녀성 동지들이 내를 그리워하고 있는 줄은 몰랏슴메!"

추호엽은 전혀 몰랐다는 듯이 물었다. 그러면서 한편으로는 은근히 우쭐거렸다.

"그런데 말로만 듣다가 실제로 보니 정말 너무 멋지게 생기셨어요!"

김아연은 가만히 손을 뻗어 추호엽의 얼굴을 쓰다듬었다.

"아! 흠흠!"

추호엽은 기분 좋아하면서 헛기침을 연신 해 댔다.

"그런데 저는 한 달쯤 시간이 걸릴 것으로 생각했는데 생각보다 빨리 끝나게 되어서 전 그만 내일 가야 되요!"

김아연은 안타깝다는 듯이 말해 왔다.

"저-! 조곰 늦춰서 가문 아이 됩네까?"

추호엽도 그 말을 듣자 새삼 아쉬운지 그녀를 붙잡으려고 한다.

"안 돼요! 최학겸 부장에게 이미 보고를 올렸어요. 내일 중으로 가야만 해요!"

"음-!"

추호엽은 아쉬운 듯이 신음소리를 냈다.

"저도 원자력 공업부로 발령 받아 온 여성 동지들처럼 추호엽 중대장 동지를 마음에 품었는데 어떻게 제대로 풀어보지도 못하고 돌아가게 되었네요!"

김아연은 그에게서 몸을 돌리며 고개를 숙였다. 그녀의 얼굴이 빨갛게 상기되어 있었다.

"기런 맘이라는 거를 알았다문 내래 이리케 멍청하게 보내디 아이 했을 텐데……!"

추호엽은 김아연의 말을 들을수록 아쉬웠다. 그러면서 한편으로는 그녀가 조선 여인이 아니라 일본에서 나고 자란 여성이라서 저렇게 개방적이고 적극적인가 하는 생각도 들었다.

"중대장 동지!"

"예?"

"내일 오전 일찍 나올 테니 곧바로 여기로 와요!"

"기래요! 걱정 마시라요! 내릿날 오전에 비서 동지가 내게 오는 즉시 고추 여게로 데려 오갓소!"

추호엽은 만면에 웃음을 띠며 말했다. 그런데 그의 미소는 누가 봐도 음흉한 미소였다. 추호엽은 김아연과 헤어진 후 그 다음날이 빨리 오기를 애타게 기다리며 거의 뜬 눈으로 밤을 새우다시피 하였다.

다음날 아침. 김아연은 전날 약속대로 아침 식사가 끝나자 마자 곧바로 추호엽을 찾아왔다. 추호엽 역시 아침 식사를 하는 둥 마는 둥 하고는 중대장실로 들어와 그녀를 기다렸다. 추호엽은 김아연이 중대장실로 오자 곧바로 그녀를 데리고 문서 보관소로 들어갔다.

"자, 날래! 날래!"

　　추호엽은 문서 보관소에 들어서기가 무섭게 문서 보관소 문을 걸어 잠그고는 김아연의 하얀색 블라우스 단추를 풀기 시작했다. 김아연은 그녀대로 추호엽의 윗옷 단추를 끌렀다. 속도는 김아연이 더 빨랐다. 김아연의 블라우스에 달린 단추가 추호엽의 군복 단추보다 적어도 두 배 정도는 많았다.

　　“쌍! 무신 넘의 단추래 이리케 많네?”

　　추호엽이 김아연의 블라우스 단추를 끌러대다가 조급함에 신경질을 팍 낸다.

　　“호호호! 그럼 제 옷은 제가 벗을 테니 중대장 동지는 자기 것을 벗어요!”

　　김아연은 재미있다는 듯이 웃고는 그에게서 떨어졌다. 그리고는 그가 끄르던 블라우스 단추를 마저 다 끌렀다. 그녀는 블라우스 단추를 다 풀자 지체 없이 그 옷을 벗었다. 순간 분홍색 브래지어와 그 속에 들어가 있는 하얗고 탐스러운 젖무덤이 출렁거리며 모습을 드러냈다. 이를 보자 추호엽은 정신없이 자기 옷을 벗어대기 시작했다. 윗옷과 러닝셔츠를 벗고 바지도 벗었다.

　　“어머!”

　　갑자기 김아연이 얼굴을 붉히며 돌아섰다.

　　“허허! 아니 뭘 새삼시리 흉측스러 합네까?”

　　추호엽이 음험하게 말하면서 마지막 속옷 차림으로 김아연에게 다가왔다.

　　“그래도 전 처녀인데 그렇게 노골적으로 벗으면 어떡해요!”

　　김아연이 가슴을 싸안으며 몸을 웅크린다.

“허-! 알갓시오. 기럼 내래 돌아세서 벗갓소.”

“그렇게 하세요. 저는 저대로 돌아서서 벗을게요!”

김아연은 얼른 돌아선 채 말했다. 이를 본 추호연은 자기도 바로 돌아
서서 마지막 남은 속옷을 내렸다.

“앗! 잠깐! 돌아서지 말아요!”

김아연이 다급하게 소리쳐 왔다.

“와 기럽네?”

“부끄러우니 그냥 돌아선 채로 저에게 다가오세요. 자 이리로!”

김아연은 자기에서 뒤돌아서 있는 추호엽의 왼쪽 팔꿈치를 잡고 뒤로
살살 이끌었다. 그러다 벽에 다다르자 김아연이 잠시 주춤거렸다. 이때
추호엽은 무엇인가 강하게 코를 콕 찌르는 냄새를 맡았다. 자기의 뒤에
서 나는 냄새였다. 무슨 벤젠류와 같은 냄새였다. 그러나 그는 별로 개
의치 않았다. 김아연이 실험실이나 공작소에 갔다 오면 무엇인가 화학
약품 냄새가 나곤 했었기 때문이다. 그가 냄새를 맡고 있을 때 김아연이
그의 앞으로 모습을 드러냈다.

“어? 비서 동지!”

추호엽이 갑자기 실망스러운 듯한 음성으로 김아연을 불렀다. 그녀가
옷을 벗은 것이 아니라 벗었던 블라우스마저도 도로 입은 것이다.

“아니 디금 내하고 장난질하자는 겁네까!”

추호엽이 버럭 화를 내며 그녀의 블라우스를 아예 찢을 듯이 손을 뻗
었다. 그러나 그는 잠깐 비틀거리다가 이내 뒤로 벌렁 자빠졌다. 김아연
이 두 손으로 추호엽의 가슴을 순간적으로 힘껏 밀은 것이다. 그런데 뒤
로 넘어진 추호엽이 갑자기 비명을 질렀다. 피부가 타는 듯이 아팠다.

"으아아악!"

그의 엉덩이와 등짝 그리고 양팔다리와 양손이 순간적으로 화학적 화
상을 입었다. 그런데 다행히 피부는 붉게 되었을 뿐 물집이 생기거나 벗
겨지지는 않았다. 그러나 그의 피부는 바닥과 벽에 들러붙어버렸다. 그
가 뜨겁게 느낀 부위는 모두 바닥이나 벽에 들러붙었다.

"이이이익!"

추호엽이 온몸을 비틀며 움직이려 하였다. 그러나 바닥과 벽에 붙어버
린 그의 몸은 꿈쩍도 하지 않았다. 그는 순간접착제에 의해 바닥과 벽에
붙어버린 것이다. 그가 아까 코를 쏘는 듯한 냄새를 맡았던 것이 바로
순간접착제의 냄새였던 것이다. 그가 김아연으로부터 뒤돌아서 있는 사
이 그녀가 대용량의 순간접착제를 그의 등 뒤에 있는 벽과 바닥에 뿌린
것이었다.

"이 에미나이! 이거이 무신 짓이메!"

추호엽은 분노에 차서 고함을 질렀다. 그러나 김아연은 아무 대답 없
이 싸늘한 얼굴로 그를 내려다보았다. 그러다 갑자기 그의 얼굴을 향해
뒤돌려 차기를 하였다.

"흐아아악!"

순간, 문서 보관소에 처참한 비명 소리가 울려 퍼졌다. 그의 오른쪽
뺨이 그녀의 날카로운 하이힐 뒤축에 뚫리면서 찢어져버린 것이다. 추호
엽의 얼굴과 입이 금세 피투성이로 변했다.

"끅! 끅! 쿠엑!"

추호엽은 무엇인가 목구멍에 걸린 것을 내뱉었다. 치아였다. 어금니
두 대와 송곳니 한 대가 김아연의 하이힐 뒤축에 맞아 뿌리째 뽑히면서

추호엽의 식도로 넘어가려고 했던 것이다. 온몸이 바닥과 벽에 둘러붙어 버린 추호엽은 얼굴과 입에서 피를 흘려대면서 몹시 괴로워했다.

"네 놈! 내가 왜 이러는지 궁금하겠지?"

김아연이 추호엽을 노려보면서 말했다.

"와? 와~?"

추호엽도 그녀를 무섭게 노려보면서 가까스로 물었다.

"네 놈이 바로 우리 아버지를 죽였기 때문이야!"

김아연은 고함을 지르며 추호엽의 왼쪽 뺨을 때렸다.

"윽!"

추호엽의 얼굴이 휘청거리며 오른쪽으로 돌아갔다.

"무신 소리가? 내래 네 년 아반이래 뉘긴지도 모르메!"

추호엽이 악을 쓰며 소리를 질렀다. 그러면서 몸을 일으키려고 마구 발버둥을 쳤다. 그러나 바닥과 벽에 들러붙어버린 피부가 그대로 뜯어져 벗겨지기 전에는 그는 자신의 몸은 물론 손이나 다리조차도 일체 꿈쩍 할 수 없었다.

"몰라? 모른다고? 네 놈이 우리 아버지를, 우리 불쌍한 아버지를 때려 죽여 놓고도 몰라!"

"뭐?"

추호엽은 순간 얼어붙은 듯이 가만히 있었다. 자신이 사람을 죽인 일 은 김일성 종합대학교에 다닐 때 한 번 있었다.

"기- 기럼! 기때 기 도족놈……!"

"뭐야! 말조심해! 도둑놈이라니!"

김아연의 발길질이 추호엽의 가슴에 꽂혔다.

“흐윽!”

숨이 턱 막히는 듯한 비명을 지르는 추호엽.

“네 놈은 모른다. 네 놈에게 맞아서 뼈가 으스러지고 온몸의 살이 다 터진 채 입 안의 치아마저도 다 뽑혀나간 우리 아버지 시신을 붙잡고 내가 얼마나 울었는지 모른다! 불쌍한 우리 아버지 붙잡고 내가 얼마나 울었는지 네 놈은 모른다!”

눈이 붉게 변한 김아연의 눈에서는 눈물이 줄줄 흘러내리고 있었다.

“으으! 사- 살려주라우!”

추호엽은 비로소 김아연의 정체를 알자 공포에 휩싸였다. 그녀가 아버지의 복수를 위해 자기를 죽일 것이기 때문이다.

“내가 네 놈을 더더욱 용서 못하는 이유를 알아? 네 놈이 우리 아버지를 생으로 때려죽여 놓고는 대의를 위한 행동이었던 양 그 몹쓸 짓을 자랑하고 다녔다는 거야! 평생을 속죄하며 살아도 모자랄 놈이 자랑을 하고 다녀!”

김아연은 다시 그의 왼쪽 뺨을 힘껏 때렸다. 그리고는 마구 흐느껴 울었다.

“사- 살려주라우! 제발-! 사- 살려주시라요!”

추호엽은 결사적으로 애걸을 해왔다.

“그런데 내가 더 기가 막혔던 것이 무엇인지 알아? 사람들이 그런 무자비한 살인자인 네 놈을 영웅으로 떠받든다는 거야!”

김아연은 어이없다는 듯이 허공을 바라보았다. 김아연은 할아버지의 유언에 따라 늦게나마 할아버지의 고향을 찾아 북한으로 떠난 아버지를 따라 가지 않았다. 김아연의 할아버지는 일제 때 석탄 광부로 강제로 끌려왔다가 정착한 재일교포였다. 그는 평생을 고향인 황해도 사리원을 그리워 하다가 생을 마감했다. 이에 김아연의 아버지는 평소 자기 아버지의 한이자 염원이던 황해도 사리원에 정착하고자 일본에서 이룬 모든 것을 버리고 혈혈단신 북한으로 돌아갔다.

그가 북한으로 돌아가 사리원에 정착하겠다고 했을 때 이미 일본에 자리 잡은 그의 아내와 두 딸들은 귀향을 반대했다. 이때 보다 나은 미래를 위해 일본으로 귀화한 그의 큰딸인 김아연이 가장 극렬히 반대했다. 이에 결국 그녀의 아버지는 500만 엔만 조국에 대한 헌금으로 들고 북한으로 들어가야 했다. 얼마 되지 않은 돈을 헌금으로 들고 온 김아연의 아버지에 대해 북한 정부는 노골적으로 푸대접을 했다. 그래도 그는 나머지 생을 조국의 발전을 위해 바치겠다면서 온갖 푸대접을 참고 묵묵히 사리원 지질대학의 지질탐사학부를 다녔다. 북한에서 풍부한 광물자원을 개발하는 데 조금이라도 일조하기 위해 다시 학교를 들어간 것이다. 돈으로 북한의 발전에 이바지 하지 못했으니 몸으로라도 이바지하겠다는 것이다. 그러나 그러한 아버지에 대해 북한에서 들려준 소식은 처참한 주검으로 변했다는 것이었다. 어머니가 쓰러질까봐 큰딸인 김아연이 북한으로 들어가 아버지의 피멍들고 찢겨지고 부러진 시신을 염해 화장한 다음에 유골을 안고 일본으로 돌아왔다. 그때 김아연에 남은 기억은 그저 끊임없이 울었다는 기억 밖에는 없었다.

김아연은 아버지를 화장한 다음 아버지의 죽음에 너무 억울하여 김일성 종합대학을 찾아갔다. 김일성 종합대학 학생들은 모두 그녀의 아버지 죽음에 대해 알고 있었다. 그러나 어느 누구 하나 그녀 아버지의 죽음에 대해 애도하거나 죄스러워 하지 않았다. 오히려 그 반대로 학생들 사이에서는 그녀의 아버지를 때려서 죽음에 이르게 한 추호엽과 그의 일당인 시희섭 및 구문환이 학생들의 권위와 안전을 지켜낸 영웅으로 되어있었다. 그 중에서 특히 이들 일당의 주모자이자 우두머리인 추호엽이 남겼다는 '폭력은 나쁘디만 우리의 권위와 안전을 위해서는 폭력을 애껴서는 아이 됩네다!'라는 말은 마치 위대한 영웅이 남긴 어록처럼 되어 많은 학생들이 감동에 겨워하며 되뇌면서 다니고 있었다. 때문에 추호엽은 이 일로 말미암아 여러 각계 인사들에게 훌륭하고 믿음직스런 청년으로 소개되었다. 그래서 그가 김아연의 아버지를 때려죽인 후 그 다음 날 개최했던 생활총화에 사회안전부의 백학림 차수까지 참석하여 그를 참다운 청년으로 칭송하고 돌아갔다. 이날 원자력 공업부 최학겸 부장도 적극적으로 나서서 추호엽은 조선의 원자력 학문에 대해 책임지고 나아갈 우수한 인재이므로 이 인재가 다치는 일은 없어야 할 것이라는 친서를 보내와 김일성 종합대학 총장으로 하여금 학생들 앞에서 읽히게 하였다.

김아연은 어이없고 기가 막혔다. 그녀는 김일성 종합대학 교정에서 지나가는 학생들마다 붙잡고 추호엽은 지탄받고 처벌 받아야 할 죄인임을 호소했으나 어느 누구 하나 그녀의 말을 들어주는 사람이 없었다. 심지어 어떤 여학생들은 김아연이 추호엽을 욕한다고 그녀에게 욕설과 함께 시비를 걸어오기조차 하였다. 결국 학생들과 안전원에 의해 교정에서 쫓겨난 김아연은 김일성 종합대학 정문에서 쓰러진 채 통곡하다가 일본으로 아버지의 유해를 안고 돌아왔다.

김아연은 일본으로 돌아온 후 아버지의 죽음에 대한 복수를 벼르며 기회를 기다려 왔다. 그녀는 자신의 아버지를 죽음에 이르게 한 주범인 추호엽과 이처럼 패악한 추호엽을 조선의 원자력 학문을 책임질 인재로 졸지에 둔갑시켜버린 원자력 공업부의 최학겸 부장에 대해 복수하기로 하였다. 이들에 대한 복수가 가능하다고 생각한 것은 이들이 관여하고 있는 분야인 핵물리학이 그녀의 도쿄대학교 전공인 물리학과 연관이 되기 때문이다. 따라서 이들이 행하고 있는 일에 참여하게 되면 자연히 이들에게 복수할 기회가 생길 것이다. 그러나 이들 외의 시희섭과 구문환 그리고 백학림은 그녀의 전공과 무관하므로 그들에 대해 복수하는 것은 현실적으로 어렵다. 하지만 최학겸과 추호엽의 경우는 충분히 가능한 일이다. 그런데 그녀에게 이제 그 기회가 왔다.

김아연은 추호엽이 지켜보는 가운데에 CD 보관함에서 북한의 핵미사일 개발에 관련된 파일이 들어 있는 CD를 두 장 빼어들었다. 한 장은 핵탄두 운송체인 미사일에 대한 설계도가 담겨 있었고 또 한 장은 핵탄두에 대한 설계도가 담겨 있었다. 따라서 이들 두 장의 CD는 곧 북한의 핵미사일 개발에 있어서 가장 핵심이 되는 내용이 들어 있는 것이 된다. 그런데 김아연이 이 CD를 빼낸 것이다. 이들 CD는 복제 자체가 되지 않게끔 되어 있다. 따라서 이를 통째로 가져가는 수밖에는 없다. 김아연은 추호엽의 눈앞에서 태연히 이 CD들을 자신의 핸드백 속에다 집어넣었다. 그러나 추호엽은 아무 소리도 내지 못한 채 그녀를 지켜볼 수밖에 없었다. 지금 현재 자신이 알몸으로 바닥과 벽에 붙어 있는 상황일 뿐만 아니라 이곳은 폭격에도 피해를 입지 않도록 설계된 곳이기 때문에 그가 아무리 소리를 질러봤자 들리지도 않기 때문이다.

CD를 핸드백에 집어넣은 김아연은 다시 추호엽에게 천천히 다가갔다.

"으으으! 사- 살려주시라요!"

추호엽은 움찔거리며 목숨을 구걸해왔다.

"네 놈은 우리 아버지에게도 이 말을 수없이 들었을 거야! 그런데도 네 놈은 우리 아버지를 죽였지!"

김아연은 추호엽을 무섭게 노려보았다.

"그러나 나는 너를 죽이지 않을 거야! 그냥 너를 죽여 버리기에는 내가 너무 분해!"

김아연은 고함을 질렀다.

"너는 죽는 대신 살아라! 그리고 평생을 치욕 속에 지내라! 내가 네 놈에게 남겨준 얼굴의 상처를 보면서 그렇게 평생을 반성하며 살거라! 이제 네 부하들이 네 놈을 발견하면 앞으로 네 놈에 대해 평생 조롱이 주어질 것이다!"

김아연은 경멸과 분노에 찬 눈으로 추호엽을 내려다보았다.

"생각 같아서는 네 놈의 눈과 귀에 순간접착제를 부어넣어 실명시키고 귀머거리로 만들어버리고 싶지만 그렇게 하진 않을 거야!"

"아으으으!"

김아연의 말을 듣자 추호엽이 순간 공포에 떨며 몸을 잔뜩 움츠렸다.

"왠지 알아? 너를 그렇게 불구로 만들어버리면 우선 네 놈이 다른 사람들의 조롱하는 눈빛과 소리를 보지도 듣지도 못하거든. 너는 그것을 보고 들으며 평생을 살아야 하는데 그렇게 되어서는 안 되지. 그리고 네 놈이 그렇게 불구가 돼버리면 사람들이 네 놈을 조롱하는 대신 동정을 하게 되니까 네 놈은 결코 불구가 되어서는 안 돼!"

김아연은 싸늘한 미소를 지었다. 그리고는 곧 그에게서 몸을 돌려 문서 보관소의 문으로 걸어갔다. 문서 보관소 밖으로 나온 그녀는 추호엽에게서 빼앗은 열쇠를 지닌 채 유유히 5기계공업총국을 떠나갔다. 문서 보관소의 문은 그녀가 닫자 저절로 잠겨버렸다.

문서 보관소에 들어가려면 김아연이 가지고 가버린 열쇠와 추호엽의 안구가 필요하다. 그의 홍채가 이곳 출입문의 최종 열쇠였던 것이다. 추호엽이 우선 열쇠로 홍채 인식기에 넣어 돌린 후 홍채 인식기에 그가 자신의 안구를 들이대어야만 비로소 문서 보관소의 문이 열린다.

5기계공업총국을 빠져 나온 김아연은 쉬지 않고 차를 달려 평안북도 신의주까지 내려갔다. 그녀가 몰고 있는 차는 당간부 차량이어서 검문 없이 어디를 가든 바로 통과하였다. 그녀가 이를 노리고 일부러 원자력 공업부 최학겸 부장의 관용차를 출장 가는데 달라고 하여 몰고 나온 것 이다. 김아연은 신의주에 도착하자 차를 버리고는 홀연히 사라졌다. 그리고 그 다음날 아침 일찍 중국의 단동에서 모습을 드러낸 김아연은 또다시 사라졌다가 그날 저녁때 서울의 명동 거리를 걷고 있었다.

최학겸 부장의 관용차를 몰고 신의주에 도착한 김아연은 북한에 입국하기 전에 미리 접촉을 해 놓은 중국인 밀수업자 이유환을 만나 그가 마련해 놓은 은신처에 숨었다. 이유환은 김아연이 무역업을 하는 백부를 통해 소개 받은 자이다. 처음부터 김아연은 북한에 입국하였다가 몰래 탈출할 생각이었으므로 자신의 북한 탈출을 도와줄 사람이 필요했다. 그래서 백부에게 자신이 북한산 물품을 연변에서 구할 일이 좀 있는데 이를 잘 구해다 줄 수 있는 사람 하나 소개해달라고 말하여 백부로부터 이유환을 소개받았다. 그리고 지금 그 이유환의 도움을 받고 있는 것이다.

김아연은 미리 약속했던 대로 신의주에서 이유환을 만나 은신처에 숨어 해가 지기를 기다렸다. 그리고는 경비가 느슨해질 때까지 대기하고 있다가 그를 따라 압록강을 건넜다. 그 다음날 김아연은 아침 일찍 단동에서 중국 국내선 비행기로 베이징으로 올라간 후 당일 오후 늦게 한국으로 들어왔다.

추호엽은 김아연이 한국에 도착한 다음날 오전에서야 벌거벗은 상태에서 구출이 되었다. 3일 만에 구출된 추호엽은 거의 빈사 상태였다. 그는 김아연에 의해 오른쪽 뺨이 뚫리고 찢어졌으나 다행히 동맥은 다치지 않아서 과다 출혈로 인한 쇼크나 사망에 이르지는 않았다. 그리고 이틀이 지나서는 그의 몸에서 나오는 기름기에 의해 어떻게 힘을 주며 몸을 뒤틀어보면 순간접착제가 부분적으로 떨어질 수도 있게 되었으나 이틀에 걸쳐 굶주린 그로서는 그러한 힘을 낼 수 없었다.

추호엽의 부하들은 이틀 동안 추호엽이 보이지 않아도 최학겸 부장 수행 비서의 일이 바쁜 관계로 그가 문서 보관소에 들어가 늦게까지 있다가 그 다음날에도 또 일찍 문서 보관소로 들어간 것으로 알고 그를 찾지 않고 있었다. 그러다가 3일째 되는 날에도 여전히 그가 식사 시간에 전혀 모습을 보이지 않자 그의 부하들이 그때서야 비로소 그를 찾아냈다. 그리고 문서 보관소의 출입문을 통째로 뜯어내는 대공사를 한 끝에서야 마침내 그를 구출해낼 수 있었다. 하지만 가까스로 구출된 추호엽은 요양소가 아닌 함경남도 금야군 금사리에 있는 606 노동 교양소로 보내졌다. 추호엽은 먼저 계급이 이병에 해당되는 전사로 강등된 후 영창에 해당되는 보위사령부 소속의 606 인민군 노동 교양소로 갔다. 한편, 원자력 공업부 최학겸 부장 역시 직위에서 즉시 해임되었다. 당국에서 그에게 김아연을 고용한 책임을 물은 것이다. 이로써 김아연의 3년간에 걸쳐 준비해온 복수는 끝을 맺었다.

김아연은 도쿄대학교 물리학과를 졸업한 후 대학원 진학을 준비하던 중 아버지가 돌아가시자 우선 원자력 공업부 최학겸 부장에게 접근하기 위해 그가 특강을 하러 나오는 리과대학 물리학과로 유학을 갔다. 그리고는 그 대학에서 학업을 핑계로 최학겸 부장에게 접근을 했다. 최학겸 부장은 김아연이 일본어뿐만 아니라 영어와 프랑스어에도 능통하고 더구나 도쿄대학교 물리학과 수석 졸업생이라는 사실에 그녀를 자신의 수행 비서로 임명을 하였다. 이는 곧 김아연의 소망을 들어주는 것이기도 하였다. 그런데 그가 김아연의 소원대로 그녀를 수행 비서로 임명한 이유 중에는 그녀가 대단한 미녀라는 것도 한몫하고 있었다.

이렇게 하여 최학겸 부장에게 접근한 김아연은 굳이 5기계공업총국에까지 가서 실험하지 않아도 될 일을 꼭 그곳에 가서 해야만 문제를 분명하게 해결할 수 있다고 주장하여 5기계공업총국으로 출장을 갔다. 그리고 추호엽이 의심 없이 자신이 시키는 대로 옷을 벗을 수 있을 때까지 머물며 분위기를 숙성시킨 다음 마침내 그녀는 아버지에 대한 복수를 하였다.

김아연은 추호엽의 아버지를 숙청시키기 위해서는 북한 정부에 심대한 타격을 입혀야 했다. 그래서 그녀는 북한의 핵미사일 개발 관련 CD를 두 장이나 들고 나갔다. 그녀의 계획대로 추호엽의 아버지는 이러한 일이 벌어지게끔 만든 장본인인 추호엽을 천거한 책임을 져야 했다. 추호엽의 아버지는 정치국 위원에서 해임되는 동시에 요덕 교화소로 보내졌다.

김아연은 베이징에서 일본으로 바로 들어가지 않았다. 그녀가 비록 일본으로 귀화했고 일본에 집이 있더라도 일본에는 조총련을 포함하여 수

많은 북한 공작원이 상주해 있으므로 자신이 그런 일본에 들어간다는 것은 곧 스스로 북한으로 다시 들어가는 것과 다름없는 일이었다. 더구나 북한에서는 김아연의 일본 내 신상에 대해서 훤히 다 알고 있는 상태이다. 따라서 북한의 일급비밀이자 국책 사업인 핵미사일 개발에 관한 자료를 유출해낸 지금 그녀로서는 북한의 위협으로부터 안전성이 확실히 보장되는 곳이 필요했다. 그곳은 바로 한국이었다.

한국에 입국하여 명동 거리를 걷던 김아연은 한참동안 계속 그 거리를 방황했다. 자신이 비록 북한의 핵미사일 개발 자료를 유출해내긴 했지만 그 목적은 순전히 아버지의 죽음에 대한 복수를 위한 것이었지 처음부터 한국 정부를 위해서 한 것은 아니었다. 따라서 핵미사일 개발 관련 CD를 빼오기는 했지만 이를 딱히 어떻게 처리하겠다는 계획은 서 있지 않은 상태였다. 김아연은 어떻게 처신을 해야 좋을지 판단이 서지 않았다. 김아연은 이 CD를 한국 정부에 넘겼을 때 한국 정부에서 순수하게 자신의 말을 곧이곧대로 믿어줄는지 확신이 없었다. 만에 하나라도 한국 정부에서 자신을 거짓 CD를 들고 온 이중간첩으로 몰지 않을까 겁이 났다. 그리고 만일 자신이 한국 정부에 CD를 넘겼을 때 북한이 일본에 있는 자신의 어머니와 여동생 김아란 그리고 백부에게 어떠한 해를 끼칠지도 모른다는 걱정도 있었다. 결국 김아연은 한국에 머물며 당분간 추이를 지켜보며 생각해보기로 하였다. 그녀는 판단이 이렇게 서자 방향을 신촌에 있는 연세대학교 한국어학당으로 돌렸다.

신촌의 연세대학교 한국어학당에 도착하자 김아연은 곧바로 한국어학당의 지하실로 내려갔다. 그곳에는 한국어학당에서 한국어 연수를 받는 학생들이 아르바이트 삼아 자국의 언어를 한국인에게 가르치겠다는 광고를 붙여대는 안내판이 설치되어 있기 때문이다. 김아연은 도쿄대학교 1학년 재학 시절 아버지의 권유로 방학 때 한국으로 와서 여기서 한국어 연수를 받았던 적이 있었다. 그때도 그녀는 이 안내판을 보았다. 하지만 그때는 김아연이 일본어 강의 아르바이트를 하지 않았다. 2개월만 머물다 갈 것이기 때문에 그냥 한국어 연수만 받으며 지냈었다. 그러나 지금은 사정이 다르다. 일단 언제까지 여기 한국에 머물게 될지 모르기 때문에 그녀는 장기간 머물 장소와 생활비를 마련해야 했다. 일단은 지금 가지고 있는 돈으로 버티겠지만 이 돈은 곧 떨어질 것이다. 그러면 일본에 있는 어머니나 백부가 자신에게 송금을 해주어야 하는데 그렇게 하다보면 자칫 자기 거처가 북한 공작대에게 노출될 가능성이 높다. 북한에서는 추호엽이 구출되는 즉시 핵개발 부문 안보담당인 사회안전부 97국 요원을 총출동시킬 것이다. 그러므로 지속적으로 일본의 가족으로부터 송금을 받는다는 것은 북한의 97국 요원들에게 자신이 어디에 있으니 잡아가달라고 하는 것과 같다. 따라서 자신의 안전을 위해서 그리고 가족에게 부담을 주지 않기 위해서 김아연은 당분간 한국에서 홀로 버티며 지내기로 하였다.

김아연은 안내판에 붙은 외국어 강의 아르바이트를 구한다는 쪽지들을 일단 살펴보았다. 그런데 그녀는 얼마간 그 쪽지들을 훑어보다가 수첩을 꺼내 어떤 전화번호를 적기 시작했다. 그녀는 자신의 전화번호를 적은 아르바이트 구함 쪽지를 붙이지 않고 그대로 돌아섰다. 그리고는 같은 지하층에 있는 복사실 옆의 공중전화기로 걸어갔다. 김아연은 아까 적은 전화번호를 잠시 보고는 그 전화번호로 전화를 걸었다.

"여보세요!"

굵은 음성의 남성 목소리가 수화기에서 울려나왔다.

"안녕하세요! 박준영씨 되시나요?"

"예! 맞습니다."

"저-! 외국어 과외를 하시겠다고 했는데 맞나요?"

"예! 맞아요."

"그럼, 일본어, 중국어, 영어, 독일어, 프랑스어 등을 가르친다고 했는데 정말이세요?"

"예! 정말입니다!"

"그럼, 여러분이서 그룹으로 가르치신다는 건가요?"

"아닙니다. 저 혼자서 다 합니다!"

"어머! 호호호!"

"왜요?"

"아니에요! 정말 대단하시네요."

"뭘요! 요즘 그런 사람들 많아요!"

"저-, 그럼 혼자서 이들 언어를 다 가르치신다면 좀 많이 바쁘겠네요."

"그럴 수 있겠죠. 그런데 왜요?"

"저-! 그래서 말인데요. 혹시 저하고 같이 동업할 생각은 없으세요?"

"예?"

수화기에서는 당혹한 듯한 음성이 들려왔다. 그러나 곧 음성이 다시 들려왔다.

"그럼 혹시 전화주신 분도 다국어에 능통하신가 보죠?"

"네? 저요? 아니 능통한 정도는 아니지만 그래도 어느 정도는 해요."

"그래요? 그럼 능통하시다는 소리인데…… 실례지만 어느 언어들을 하세요?"

"저는 일본어와 영어 그리고 프랑스어를 좀 해요."

"……!"

수화기에서는 잠시 말이 없었다. 그러다 다시 음성이 들려왔다.

"좋아요! 우리 동업해요!"

이것이 김아연과 박준영 간에 맺어진 인연의 첫 시작이었다. 박준영은 그녀의 돈과 자신의 돈을 보태 그녀가 거처할 원룸을 하나 구해주었다. 그리고 그녀와 같이 이른바 다국어 과외 사업을 시작했다. 하나의 언어만 가르치는 것이 아니라 여러 언어를 가르치는 것이기 때문에 수입이 다른 사람에 비해 세 배에서 많게는 다섯 배까지 많았다.

"야! 이러다 우리 갑부 되겠다! 하하하!"

박준영이 월말 결산을 하며 밝게 웃었다.

"정말 이렇게까지 많이 벌 줄을 몰랐어요!"

김아연도 연신 싱글벙글이다. 그녀는 이제 원룸이 아니라 자그마한 아파트에서 산다. 그만큼 여유가 생긴 것이다. 김아연은 비자가 만료될 때면 일본으로 출국하였다. 그리고 일본 공항에서 입국 도장을 받은 후 곧바로 다시 한국으로 출국하였다.

김아연은 저녁 늦게 월말 결산이 끝나자 박준영의 손을 꼭 잡고 자신의 아파트를 나섰다. 12월의 하늘에서는 탐스런 하얀 눈이 온통 하얗게 쏟아져 내리고 있었다.

"어머! 준영씨! 우리 화이트 크리스마스이브를 맞이하게 됐어!"

김아연은 마치 어린애 마냥 신이 나서 깡충깡충 뛰어다녔다.

"야잇! 강아지냐? 왜 그렇게 뛰어다녀?"

"호호호! 난 준영씨 귀여운 강아지 맞는데! 메롱!"

김아연은 하얗게 변해 버린 아파트 단지에서 폴짝거리며 뛰었다. 그러다 쭈그덩 미끄러졌다.

"아야!"

"하하하! 거 봐라! 내 미끄러질 줄 알았지!"

"씨-! 준영씨는 내가 아프면 좋아?"

"아니! 마음이 찢어져!"

"피-!"

김아연은 입이 삐죽 나온다.

"하하! 우리 오늘 거하게 외식하고 들어가자!"

"응!"

김아연이 얼른 일어나 엉덩이에 묻은 눈을 턴다. 그러다 아파서 비명을 지른다. 박준영이 커다란 손바닥으로 그녀의 엉덩이를 털어댄 것이다.

김아연이 박준영을 처음 만난 것은 8월 30일이었다. 그런데 지금은 12월 24일이다. 벌써 4개월이나 된 것이다. 그런데 요즈음 김아연은 아르바이트하는 재미 외에 새로운 재미가 붙었다. 그것은 바로 살림하는 재미였다. 지금 사는 아파트로 이사 온 지는 이제 보름 남짓 된다. 이전에 원룸에서 살았을 때는 박준영이 가끔 들려 저녁 식사나 하고 돌아갔다. 그러나 지금 여기 이 아파트에서는 가끔가다 아침 식사도 하고 갔다. 내일도 그는 김아연하고 같이 아파트에서 아침 식사를 할 것이다. 이에 김아연은 예전에는 꿈에도 생각지 않았던 살림하는 재미에 빠져들고 있었다. 그런데 한편으로 그녀는 달수가 지날수록 점점 초조해져 가고 있었다.

"준영씨! 나랑 외국 멀리 도망갈까?"

김아연은 호텔 레스토랑에서 바다가재를 먹다말고 박준영를 빤히 쳐다본다.

"응? 왜?"

박준영은 바다가재를 뜯다가 무슨 소린가 하며 김아연을 보았다.

"준영씨! 꼭 가야 돼? 가야 되겠지."

김아연은 시무룩해지며 포크를 테이블 위에 내려놓았다.

"응? 너 또 나 입대하는 거 생각하는구나!"

김아연은 말없이 고개만 끄덕인다.

"괜찮아! 훈련 3개월 받을 때만 잠깐 떨어질 뿐이야. 그 다음부터는 출퇴근인데 뭘 그렇게 걱정해?"

박준영은 일부러 활짝 웃으며 아무 것도 아닌 양 밝게 말했다.

"그래도…… 난 준영씨 없으면 하루도 지낼 수 없단 말이야! 무섭단 말이야!"

"어린애냐! 무섭기는 왜 무서워!"

"그래도 난 무섭단 말이야!"

결국 울음을 터뜨리는 김아연. 전혀 예상치 못했던 그녀의 울음에 박준영은 당황해서 어쩔 줄을 모른다.

사실 김아연은 무서웠다. 언제 들이닥칠지 모르는 북한의 97국 요원들이다. 그들은 자신을 죽이든가 북으로 납치해 갈 것이다. 그리고 그곳에서 죽일 것이다. 그 피 말리는 공포를 김아연은 자기 곁에 있어주는 박준영을 통해 혼자서 속으로 극복해내고 있었다. 그런데 그가 내년 3월이 되면 떠나는 것이다. 그것도 3개월이란 긴 시간 동안 떠나 있는 것이다. 3개월이란 시간은 일이 잘못되자면 충분히 잘못되고도 남는 길고 긴 시간이다. 그래서 시간이 지나갈수록 달수가 지날수록 김아연은 점점 초조해지고 있었다. 그러나 이러한 그녀의 절박한 심정을 박준영은 전혀 모른다. 그런 그가 때로는 야속하기도 하다. 그렇지만 사실을 밝힐 수는 없는 일이다. 만일 그랬다가 박준영이 겁을 집어먹고 떠나버리기라도 한다면 김아연은 견딜 수 없을 것이다. 그렇지 않고 그가 남아줄 수도 있겠지만 남의 마음을 알 수는 없는 일이다. 김아연은 크리스마스이브에 박준영의 품안에서 하염없이 울었다. 레스토랑 밖에는 그녀의 안타까운 마음을 담은 하얀 눈이 소리 없이 하늘 가득히 계속 내리고 있었다.

다음 해 2월. 박준영은 대학원을 졸업하고 언어학 석사가 되었다. 그리고 3월 초순. 마침내 박준영은 해군학사장교로 입대를 하였다. 김아연이 그토록 두려워했던 순간이 끝내 도달한 것이다. 박준영이 입대하기 하루 전날 김아연은 박준영을 끌어안고 울고 또 울었다. 그렇게 박준영을 떠나보낸 후 김아연은 그를 그리워하며 위문편지를 그가 있는 사관훈련소로 보냈다. 그러나 그녀는 박준영을 그토록 그리워하면서도 그에게는 정작 위문편지를 두 번 밖에는 보내지 못했다.

박준영이 떠난 후 김아연은 매일 그를 그리워하며 보냈다. 그래서 위문편지 보내는 날을 기다리지 못하고 미리 편지를 써놓은 채 편지 부치는 날이 다가오기만을 기다렸다. 훈련기간 중에는 위문편지를 일찍 보냈다고 해서 상대방에게 일찍 전해지지 않는다. 위문편지를 교육생들이 받아 볼 수 있는 기간이 도래하기 전까지는 위문편지가 교육생들에게 전달되지 않는다. 때문에 굳이 위문편지를 일찍 써서 보낼 필요는 없다. 그러므로 위문편지를 보내려는 사람은 사관 교육대에서 사관후보생들에게 위문편지를 전해주는 날짜에 맞춰 위문편지를 쓰면 됐다.

마침내 김아연이 그토록 기다리던 위문편지 부치는 날이 되었다. 김아연은 아침 일찍 아파트를 나서서 첫 위문편지를 우체통에 넣었다. 그러고 나서 그녀는 아파트로 돌아오자마자 다음 번 위문편지 쓰는 날을 달력에 커다랗게 표시해 놓고는 박준영를 생각하며 잠시 즐거운 회상에 잠겼다. 얼마간 회상에 잠겼던 김아연은 일본으로 국제전화를 걸었다. 그녀는 매주 한 번은 꼭 일본의 어머니에게 안부 전화를 드리곤 했다. 그래서 이번에도 일본의 어머니에게 전화를 걸었다. 그런데 이상하게도 그녀의 어머니는 전화를 받지 않았다. 그날 내내 그녀의 어머니 집에서는 아무도 전화를 받지 않았다. 이에 김아연은 과외를 마치고 밤늦게 백부 집에다 전화를 걸었다. 얼마 후 그녀는 손을 부들부들 떨면서 수화기를 내려놓고 있었다. 어머니가 여동생 김아란을 데리고 입북한 것이다.

일본의 백부가 김아연에게 전해준 말은 충격적인 것이었다. 지난 5일 전에 일단의 사람들이 그녀의 어머니를 찾아왔다고 한다. 그리고 그들이 돌아간 뒤에 그녀의 어머니는 갑자기 가산을 정리하더니 김아연의 동생 김아란마저 데리고는 니가타항에서 북한 원산으로 들어가는 만경봉 92호에 허겁지겁 올랐다. 그때 백부가 아무리 말려도 그녀의 어머니는 막무가내였다고 한다. 그녀의 어머니는 내가 북한으로 들어가지 않으면 우리 아연이가 죽는다며 만경봉 92호에 올랐다고 한다. 북한에서 김아연을 잡기 위해 그녀의 어머니와 여동생 김아란을 볼모로 잡은 것이다.

그녀의 어머니는 김아연의 동생 김아란과 함께 북한으로 이주해 오면 큰딸의 죄를 용서해주겠지만 그렇지 않을 경우 반드시 찾아내어 살해하고 말겠다는 위협을 조총련 인사를 가장한 북한의 97국 요원들에게서 받은 것이다. 이에 김아연의 어머니는 더 이상 망설이고 생각할 것도 없이 작은딸을 데리고 만경봉 92호에 몸을 실었다. 이때 그녀의 백부도 북한의 97국 요원들에게서 협박을 받았다. 김아연이 연락해오면 그녀에게 빨리 CD를 가지고 북한으로 들어가지 않으면 그녀의 어머니와 여동생 김아란이 처형될 것이라는 것을 반드시 전해주라는 협박을 받았다. 북한에서 아직 김아연이 한국 정부에 그 CD를 넘기지 않고 개인적으로 가지고 있다는 사실을 알아낸 것이다.

김아연은 더 이상 지체할 새가 없었다. 그녀는 자신의 편지를 눈 빠지게 기다릴 박준영을 위해 두 번째이자 마지막 위문편지를 썼다. 그리고 편지의 끝에다 더 이상 자신의 위문편지를 기다리지 말라고 쓰고는 이를 우체통에 넣었다. 편지를 넣는 그녀의 손이 가늘게 떨려왔다. 우체통이 흐릿하다. 쏟아지는 눈물로 우체통이 가려 제대로 보이지 않았다. 편지가 우체통 안에 툭하며 떨어지는 소리가 들리자 그녀는 얼굴을 가린 채 그대로 아파트 안으로 뛰어 들어갔다. 그날 오후 김아연은 중국의 베이징행 비행기에 몸을 싣고 있었다.

김아연은 중국 베이징에 도착하자 바로 연길로 다시 향했다. 그리고는 그곳에서 유선혜라는 조선족 여인을 찾아갔다. 유선혜는 30대 가까운 나이의 주부로서 조그마한 여관을 운영하고 있었다. 김아연은 유선혜가 운영하는 여관으로 들어섰다.

"어서 오시라요!"

여관 카운터에 몸집이 작고 뚱뚱한 여인이 앉아있었다.

"유선혜씨인가요?"

"기런데요?"

뚱뚱한 여인은 낯선 젊은 여자가 갑자기 자기 이름을 대면서 물어오자 순간 경계의 눈빛을 띠었다. 그러나 그게 다였다. 그 여인은 곧이어 비명을 지르며 바닥에 나뒹굴었다.

"아아아악!"

김아연이 다짜고짜 그 여인의 얼굴을 향해 주먹을 날린 것이다. 유선혜는 코뼈가 부러졌는지 코에서 코피를 흘리며 바닥에 쓰러져 있었다. 김아연의 아버지가 틈틈이 그녀에게 가르쳐준 태권도가 여기에서 쓰인 것이다. 그녀의 아버지는 그녀가 밖에 나갔다가 조선인이라고 일본인들에게 해코지를 당할까봐 호신술로서 태권도를 시간 나는 대로 가르쳐줬었다. 덕분에 어려서부터 태권도를 지속적으로 연마해온 김아연은 태권도가 이제는 공인 5단에 이르는 고단자가 되었다.

유선혜는 코에서 피가 나자 더욱 겁에 질려 바닥에 누운 채 비명을 질러 댔다. 하지만 김아연은 이에 아랑곳 않고 오른손으로 그 여인의 머리채를 잡고 일으켜 세웠다. 그리고는 다른 한 손인 왼손으로 따귀를 한 대 후려치고 말했다.

"가서 분명하게 전해! 만일 우리 어머니나 내 동생에게 조금이라도 해를 끼쳤다가는 너희들이 찾는 CD는 한국 정부에서 가지게 될 것이라고!"

"예에-? 무- 무신 말입네까?"

김아연에게 머리채를 잡힌 채 서 있는 유선혜는 공포에 질려 덜덜 떨면서 김아연의 말이 무슨 말인지 전혀 모르겠다는 듯이 물어왔다. 유선혜는 김아연의 힘이 워낙 강하기에 어떻게 같이 싸워볼 염두도 나지 않았다.

"내 이름은 김아연! 네 년이 항상 고해바치는 자들에게 알려!"

김아연은 그 여인의 머리채를 뒤로 확 잡아당기면서 말했다. 김아연의 눈은 적개심으로 이글거리고 있었다.

"오늘 밤 10시에 내 숙부를 통해 확인하겠다!"

"예에?"

여전히 무슨 말인지 모르겠다는 표정을 짓는 유선혜는 자기보다 15cm 나 더 키가 큰 김아연에게 머리채를 잡힌 채 달리 저항도 못 하고 덜덜 떨고만 있었다.

"앞으로 매주 토요일마다 어머니가 숙부에게 안부 전화를 하게끔 해 주고, 만일 어머니의 안부 전화가 없을 시 그 순간 CD 회수는 물 건너 간 줄로 알라고 전해!"

김아연은 유선혜를 노려보며 말했다.

"도- 도대체 뉘게 전하라는 말이야요?"

유선혜는 겁에 잔뜩 질린 채 김아연을 제대로 쳐다보지도 못한 채 말 했다. 그녀의 코에서는 계속 피가 흘러나왔다. 김아연은 다시 손을 치켜 들었다.

"악-!"

유선혜는 비명을 지르며 바닥에 주저앉았다. 그러나 김아연은 그녀를 때리지 않았다. 김아연은 바닥에 웅크리고 앉은 채 비명을 질러대고 있 는 그녀를 잠시 내려다보고는 그대로 여관 밖을 나갔다.

사실 김아연도 확신은 없었다. 저 뚱뚱한 여인 유선혜가 과연 북한 국 가안전보위부의 해외반탐 요원에게 자신의 말을 전할지 알 수 없었다. 김아연을 신의주에서 단동으로 건너오게끔 해준 중국인 밀수상 이유환 의 말에 따르면 유선혜는 탈북자 단속을 위해 중국 연길시 공안국에 파 견되어 나온 북한의 해외반탐 요원의 현지 정보원으로서 그동안 14명에 이르는 탈북자들을 그들에게 밀고했다고 한다. 그런데 정작 북한으로 다시 송환시킨 탈북자는 6명에 불과하고 그 나머지는 중국인 인신 매매단에게 넘겼다고 했다. 중국인 인신 매매단에게 팔아넘긴 8명은 모두 여자로서 30대 초반이 1명이고 4명은 20대 그리고 나머지 3명은 10대인데 그중에서 1명은 이제 10살 되는 소녀였다고 한다.

유선혜는 탈북자들을 보호하는 중국 내 브로커로 가장하여 탈북자들에게 접근해서는 그들에게 피신처를 제공한다면서 자신이 운영하는 여관으로 유인한다고 하였다. 그리고는 북한의 해외반탐 요원에게 연락하여 남자는 북송시키고 여자는 모두 중국인 인신 매매단에게 팔아넘기는데 이때 판매액의 60%는 북한 해외반탐 요원에게 준다고 하였다. 즉, 그녀는 북한 해외반탐 요원과 합동으로 탈북 여인들을 판매하고 있었던 것이다. 북한 해외반탐 요원들은 탈북자들에 대해 어차피 조국을 배신하고 떠난 자들이기 때문에 구태여 보호할 가치가 없는 것들이므로 팔아버려도 된다는 생각을 하고 있는 것 같았다고 이유환은 김아연에게 말했었다. 그런데 이는 어디까지나 이유환의 말이었고 실제로 그 여관집의 뚱뚱한 여자 주인 유선혜가 정말로 북한 해외반탐 요원의 정보원인지는 알 수 없었다.

김아연은 어머니와 여동생 김아란을 해치면 CD를 한국 정부에 넘기겠다는 말을 조총련을 통해 북한 당국에 전하기 위해 일본으로 당장이라도 들어가고 싶었으나 그럴 수 없었다. 섣불리 일본으로 들어갔다가는 일본 내에 미리 들어와 있는 북한의 97국 요원 또는 일본에 상주해 있는 북한 정찰총국의 해외정보국 요원에 의해 납치당할 우려가 있었다. 그렇다고 한국에 있으면 저들이 자신에게 접근해오기 전에는 자기의 의사를 북한 당국에 전할 방법이 없다. 그리고 한국에서 만일 저들이 자신에게 접근해왔다면 이미 자신은 죽은 목숨이 된다. 따라서 자신이 무사하면서도 저들에게 자기의 의사를 분명하게 전달하려면 북한의 해외 요원에게 연결될 수 있는 여기 중국의 연길로 오는 수밖에는 없다. 연길에는 북한의 해외반탐 요원을 위해 일하는 조선족 현지 정보원들이 있기 때문에 그들을 통해 북한의 해외반탐 요원에게 자신의 의사를 전달할 수가 있다. 그러면 해외반탐 요원에 의해 자연 김아연의 의사는 북한 당국에 전달이 될 것이다. 그래서 김아연은 이유환이 알려준 조선족 현지 정보원인 유선혜를 찾아갔다. 하지만 유선혜가 정말로 현지 정보원이어서 김아연의 말이 북한 당국에 그대로 전달되었는지는 김아연으로서는 확신할 수가 없다.

김아연은 초조하게 밤 10시가 되기를 기다렸다. 이윽고 밤 10시가 되자 김아연은 마음을 졸이면서 일본에 있는 백부에게 전화를 걸었다.

"아연아! 네 엄마하고 한 시간 전에 통화를 했다. 아무 일 없이 잘 지낸다고 하더구나! 이제부터는 매주 안부 전화를 하겠다고 하더라."

성공이었다. 김아연의 백부는 그녀에게 북한에 가 있는 김아연의 어머니와 통화한 사실을 전해주고 있었다.

유선혜는 김아연이 여관에서 나가자 곧바로 엎어질 듯 쓰러질 듯 해가면서 백산호텔로 달려갔다. 백산호텔에 북한의 해외반탐 요원들이 묵고 있기 때문이다. 그리고 그날 밤 10시, 김아연은 자신의 계산대로 백부로부터 북한 당국이 자신의 의사를 전달 받았음을 확인했다. 이유환의 말이 사실이었던 것이다.

"네! 잘 알았어요! 참, 큰아버지! 다음에는 수고스럽지만 어머니와의 통화 내용을 녹음 좀 해주세요! 제가 직접 듣고 싶어요!”

“오냐! 그렇게 하마! 그게 뭐 수고스럽니!”

김아연은 백부와의 통화를 끝내자 연길호텔로 발걸음을 옮겼다. 그녀는 내일 아침 일찍 베이징으로 올라가서 다시 한국으로 들어갈 것이다.

다음날 오후 2시. 김아연은 베이징 시내의 싼리툰을 걷고 있었다. 그녀는 얼굴에 커다란 선글라스를 쓴 채 어디론가 급히 발걸음을 옮기고 있었다. 김아연은 한국으로 가지 않았다. 아니 갈 수가 없었다. 김아연은 오늘 오전 7시 50분에 남방항공을 타고 베이징공항 제1터미널에 도착했다. 도착한 시간은 오전 10시였다. 그녀는 한국으로 들어가기 위해 국내선인 제1터미널에서 곧바로 국제선 제3터미널로 향했다. 그러나 그녀는 제3터미널에서 슬그머니 공항 청사를 빠져나왔다. 그리고는 황급히 택시를 잡아타고는 베이징 시내의 싼리툰으로 들어왔다.

싼리툰 거리를 걷고 있는 김아연의 얼굴은 굳어 있었다. 아까 베이징 공항의 제3터미널에서 아시아나 항공사 부스로 걸어가던 중 다른 항공사의 부스에 자신의 얼굴과 여권번호가 찍힌 긴급 수배전단이 붙은 것을 본 것이다. 수배전단에는 김아연의 이름이 그녀의 일본 이름인 카네모또 유끼에로 되어 있었다. 그리고 국적도 일본으로 되어 있었다. 그녀의 죄명은 살인이었다. 수배 내용은 그녀가 중국의 도문에 흐르는 두만강을 통해 북한의 무산시에 밀입국하여 살인을 하고는 중국으로 도망간 것으로 되어 있었다. 북한 당국이 중국에 있는 김아연을 잡기 위해 거짓으로 중국 당국에 체포 협조요청을 한 것이다.

김아연은 그 수배전단을 보자 얼른 핸드백에서 커다란 선글라스를 꺼내 쓰고는 공항 내에 있는 공중전화에 가서 이유환에게 전화를 걸었다.

그리고는 이유환이 일러준 은신처인 베이징 시내의 싼리툰으로 곧장 떠났다.

김아연은 싼리툰에서 '자유의 열정'이라는 근사하게 차려진 스탠드바로 들어섰다. 그런데 특이하게도 이 술집을 운영하는 사람은 한국인 목사 부부였다.

"안녕하세요! 김아연입니다."

김아연은 스탠드바를 지키고 있던 남자에게 인사를 했다.

"어서 오세요! 반갑습니다. 연락은 이미 받았습니다. 오시느라고 수고 많았습니다."

50대 후반의 중년 남자가 얼른 다가오며 손을 내밀어 악수를 청했다. 이자는 이 스탠드바의 주인이자 목사인 고설봉이었다.

"이제 여기 오셨으니 걱정하지 마십시오. 우리 부부가 김아연씨께서 한국에 안전하게 들어가도록 돕겠습니다!"

고설봉 목사가 운영하는 이 '자유와 열정'이라는 스탠드바가 바로 탈북자들의 은신처였던 것이다. 고설봉 목사는 자비를 털어 이곳에 탈북자들의 은신처를 운영하고 있었다. 그리고 그동안 그는 100여 명이 넘는 탈북자들을 한국으로 보냈다. 이번에는 김아연을 한국으로 보낼 차례이다.

"감사합니다!"

김아연은 두 손을 내밀어 고설봉 목사의 두 손을 꼭 잡았다. 그녀의 두 눈에서는 눈물이 흘러내리고 있었다. 이제부터 그녀는 탈북자 아닌 탈북자가 되어 한국으로 들어갈 날만을 손꼽아 기다리는 신세가 되었다.

김아연이 고설봉 목사의 사택에서 머문 지 벌써 달수로 4개월이 되었다. 그녀가 3월 중순에 여기에 왔는데 벌써 6월 초순이다. 김아연은 매일매일 초조하게 보냈다. 그녀가 언제 한국으로 들어가게 될지 아무도 알 수 없었다. 고설봉 목사는 김아연이 일반 탈북자가 아니라 북한의 일급비밀 기관인 원자력 공업부에서 일하다 탈출했던 사람이라는 것을 이유환을 통해 들었기 때문에 특별히 그녀에 대해 신경을 썼다. 그래서 고설봉 목사는 김아연에 대해 제3국을 통한 한국행을 주선하지도 않았고 일반 탈북자와 더불어 한국행에 오르도록 하지도 않았다. 자칫 잘못되어 제3국이나 중국 당국에 그녀가 체포되었을 시 그녀가 가지고 있는 북한의 일급비밀이 한국이 아닌 제3국이나 중국 당국에 전해지게 될 것을 우려했기 때문이다. 고설봉 목사는 김아연이 북한의 어떤 일급비밀을 빼왔는지에 대해서는 묻지도 않았고 알려고도 하지 않았다. 다만 그녀가 그 일급비밀을 다른 나라에 빼앗기지 않고 무사히 한국으로 들어가기만을 기원했다.

김아연 역시 북한에서는 지금 자신을 찾기 위해 97국 요원은 물론 정찰총국의 해외정보국 요원 및 국가안전보위부의 해외반탐 요원들이 총출동한 상태이므로 탈북자들이 괜히 자신과 같이 행동하다가는 신변이 더 위험해질 수 있으므로 비록 여기서는 그들과 같이 은신하고 있어도 정작 한국으로의 밀행에는 동참하지 않았다.

때문에 김아연의 한국행은 다른 탈북자보다 더욱 기약이 없었다. 김아연은 자신이 귀화한 일본 국민이므로 중국내 일본 대사관을 통해 한국으로 가볼 생각도 해보았다. 그러나 그래봤자 어차피 중국 정부가 김아연의 출국을 허락할 리가 만무한 일이다. 그리고 정작 출국은 하지도 못하면서 자기가 가진 북한의 핵미사일 정보나 일본 정부에게 알려주는 꼴 밖에는 되지 않는다. 결국 김아연은 일본 대사관으로 가는 생각을 접었다. 그렇다고 한국 정부에 대해 자신의 한국행 출국을 공식적으로 부탁할 생각은 없었다. 만일 한국 정부가 공식적으로 나서게 되면 북한에서는 김아연이 CD를 한국 정부에 넘긴 것으로 알고 그녀의 어머니와 여동생 김아란을 더 이상 살려두지 않을 것이기 때문이다. 한편, 김아연은 한국 국가정보원 요원의 도움으로 중국을 빠져나가는 것도 생각해보았지만 이 역시 좋은 방법은 아닌 것으로 판단을 내렸다. 한국의 국가정보원 요원들이 중국에서 움직인다면 북한의 정보원들도 이를 눈치 챌 것이다. 그렇다면 설혹 북한의 정보원들이 김아연의 한국행을 막지 못하였다하더라도 최소한 김아연이 한국 정부에 망명하였다는 것은 알 것이다. 그렇게 되면 북한이 김아연의 어머니와 여동생 김아란을 그냥 놔둘리가 없을 것이다. 이러한 사정에 의해 결국 김아연은 일본이나 한국 정부의 도움 없이 자력으로 한국에 들어가는 수밖에는 없었다. 그러다보니 시간은 기약 없이 계속 흘러만 가고 있었다.

그런데 6월 4일 오후, 마침내 김아연에게 희소식이 들려왔다. 고설봉 목사를 통해 김아연의 사정을 알게 된 한국의 '자유북한방송' 사람들 중 한 사람이 그녀를 입국시키기 위해 나선 것이다. '자유북한방송'은 한국으로 들어온 탈북자들이 만든 방송이어서 고설봉 목사하고도 긴밀하게 연락이 되고 있었다. 그런데 '자유북한방송'에 관여하는 사람 중 한 사람이 고설봉 목사를 통해 김아연의 사정을 듣자 그가 김아연을 위해 어떻게 위조 한국여권을 마련한 것이다. 그리고 그가 직접 그 위조 한국여권을 들고 내일 6월 5일에 중국으로 들어온다는 것이었다. 그 위조 한국여권은 위조여권 브로커로 일하는 일본의 야쿠자를 통해 중국의 여권위조단에게 부탁해서 받은 것이라고 하였다.

"어머나! 목사님 그 말이 정말이에요?"

고설봉 목사에게서 위조여권이 전해질 것이라는 말을 들은 김아연은 어찌나 좋은지 입이 함지박만큼이나 찢어졌다. 그녀는 그 자리에서 위조 여권으로 한국에 들어가는 날짜를 얼른 계산해보았다. 계산해 보니 6월 7일 목요일이었다. 박준영이 해군장교로 임관하는 바로 그날인 것이다.

"어머! 어머! 이럴 수가 임관식에 참석할 수 있겠네!"

김아연은 자신도 모르게 고설봉 목사를 끌어안고 깡충깡충 뛰었다. 김 아연은 박준영의 해군장교 임관식 참관을 포기하고 있었다. 그러나 이제 다시 참관이 가능하게 되었다. 비록 임관식을 처음부터 보지는 못하겠지 만 끝나기 전에는 진해에 도착할 수 있을 것이다. 그렇게 된다면 자신이 목숨을 다해 사랑하는 박준영이 늠름한 해군장교로 탈바꿈되는 것에 대 해 마음껏 축하해줄 수 있을 것이다.

마음이 들뜬 김아연은 고설봉 목사에게 한국에 있는 '자유북한방송'의 지인을 통해 진해의 사관후보생 훈련소에 있는 박준영에게 자신이 임관 식날 참석할 것이라는 것을 전달해달라고 부탁하였다. 그리고 그 통보는 6월 4일 저녁때 박준영 소대의 훈련관인 김영호 해군 훈련관에게 전해 지고 이어 박준영에게도 전달이 되었다.

그러나 김아연은 박준영의 해군장교 임관식에 참석하지 못했다. 6월 5 일 김아연의 위조 여권을 들고 들어오던 사람이 중국의 공항에서 체포 되었다는 것이다. 다행히 아직까지 그가 김아연에 대해 중국의 공안에게 불지 않고 있지만 중국 공안의 취조에 굴복하여 언제 모두 자백할는지 는 모르는 일이었다. 아마도 그녀의 위조 여권을 만들어주었던 중국의 위조 여권단으로부터 정보가 새어나간 것 같았다.

　이제 김아연은 박준영의 임관식에 참석하는 것이 문제가 아니라 더이상 고설봉 목사의 은신처에 머물 수 없게 되었다. 지금 상태로는 고설봉 목사도 위험에 처해질 수 있다. 결국 고설봉 목사는 '자유와 열정'이라는 스탠드바를 폐쇄하고 다른 탈북자 8명과 더불어 김아연을 데리고 상하이로 이동했다. 상하이로 이동할 때는 고설봉 목사를 후원하는 한국의 교회에서 단체 관광객을 베이징으로 보내어 도왔다. 한국 교회에서 온 단체 관광객들은 관광버스 3대를 대절하여 이들 버스에 탈북자와 김아연을 각각 분승시킨 뒤 상하이로 출발했다.

　상하이에 도착한 고설봉 목사는 상하이에서 '서울식당'을 경영하고 있는 그의 신도인 문가현 권사의 집에 탈북자 8명과 김아연을 맡기고 고설봉 목사 부부는 일단 신변 안전을 위해 한국으로 귀국했다. 고설봉 목사는 한국에 들어가서도 김아연에 대해서는 한국의 국가정보원에 대해 일절 말을 하지 않았다. 만일 말을 하면 반드시 국가정보원에서 움직이기 시작할 것인데 그렇게 되면 이를 인지한 북한 당국이 김아연의 어머니와 여동생 김아란을 그 즉시 처형해버릴 것이기 때문이다. 이에 고설봉 목사는 김아연이 한국에 안전하게 들어오기 전까지 북한 당국이 모르게 하기 위해 한국 정부에게 김아연에 대해 어떠한 말도 하지 않고 그녀가 한시 바삐 한국으로 무사히 들어오기만을 기도했다.

　한편, 김아연은 그동안 자신을 보살펴주던 고설봉 목사가 그녀를 상하이에 은신시켜 놓고 한국으로 떠나게 되자 이번에는 베이징이 아닌 상하이에서 또 다시 기약 없는 도피 생활을 시작하게 되었다.

　김아연은 첫 번째 탈출 시도가 무위로 돌아가자 불안해졌다. 이번에는 어떻게 잘 모면했지만 다음에는 언제 어떻게 누구에게 당할지 알 수 없는 일이었다. 그러면 자칫 북한의 기밀 CD가 전혀 예상치도 못했던 곳으로 그리고 빼앗기면 안 되는 곳으로 들어갈 위험이 있다. 이에 김아연은 CD의 안전을 위해 상대방으로서 확실히 믿을 수 있는 사람인 박준영과 직접 접촉해서 한국으로 넘어오기로 하였다. 그리고 자신의 신변보호를 위해 탈북자를 통해 자신의 접선 연락을 알리되 탈북자에게는 자신이 아닌 제3자가 알려주는 식으로 하기로 방법을 세웠다. 이때 김아연의 접선 연락을 탈북자에게 알려주는 제3자의 역할은 수원에서 대학을 다니고 있는 문가현 권사의 딸인 노왕연이 맡아주었다. 이에 노왕연은 탈북자들에게 김아연의 접선 연락에 대해 전해주어야 할 때마다 한국에서 상하이로 날아와 그들에게 김아연의 접선 연락에 대한 내용을 전달해주기로 하였다.

김아연에 대해서는 고설봉 목사 때부터 탈북자들과 격리하여 피신시켜 놓았기 때문에 탈북자들은 김아연에 대해서 전혀 알지 못했다. 이는 문가현 권사도 마찬가지로서 그녀는 김아연을 탈북자와 격리시켜 보호하고 있었다.

김아연이 상하이로 온지 벌써 두 달이 되었다. 그런데 이번에 문가현 권사가 보호하고 있던 탈북자들이 드디어 배편으로 한국에 들어갈 수 있게 되었다. 하지만 안전을 위해서 두 팀으로 나누어 첫 번째 팀 5명은 8월 5일 출발하고, 두 번째 팀 3명은 그 이틀 뒤인 8월 7일에 출발하기로 하였다. 이에 문가현 권사와 김아연은 이들을 통해 김아연의 접선 연락을 한국의 해군 정보부에 전하기로 하였다. 단, 이들이 체포되었을 경우를 대비하여 첫 번째 팀은 한국 정부에 북한의 원자력 공업부에서 도주한 자가 한국으로 망명하려고 한다는 소식과 이때 박준영 해군장교가 신변을 맡아주기를 원한다는 말만 전하는 것으로 하고, 두 번째 팀이 정확한 장소와 날짜 그리고 시간을 전해주는 것으로 하였다. 이렇게 하였을 경우 둘 중에 어느 한 팀이 한국 입국에 실패하더라도 김아연은 일단 신변이 안전하게 될 것이다.

드디어 8월 5일 첫 번째 팀이 출발하였고 이들은 무사히 한국에 도착하였다. 그리고 이들은 한국에서 날아온 문가현 권사의 딸 노왕연이 부탁한 대로 한국의 국가정보원에 북한의 원자력 공업부에서 탈출한 자의 망명 의사를 전달했고, 망명 희망자가 한국 해군장교인 박준영을 통해 입국하기를 원한다는 말도 전했다. 그러나 한국 정부에 알려줘야 할 두 번째 정보인 정확한 장소와 날짜 그리고 시간은 알려주지 못했다. 이를 알려줘야 할 두 번째 팀이 8월 7일 중국 영해를 벗어나기 전에 중국 해경에게 전원 체포되었기 때문이다.

누군가가 밀고자가 있었다. 그러나 누구인지는 아무도 모른다. 다만 이제는 고설봉 목사에 이어 문가현 권사도 위험해졌다는 것이다. 문가현 권사는 두 번째 탈북자 팀을 맞아들이지 못한 한국의 국가정보원으로부터 급히 피신하라는 지시를 받고 중국의 공안들이 그녀의 '서울식당'에 들이닥치기 전에 몸을 피했다.

"문 사장! 빨리 나와 내 차에 오르세요! 빨리! 빨리! 다른 사람은 다 탔습니다!"

조문진이 문가현 권사에게 다급하게 소리쳤다. 벤츠를 끌고 와 '서울식당' 앞에 대기시킨 조문진은 '서울식당' 맞은편에 있는 단란주점 '목포 아가씨'를 운영하고 있는 사장이다. 조문진은 '목포 아가씨'를 영업하지 않는 낮에는 '서울식당'에 가끔 와서 식사를 하고 가던 사람이었다.

그는 문가현 권사에게 친절했고 그녀의 딸 노왕연이 올 때마다 30만원씩 용돈으로 노왕연에게 찔러주곤 했다. 하지만 노왕연은 한 번도 그 돈을 받지 못했다. 문가현 권사가 그 자리에서 그 돈을 바로 조문진에게 돌려주었기 때문이다. 조문진은 홀로 사는 문가현 권사를 물심양면으로 도와주었다. 그러나 문가현 권사는 그를 달갑게 여기지 않았다. 이유는 그가 술집을 운영하기 때문이었다. 그리고 조문진은 그렇게 큰 수입이 없으면서도 조선족인 구진수라는 운전수를 고용하여 벤츠를 몰고 다니는 허세를 부려대고 있어서 이 역시 문가현 권사가 그를 탐탁지 않게 여기는 이유가 되었다.

하지만 이번에는 문가현 권사가 평소 그렇게도 탐탁지 않게 여기고 있던 조문진의 벤츠 덕을 톡톡히 보게 되었다. 조문진이 재빨리 벤츠를 끌고 와 문가현 권사와 그녀의 딸 노왕연 그리고 김아연을 태우고 텐진으로 달렸기 때문이다. 물론 운전은 이곳 지리를 잘 아는 그의 조선족 운전수 구진수가 하였다. 그는 가장 빠른 길로 최단 시간 내에 그들을 상하이에서 텐진까지 데려다 주었다.

결국 문가현 권사는 조문진의 헌신적인 차량 지원에 힘입어 자신의 딸 노왕연과 김아연을 이끌고 무사히 텐진으로 향했다. 문가현 권사는 텐진에 도착하자 고문화가인 구원화제에서 찜질방을 하고 있는 오희주를 찾아갔다. 오희주는 문가현 권사의 중고등학교 동기동창인 친구였다. 하지만 오희주는 문가현 권사와는 달리 탈북자를 돕는 일은 하지 않고 있었다. 그래서 문가현 권사가 자신의 딸과 같이 데려온 김아연도 단순히 그녀의 딸인 노왕연의 대학교 선배쯤 되는 것으로만 생각했다.

문가현 권사와 노왕연 그리고 김아연을 텐진의 오희주에게로 데려와

준 조문진은 오희주로부터 융숭한 접대를 받았다. 그런데 문가현 권사처럼 역시 혼자 사는 오희주가 문가현 권사보다 예뻐서인지 아니면 더 싹싹해서인지 조문진은 근처에 숙소를 잡아놓고는 이 핑계 저 핑계대면서 상하이로 영 돌아갈 생각을 않고 있었다. 그리고는 상하이에서 조문진이 문가현 권사에게 했듯이 수시로 오희주의 찜질방에 들어가서 노닥거리며 놀다가 느지막하게 돌아가곤 했다. 이에 문가현 권사가 가끔 핀잔을 주면 그때마다 자기 나름대로 사업꺼리가 있어서 그런 것이라고 변명을 늘어놓고는 주로 오희주가 운영하는 찜질방에 들어가 살았다.

김아연이 여기 톈진에 온지도 벌써 두 달이 되었다. 그 사이 탈북자 틈에 끼어 세 번이나 한국에 들어갈 수 있는 기회가 생겼었다. 그러나 한 번은 시행 직전에서 무산되었고, 두 번은 모두 중국 공안에게 사전에 발각되어 탈북자들이 전원 연행되어 갔다. 따라서 탈북자들 틈에 낄 준비만 하고 있던 김아연은 다행히 중국 공안에게 연행되지는 않았지만 계속 한국으로 들어가지 못하고 있었다. 그런데 10월 7일 오전 7시 10분. 새벽같이 밖에 나갔던 문가현 권사가 허겁지겁 돌아왔다.

"김아연씨! 빨리 준비하세요! 드디어 구했어요!"

문가현 권사는 앞도 뒤도 없이 다짜고짜 김아연에게 준비하라고 다급하게 말했다.

"네? 준비요?"

김아연은 눈이 동그래져서 물었다.

"네! 드디어 배편을 구했어요! 중국 어선인데 오늘 오전 8시 40분에 톈진항에서 출항해요!"

"네! 어머나! 어머나!"

김아연은 기뻐서 믿어지지 않는 듯 '어머나'만 연발했다.

"그럼, 어떻게 한국 측에 연락은 되었나요?"

김아연은 기뻐하면서 한편으로는 걱정스러운 듯 물었다.

"그런데……! 그게 지금 문제에요. 고설봉 목사님이 한국에서 주선하던 것이 갑자기 성사되는 바람에 지금 급하게 되었는데 아직 한국 측에는 연락을 못했어요!"

"어머! 그럼 어떡해요?"

김아연은 발을 동동 굴렀다.

"중국 어선이 공해상까지만 데려다 준다면서 접선할 위치인 위도와 경도까지 저에게 주었는데 이를 한국 측에 아직 못 알렸어요!"

"그럼 이제 어떻게 하죠?"

김아연은 초조해진 마음으로 문가현 권사를 보았다. 현재 문가현 권사도 중국 공안에게 쫓기고 있는 신세여서 김아연과 같이 안가에 숨어 지내면서 꼭 필요한 경우에만 조심스럽게 나다니고 있으므로 직접 나서서 한국 측에 연락을 취할 수 없는 상황이었다. 더구나 김아연은 아예 안가에서 두문불출하고 있다. 따라서 문가현 권사나 김아연은 현재 한국 측에 연락을 어떻게 취해볼 수 없는 처지이다.

한국의 국가정보원에게 정보를 알리려면 여기 텐진에 상주하고 있는 현지 정보원을 통해야 한다. 한국의 국가정보원이 직접 나서서 탈북자들을 한국으로 밀입국시키고 있다는 것이 드러나게 되면 외교적으로 큰 분쟁이 일어나게 되므로 한국에서는 국가정보원들을 직접 파견하지는 않고 현지 정보원을 고용하여 그들로 하여금 국가정보원들과 접촉이 되도록 운영하고 있다.

그런데 현지 정보원들은 알게 모르게 중국 공안들에게 이미 신분이 다 노출되어 있는 상태이다. 그럼에도 중국 공안이 이들을 잡지 않는 것은 더 큰 건을 물기 위해서 모른 척 내버려두고 있는 것이다. 때문에 문가현 권사는 시장보기나 은행 업무 등과 같은 것은 살살 나가서 보고 오는 정도는 괜찮지만 중국 공안으로부터 쉴 새 없이 감시당하고 있는 한국 국가정보원의 현지 정보원을 직접 만나러 나섰다가는 그 자리에서 당장 중국 공안에게 체포되고 말 것이다. 따라서 문가현 권사의 딸 노왕연이 대신 해주었으면 좋겠지만 딸은 한국으로 돌아간지 벌써 두 달이 다 되었다. 그렇다고 이 말을 전해주기 위해 딸 노왕연이 한국에서 여기 텐진으로 들어오기에는 시간이 너무 없다.

그럼 문가현 권사의 친구 오희주가 대신 전해주면 좋겠으나 오희주는 문가현 권사가 하는 일은 물론 김아연의 정체에 대해서도 전혀 모르고 있는 상태이므로 이를 알렸을 경우 그녀가 어떤 반응을 보일지 알 수 없는 일이다. 심약한 오희주로서는 당장에 얼굴이 파랗게 질려 쓰러질 지도 모른다. 그런 그녀가 친구를 위해 어떻게 나섰더라도 잔뜩 긴장한 채 한국 국가정보원의 현지 정보원을 만날 것은 불을 보듯 뻔한 일이다. 그러면 그녀는 일을 마치고 자신의 찜질방으로 돌아오는 것이 아니라 중국 공안의 호위를 받으며 어디론가 끌려갈 것이다.

"어머! 어떡하지!"

문가현 권사는 머리를 싸매며 방바닥에 털썩하고 주저앉았다.

"……!"

김아연도 달리 묘수가 없다.

"그래! 그 수밖에는 없다."

문가현 권사는 한참을 고민하다가 다른 방법이 없다는 듯이 말했다.

"누가 있나요?"

"네! 조문진 사장이요."

"네? 그 분이…… 해주실까요?"

김아연은 걱정스러운 듯이 말하며 문가현 권사를 보았다.

"조문진 사장이라면 내가 무슨 일을 하고 있는지 이미 잘 알고 있는 사람이니까 이 상황에 대해서 새롭게 설명하지 않아도 될 거예요. 그리고 그 사람이 비록 허세가 심하고 건달끼도 있지만 의리는 믿을 만 해요. 그리고 현재 그 사람 외에는 달리 누가 이 일을 맡아 줄 사람도 없어요! 우리 그 사람을 믿어봅시다!"

문가현 권사는 김아연에게 설득조로 말하고는 급히 일어나 안가 밖으로 나갔다. 그리고는 조문진이 묵고 있는 허름한 숙소로 찾아갔다.

조문진은 침대 두 개가 놓인 방에서 지내고 있었는데 아직 아침이라서 그런지 조문진과 그의 운전수 구진수가 각각 침대에서 자고 있었다. 문가현 권사는 잠깐 운전수 구진수를 보고는 별로 개의치 않고 김아연에 대한 이야기를 하였다. 문가현 권사와 김아연을 여기 텐진까지 데려다 준 사람이 바로 구진수이므로 문가현 권사는 그가 침대에서 자고 있어도 그냥 조문진에게 말했다. 문가현 권사는 조문진에게 김아연이 원자력 공업부에서 근무했던 사람이며 지금은 북한의 사회안전부 97국 요원들이 중심이 되어 그녀를 좇고 있음을 말해주었다. 그리고는 이처럼 중요한 사람이니 꼭 좀 나서서 도와달라고 간절히 부탁을 하였다. 그녀는 이에 아울러 조문진에게 오늘 8시 30분에 김아연이 텐진항에서 어선을 타고 출항한다는 것과 공해상에서 한국측과 만날 위도와 경도를 알려주었다.

문가현 권사의 말을 모두 들은 조문진은 얼굴이 딱딱하게 굳어졌다. 그러나 그는 다행히 거절은 하지 않았다. 그러나 곤란하다고 하였다.

“사실 내가 문 사장님께 말씀은 안 드리고 있었는데 제가 한국에서 부도를 내서 지금 숨어 지내는 중입니다. 그런데 제가 연락을 전해주러 갔다가 그만 저의 거처가 한국 측에 들키게 되면 어떡합니까?”

“네? 어머 어떡하지?”

문가현 권사는 미처 이 생각까지는 하지 못했다. 순간 문가현 권사는 울상이 되었다. 이를 묵묵히 바라보던 조문진은 큰 결심을 했는지 일어나서 파란색 줄무늬가 그어진 긴팔 셔츠를 입기 시작했다. 이 셔츠는 평소 그가 즐겨 입는 외출복이다.

“문 사장님 걱정 마세요! 제가 그 현지 정보원에게 탈북자라고 얘기하지요. 그럼 괜찮을 것 같습니다!”

조문진은 문가현 권사를 보고 씩 웃어보였다.

“어머! 어머! 고마워요! 고마워요! 정말 고마워요!”

문가현 권사는 그의 두 손을 붙잡고 눈물까지 글썽거리며 감사해 했다.

“뭐, 어려운 처지인데 도와드려야 당연하죠! 너무 걱정 마세요! 그런데 어디로 가야 하죠?”

조문진은 외출복을 다 입자 문가현 권사를 쳐다보았다.

“아! 다 입으셨어요? 그럼, 저를 따라오세요. 제가 밖에서 가르쳐 드릴게요. 저도 가본 적은 없지만 고설봉 목사님이 저에게 워낙 잘 가르쳐 주셔서 찾기는 쉬울 것 같아요.”

"예, 그럼 같이 나가봐요!"

조문진은 문가현 권사를 따라 숙소를 나섰다. 문가현 권사가 가르쳐 준 곳을 보니 걸어가기에는 좀 멀어보였다. 더구나 지금 시간이 벌써 8시 다 되었으므로 시간도 촉박했다. 조문진은 문가현 권사와 헤어지고 다시 숙소로 들어왔다. 아무래도 차를 타고 가야 할 것 같았다. 조문진은 차를 끌고 가기 위해 운전수 구진수를 깨우러 들어왔는데 그는 벌써 일어나서 씻고 있는지 방에 없었다.

"어디 갔지? 씻으러 갔나?"

조문진은 구진수가 들어오기를 기다리며 문 쪽에 있는 구진수의 침대에 걸터앉았다. 그가 침대에 걸터앉자 침대가 출렁거렸다. 그러자 구진수가 벗어 놓은 옷가지 사이로 무엇인가 종이가 하나 삐져나왔다.

"응? 뭐야?"

조문진은 무심코 그 종이를 들어 들여다보았다.

"어?"

조문진은 그 종이를 들고 무엇인가 생각하는 듯 가만히 있었다. 그리고는 그 종이를 손에 들고 구진수가 들어오기를 기다렸다. 얼마 안 있어 구진수가 수건으로 얼굴을 닦으며 방으로 들어왔다.

"자네! 이게 뭔가?"

조문진은 구진수에게 그의 종이를 들어보였다. 순간 구진수는 몹시 당황했다.

"어서 말해 봐! 왜 자네가 김아연씨에 대해 메모를 해놨는지! 문 사장님이 말한 해상 접선 위도와 경도를 여기에 적어놓은 이유가 무엇인지 말해 봐!"

조문진은 버럭 소리를 질렀다.

"……!"

구진수는 아무 말 없이 얼굴이 붉어졌다. 그리고 그의 숨소리가 점차 거칠어져 갔다.

"너지! 네가 밀고자지! 상하이에서 문 사장님이 인도하는 탈북자들에 대해 밀고한 것이 너지!"

조문진은 고함을 치면서 구진수에게 다가갔다.

"에익!"

갑자기 구진수가 조문진에게 주먹을 날렸다. 그러나 조문진이 훨씬 빨랐다. 그는 구진수의 얼굴 중앙에 주먹을 날렸다.

"흑!"

구진수는 외마디 비명을 지르며 바닥에 쓰러졌다. 그러자 조문진이 곧바로 그의 배와 얼굴 가슴 등을 마구 걷어찼다. 순식간에 구진수는 피투성이가 되면서 혼절해버렸다.

"더러운 자식!"

조문진은 기절해서 쭉 뻗어버린 구진수를 잠깐 내려다보고는 곧바로 방을 나섰다. 잠시 후 조문진은 직접 벤츠를 몰고 텐진의 현지 정보원을 찾았다. 현지 정보원은 고려인삼 전문점을 운영하는 조선족 최효승이었다. 조문진은 고려인삼 전문점 문을 열고 들어서자 잠시 진열장의 인삼 제품들을 훑어보았다. 그리고는 주인 최효승에게 무엇인가 궁금하다는 듯이 물었다.

"여기 텐진에서는 숭어도 잘 잡힙니까?"

"숭어 나름이디요!"

"그럼 광어도 나름대로 잡히겠군요."

조문진은 주인 최효승의 얼굴을 쳐다보았다. 그러자 주인 최효승은 곧 나지막한 소리로 말해왔다.

"내를 따라 오시라요!"

주인 최효승은 곧바로 조문진을 칸막이용 커다란 거울 뒤에 있는 조그마한 일인용 사무실로 데리고 들어갔다. 그리고는 그곳에서 그에게 핸드폰을 하나 건네주었다. 그 핸드폰은 번호 단추가 하나도 없는 특이한 핸드폰이었다. 주인 최효승이 건네준 핸드폰에서는 누군가의 음성이 들려오고 있었다. 조문진은 그 음성을 듣자 곧바로 말하기 시작했다.

"여보세요! 여보세요! 아! 저는 탈북자입니다! 북한의 원자력 공업부에서 도주하여 한국에 망명하고자 하는 사람에 대해 전해드릴 말씀이 있습니다! 이자가 오늘 어선으로 한국에 들어간답니다. ……!"

그러나 조문진은 나머지 말을 못 했다. 대신 비명을 질렀다.

"으흑!"

구진수가 택시 타고 뒤쫓아 들어와서 조문진을 칼로 찌른 것이다. 구진수는 조문진에게 맞아 정신을 잠시 잃었다가 곧 다시 정신을 차리고는 문가현 권사가 한 말을 여기 텐진에 와 있는 북한의 국가안전보위부 소속 해외반탐 요원에게 핸드폰으로 죄다 보고를 하였다.

구진수는 자기가 여기 텐진으로 데려온 김아연이 국가 기밀상 그런 거물급 탈북인인 줄 모르고 있었다. 그저 흔히 볼 수 있는 탈북인 정도로만 생각했었다. 더구나 여기 텐진에 와서는 행방이 묘연해져서 신경도 쓰지 않고 있었다. 그런데 실은 그 여인이 북한의 모든 정보기관원들이 좇고 있는 거물급인지는 진정 몰랐었다. 구진수는 탈북자 사냥을 부업으로 하고 있는 자로서 탈북자를 신고하고는 그 포상금으로 쏠쏠하게 재미를 보며 살아가는 사람이었다. 그런데 자기가 주인으로 모시고 있는 조문진이 들락거리는 '서울식당'의 문가현 권사가 탈북자를 한국으로 보내는 사람이라는 것을 알고는 탈북자들이 한국으로 가려고 모습을 드러낼 때를 기다렸다가 신고하여 재미를 톡톡히 보았다. 이때 아쉬웠던 것은 일 차로 떠난 팀에 대한 정보를 늦게 알아서 그들은 놓쳤다는 것이다. 그러다 조문진에 의해 여기 텐진까지 오게 되었는데 여기에 와서 김아연이나마 신고해서 포상금을 받으려고 했는데 그만 김아연이 사라져버린 것이다. 그래서 대신 문가현 권사를 탈북자 도운 사람으로 신고해서 포상금을 타볼까도 생각해보았지만 현재 탈북자가 없는 상태이므로 이는 곤란하였다. 이것은 조문진의 경우에 대해서도 마찬가지였다. 조문진에 대해 탈북자를 도운 사람으로 신고해도 지금 탈북자가 전혀 없으니 이 역시 소용이 없다. 그리고 괜히 그랬다가 편하고 좋은 직장이나 잘릴 것이다. 이에 그저 때가 오기만을 기다리고 있다가 마침내 김아연이란 대어를 낚은 것이다.

구진수는 흥분해서 텐진에 있는 북한의 해외반탐 요원에게 이 사실을 알렸다. 그런데 북한 해외반탐 요원은 구진수에게 포상금을 준다고 하는 것이 아니라 빨리 조문진을 좇아가서 그가 한국에 이 정보를 알리지 못하게 살해하라고 지시하는 것이었다. 그리고는 이를 성사시키면 큰 포상을 내릴 것이지만 그렇지 못할 경우에는 북조선에 심대한 타격을 입힌 죄를 물어 사살해버리겠다고 위협을 해왔다. 구진수는 기가 막혔지만 일단은 자기가 살기 위해서 그리고 또 주어질 많은 포상금을 위해서 허겁지겁 택시를 타고 조문진을 뒤쫓아 왔다. 그리고는 고려인삼 전문점 안의 거울 칸막이 뒤에서 핸드폰으로 통화를 하고 있는 조문진을 칼로 찔렀다. 그러나 조문진은 절명하지 않았다. 오히려 절명한 자는 구진수였다. 조문진이 구진수로부터 칼을 빼앗아 그의 목을 찔러버렸기 때문이다. 조문진은 폐에 칼이 찔려 가슴에서 쉭쉭 소리가 나며 피가 쏟아져 나왔다.

"여……기 여기……! 좀……!"

상점 바닥에 쓰러진 채 조문진은 주인 최효승을 불렀다.

"예! 예! 말하시라요!"

주인 최효승은 얼굴이 하얗게 질린 채 그에게 얼른 다가갔다.

"내…… 신분증과 저 자의 신분증을 없애……시오!"

"예?"

"그리고 밖에 있는 내…… 벤츠를 밀수업자에게 넘겨서…… 허어억! 우리의 자취를…… 허어억! 없애요! 그래야 당신이 무사합니……다!"

조문진은 눈을 멀거니 뜬 채 숨을 거두었다. 그가 숨지자 주인 최효승은 즉시 조문진과 구진수에게서 신분증을 꺼내 없애버리고 벤츠도 중국의 갱단 조직인 삼합회에 넘겨 처분해버렸다. 그리고 중국 정부와 한국 정부에 이들은 탈북자로서 서로 말다툼을 하다가 갑자기 칼부림을 하였으며 이에 둘 다 죽었다고 진술하였다.

한편, 문가현 권사는 조문진이 소식을 전했다 못 전했다 소식이 없어서 궁금해서 여기 고려인삼 전문점까지 왔다가 몰려든 사람과 중국 공안 차량들을 보았다. 그리고 공안이 흰 천을 덮어 들것에 싣고 나오는 사람을 보았다. 이를 본 문가현 권사는 입을 틀어막고 뒤돌아서서 마구 뛰었다. 흰 천에서 삐져나온 손의 소매가 파란색 줄무늬였던 것이다. 문가현 권사는 안가로 돌아와서 울고 또 울었다. 그리고 그의 옆에서 김아연도 같이 흐느껴 울었다. 그렇게 그들의 하루는 텐진에서 저물고 있었다.

김아연은 문가현 권사의 인솔로 다시 다롄으로 옮겼다. 김아연은 일본 국적이고 문가현 권사는 한국 국적이므로 탈북자들과는 달리 이동에 있어서는 그렇게 큰 어려움은 없었다. 그러나 중국 공안에서는 문가현 권사를 좇고, 북한의 모든 정보원들은 김아연을 좇고 있으므로 매우 조심스럽게 이동을 했다. 김아연과 문가현 권사는 기차나 직행 버스를 타지 않았다. 객차 또는 버스에 대한 공안의 불심 검문이 있을 수 있기 때문이다. 따라서 이들은 주로 낮에 여행객인 것처럼 하여 도시에서 도시로 이동을 했다. 이것이 오히려 눈에 띄지 않으면서도 안전한 이동 방법일 것이다.

김아연과 문가현 권사는 텐진에서 다롄까지 가는데 열흘이나 걸렸다. 그만큼 이들은 조심스럽게 조금씩 이동을 했다. 이들의 여비와 생활비는 김아연의 경우 일본의 숙부가 은행에 넣어주는 돈을 빼 쓰는 것으로 충당했고, 문가현 권사는 한국에서 딸 노왕연이 은행에 넣어주는 돈을 찾아 쓰는 것으로 충당했다. 하지만 이들은 돈만 이렇게 찾았을 뿐 지출에 있어서는 공동으로 하였다.

문가현 권사는 다롄시에 도착하자 김아연을 다롄시의 간징쯔구 중화둥로에 위치한 한국어 학원으로 안내했다. 이 학원은 2년 전에 문가현 권사가 운영했던 학원이다. 그리고 지금은 최경현이 운영하고 있다. 그러나 이름만 다를 뿐 사실은 최경현이 고설봉 목사이다. 고설봉 목사는 탈북자들이 주로 소집단으로 움직이므로 이들이 한꺼번에 몰려들어도 눈에 띄지 않도록 학원을 차렸다. 그러면 탈북자들이 삼삼오오 짝을 지어 학원 건물에 들어서도 그렇게 눈에 띄지 않을 것이다. 아니 오히려 기웃거리며 건물에 들어서는 것보다 더 자연스러울 것이다. 사람들은 학부모가 자녀에게 학원 등록시켜주러 오는 것으로, 혹은 또래 친구들끼리 학원에 등록하러 오는 것으로 볼 것이기 때문이다. 고설봉 목사는 이렇게 찾아온 탈북자들을 근처에 마련한 안가로 데려가서 은신시켰다. 그리고 때가 될 적마다 주로 어선이나 중소형 화물선을 이용해서 이들을 한국으로 보냈다. 이때마다 한국에서는 국가정보원이 배를 타고 나가 이들을 공해상에서 맞아들였다.

고설봉 목사는 5개월이 지나도록 중국 공안에서 아무런 반응이 없자 중국 공안에 잡혔던 김아연의 위조 여권 전달자가 끝끝내 고설봉 목사와 김아연에 대해서 자백하지 않은 것으로 결론을 내렸다. 이에 고설봉 목사는 한국의 후원 교회와 더불어 펼치던 위조 여권 전달자의 구명 운동을 계속해서 진행하는 한편 다시 중국으로 들어와 탈북자들을 보호하는 일을 재개했다. 다만, 그래도 혹시 모르는 일이므로 고설봉 목사는 안전을 위해 당분간 베이징의 쌘리툰에 있는 '자유의 열정'을 다시 열지 않고 다롄에 있는 한국어 학원을 거점으로 활동하기로 하였다. 이러한 결정에 따라 고설봉 목사는 10월 초순부터 다시 중국으로 들어와 다롄의 간징쯔구 중화둥로에 있는 한국어 학원에서 탈북자들을 돌보기 시작했다.

고설봉 목사는 김아연의 한국행이 실패하자 문가현 권사에게 연락하여 문가현 권사와 김아연 둘 다 즉시 다롄으로 들어오라고 하였다. 이에 문가현 권사는 김아연을 데리고 장장 열흘에 걸리는 대장정 끝에 다롄의 고설봉 목사에게로 왔다. 한국으로 탈북자들을 실어 나를 배는 쉽게 구해지지 않았다.

시간은 흘러 어느덧 해가 바뀌고 1월이 되었다. 그사이 고설봉 목사가 돌보는 탈북자는 12명이나 되었다. 그런데 마침내 배가 구해졌다. 화물선인 그 배는 1월 22일에 다롄항을 출항하기로 하였다. 하지만 고설봉 목사는 이 배에 김아연을 동승시킬 생각은 없었다. 아무래도 집단으로 움직이는 것이기 때문에 위험 부담이 크기 때문이다. 그래서 고설봉 목사는 탈북자들에게 한국에 가거든 원자력 공업부에서 도주한 자의 망명 의사를 국가정보원에게 알려주고, 망명인 인수자로는 반드시 박준영 해군장교로 할 것을 요구한다는 것을 그들에게 전해달라고 부탁하였다. 그리고 아직 정확한 날짜가 잡히지 않았으니 계속 공해상에서 선회하며 기다려주기를 바란다는 말을 전해달라고 신신당부하였다. 다만 이의 부탁은 고설봉 목사가 직접 하지 않고 탈북자들이 전혀 신분을 모르고 있는 문가현 권사를 시켰다. 만일 고설봉 목사 자신이 직접 나서서 탈북자들에게 부탁하면 그의 신분을 알고 있는 한국의 국가정보원에서 고설봉 목사에게 망명자가 누구냐고 물어올 것이기 때문이다.

1월 22일 화요일. 고설봉 목사가 화물선에 태워 보낸 탈북자 일행은 공해상에서 한국의 국가정보원이 몰고 온 배에 전원 무사히 옮겨 타는 데 성공했다. 그리고 고설봉 목사 대신 문가현 권사가 탈북자들에게 부탁한 김아연에 대한 말도 그대로 한국의 국가정보원에 전달되었다.

그리고 또 다시 한 달 정도 흐른 뒤인 2월 17일. 마침내 어선 포섭에 성공하여 김아연이 다롄에서 어선을 타고 한국으로 출발하였다. 한국 측과 접선 예정 시각은 오후 4시 40분. 그러나 이의 소식은 한국으로 들어가는 탈북자가 없어 고설봉 목사가 한국에 있는 '자유북한방송'의 지인에게 그 전날 연락을 하여 그 지인이 국가정보원에 알리게끔 하였다. 이때 지인은 탈북자에게서 받은 소식이라며 국가정보원에 알렸다. 고설봉 목사가 끝까지 김아연의 신분이 드러나는 것을 최대한 피한 것이다.

김아연은 다롄항에서 오후 4시 40분에 한국의 해군과 공해상에서 접속하기 위하여 어선을 타고 출항을 하였다. 이때 김아연이 전혀 모르고 있었던 일이 있었다. 그것은 김아연의 출항과 거의 동시에 북한의 1천 300톤급 공작선도 같이 다롄항에서 출항하고 있었다는 것이다. 북한 작전부의 공작대가 탑승하고 있는 검은색 철선으로 된 북한의 공작선은 조선노동당 소속 작전부에서 파견한 배이다. 이 공작선은 무슨 이유에서 인지 중국의 어선 9척을 돈으로 포섭하여 같이 출항하고 있었다. 한편, 바닷속으로의 출항도 아울러 이루어지고 있었다. 북한의 황해남도 비파 곶 11전대에서는 130톤 소형 잠수함인 연어급 잠수함이 직주어뢰를 탑재하고는 조용히 물속으로 가라앉고 있었다. 그런데 이 잠수함의 도착 해역은 다롄항에서 출항하고 있는 북한의 공작선과 정확히 일치하고 있었다.

김아연은 일본에 있는 백부가 계속해서 은행에 넣어주는 돈을 인출해 가면서 톈진에서 다롄으로 이동을 하였다. 그런데 백부의 은행 계좌 내역이 중국의 셴양에 있는 칠보산 호텔에 거주하고 있는 북한의 중앙당 조사부 35호실 요원에 의해 지속적으로 해킹을 당해오고 있었다. 김아연 의 백부가 김아연에게 도피 자금을 대주고 있을 것으로 판단하고 그녀 의 거처를 파악하기 위하여 백부의 통장 내역을 계속 해킹하고 있었던 것이다. 그 결과 북한의 해킹 전담부서인 35호실 요원은 김아연이 톈진 에서 떠나 지금은 다롄에서 머물고 있음을 확인했다. 김아연의 백부 통장에 대한 현금 인출이 톈진에서부터 시작하여 다롄에서 멈추었기 때문이다. 이에 사회안전부 97국 요원이 다롄으로 대거 급파되어 한국으로 또는 공해상으로 출항을 의뢰 받은 선박들을 확인해나기 시작했다. 그러다 김아연이 출항하기 이틀 전에 그들은 마침내 한 어선의 선장으로부터 공해상으로의 운항을 의뢰받은 적이 있다는 말을 들었다. 그 선장은 마침 자기 선박이 수리 중이라서 그 제의를 받아들이지 못했다고 말했다. 그리고는 자신이 제의 받았던 도착해야 할 해역과 접선 대상 및 접선 시각을 알려주었다. 하지만 현재 어느 배가 포섭되어 출항하는지는 모른다고 전했다. 북한의 97국 요원들은 출항하는 어선을 찾기 위해 탐문을 더욱 확장했다. 그러나 김아연이 출항하기로 한 당일에 이르도록 그 어선을 찾지 못했다. 고설봉 목사가 워낙 은밀하게 교섭을 했기 때문이다. 이에 다급해진 북한 정부는 접선 해역으로 미리 공작선과 잠수함을 파견하여 잠수함으로는 한국 해군의 함선을 침몰시키고 공작선으로는 김아연의 어선을 해상 나포토록 지령을 내렸다.

김아연이 어선을 타고 출항한지 3시간 후. 북한의 97국 요원들은 마침내 김아연이 타고 나간 어선을 확인하였다. 그러나 3시간 전에 떠난 김아연을 잡기에는 이미 너무 늦었다. 이제 남은 방법은 공해상에서 그녀를 잡는 일 밖에는 없다. 그러기 위해서는 먼저 그녀의 신변을 인수해갈 한국의 해군부터 제거해야 할 것이다.

2월 17일 오후 4시 20분. 공해상에서 한 중국 어선이 급히 방향을 틀고 있었다.

"손님! 우리 배를 다시 다롄으로 돌려야겠습니다!"

한국 해군과의 접선 해역까지 7마일 정도 남겼을 때 중국인 선장이 선실로 황급히 뛰어 들어왔다. 그러나 김아연은 아무 말도 없이 선실의 창밖을 내다보고만 있었다. 입술과 손을 부들부들 떨고 있는 그녀의 얼굴은 하얀 백짓장과 같았다. 김아연의 얼굴에서는 눈물이 주르륵 흘러내렸다. 그리고는 그대로 스르르 쓰러져버리며 혼절하고 말았다. 그녀가 내다본 선실 창밖으로는 저 멀리 바다에서 한국의 초계함이 거대한 폭음과 불길 그리고 시커먼 연기를 내뿜으며 바닷속으로 사라지고 있는 모습이 보이고 있었다. 김아연의 사랑 박준영이 타고 있을 초계함이 그렇게 바닷속으로 사라져 가고 있는 것이다.

김아연이 다시 정신 차렸을 때는 어선이 다시 다롄항에 거의 도착하고 있을 때였다. 하지만 김아연은 고설봉 목사가 마련한 은신처로 다시 돌아가지 못했다. 그녀의 어선이 다롄항에 입항하자 중국의 공안들이 들이닥쳐 김아연을 체포했기 때문이다.

중국의 공안은 김아연을 체포하자 곧바로 두건을 뒤집어 씌웠다. 그리고는 어디론가 끝없이 끌고 갔다. 약 6시간 동안 차에 태워져 끌려간 그녀가 마침내 두건을 벗었을 때는 센양에 있는 칠보산 호텔 객실이었다. 김아연을 체포한 그들은 중국의 공안이 아니라 북한의 97국 요원들이었다. 그들이 중국 공안으로 위장한 것이다. 김아연이 다롄항을 출항한 뒤 3시간 후에서야 그녀의 어선을 확인한 97국 요원들은 그 어선이 다시 그녀를 싣고 다롄항으로 돌아오기를 기다렸다. 그리고는 마침내 그녀를 잡았다.

칠보산 호텔 객실에서 두 손이 뒤로 포박되어진 상태로 걸상에 앉은 김아연은 머리에서 곧 두건이 벗겨졌다. 김아연은 두건이 벗겨지자 눈이 부셔서 잠시 어리어리해 하였다. 그러다가 서서히 사물이 보이기 시작하자 갑자기 소리를 질렀다.

"어머! 목사님! 목사님!"

고설봉 목사도 잡혀와 있었던 것이다. 북한의 97국 요원들이 김아연의 어선을 파악하면서 그 어선을 포섭했던 고설봉 목사의 신상에 대해서도 파악을 한 것이다. 이에 고설봉 목사는 김아연보다 먼저 잡혀 이곳 칠보산 호텔에 감금되어 있었다.

"목사님-! 목사님-! 어떡해! 어떡해!"

김아연은 마구 울부짖으며 고설봉 목사를 불렀다. 그러나 걸상에 앉은 채 전신이 포박되어진 그는 눈을 감은 채 아무 말도 하지 않았다. 그는 온몸이 이미 피투성이었다. 살점이 곳곳에서 떨어져 나갔고 뼈도 이미 몇 군데 부러진 듯 싶었다. 북한의 97국 요원들이 탈북자와 김아연의 지난 행적에 대한 정보를 캐내기 위해서 고문을 한 것이다.

"목사님! 죄송해요! 죄송해요!"

김아연은 목놓아 울었다. 그러자 고설봉 목사가 시퍼렇게 퉁퉁 부어오른 눈을 가까스로 뜨고는 김아연을 쳐다보았다. 그리고는 온화한 미소를 지어보였다.

"목사님-!"

김아연은 고설봉 목사를 향해 목 놓아 불렀다. 그러나 고설봉 목사는 다시 머리에 두건이 씌워진 채 힘없이 끌려 나갈 뿐이었다. 고설봉 목사는 그길로 북한으로 압송되었다. 그리고 보름 후 총살되었다.

북한의 97국 요원들은 김아연에 대해 때리지도 묻지도 않았다. 그냥 그대로 감금한 채 내버려 두었다. 김아연도 무려 나흘 동안 물 한 모금 먹지 않고 버텼다. 그녀는 그대로 그냥 죽었으면 하는 생각뿐이었다. 박준영이 없는 이 세상에 더 이상 미련이 없었다. 그녀는 이제 눈물도 나오지 않는다. 그래도 그녀는 울었다. 울고 또 울었다.

김아연이 칠보산 호텔 객실에 감금된 지 5일째 되는 날 아침이었다. 한 사람이 97국 요원들의 경례를 받으며 들어왔다. 그는 바로 북한의 인민무력부 총참모부 정찰국 국장 김대식 상장이었다.

"김아연씨! 박준영씨 보구 싶디 않습네까?"

김대식 상장은 부드러운 음성으로 물으며 물 한 잔을 김아연에게 내밀었다.

"……!"

두 손이 뒤로 돌려 묶인 채 걸상에 앉아 있던 김아연은 김대식 상장이 뜬금없이 박준영의 이름을 들먹이자 속으로 깜짝 놀라며 천천히 고개를 들어 김대식 상장을 쳐다보았다.

"박준영씨는 죽디 않앗디! 어때 보구 싶디 않습네까?"

"……!"

김아연의 눈이 점점 커지고 있었다. 그러나 이내 증오의 눈으로 바뀌었다.

"흠-! 내 말이 믿어디디 않는 모양입네. 이보라우! 김아연씨에게 보여주라우!"

김대식 상장은 옆에 서 있는 97국 요원에게 말했다. 그러자 그는 미리 준비해가지고 있던 캠코더를 김아연의 앞에다 놓고 틀어주었다.

"흐윽!"

캠코더를 보는 순간 김아연은 울음이 북받쳐 나오려 하였다. 그녀는 입술을 깨물며 울음을 참았다. 캠코더에는 분명 최근의 모습으로 보이는 박준영이 살아 움직이고 있었다. 대위 계급장을 달고 있는 그는 어느 해양대학교에서 학군단 학생들을 대상으로 강의를 하고 있었다.

"으흐흐흐흑!"

마침내 김아연은 커다란 울음소리와 함께 무너져 내리고 있었다.

"자! 자! 울디 말라요!"

김대식 상장은 손수건을 꺼내 김아연의 눈물을 닦아주었다.

"김아연씨! 전혀 울 필요래 없시요! 우리는 김아연씨래 원한다문 얼매든지 만나게 해줄 거입네다!"

김대식 상장은 너그러운 음성으로 말하며 김아연에게서 눈물을 계속 닦아주었다. 그리고는 뒤에 서 있는 또 다른 97국 요원에게 꾸중하듯이 말했다.

"무스그 하구 있음메! 걸씨 풀어주디 않구서리! 기동안 얼매나 힘들엇갓어!"

"예? 예!"

97국 요원은 황급히 김아연에게 다가가 그녀의 두 손을 포박하고 있던 포승줄을 풀었다.

"김아연씨! 박준영씨는 목포에 잘 있습네다! 속히 가서 만나봐야디 않갓어?"

김대식 상장은 김아연을 바라보며 미소를 지었다. 김아연은 고개를 숙인 채 아무 말도 하지 않았다.

김아연이 김대식 상장을 만난 지 4개월 후. 그동안 김아연은 북한에 들어가 인민무력부 총참모부 정찰국에서 고정 정찰원 훈련을 받았다. 그리고는 지금 대남공작과 대남 고정간첩을 운용하는 정찰국의 정예 요원이 되었다.

김아연은 북으로 들어가기 전에 먼저 다롄시의 푸리화 호텔 커피숍으로 갔다. 그리고는 그 커피숍의 한 소파 방석 안에서 CD를 꺼냈다. 김아연이 5기계공업총국에서 밀반출한 CD의 안전을 위하여 푸리화 커피숍의 소파 방석 안에다 CD를 숨겨놓았던 것이다. 김아연은 북한의 핵미사일 정보가 담긴 CD 두 장 모두를 인민무력부 총참모부 정찰국에 반납하고는 고정간첩 훈련을 받았다. 그녀의 간첩 활동 대상은 바로 박준영이었다. 박준영이 무공훈장을 두 번이나 받은 해군 정보부 요원이므로 그를 통해 장기적으로 해군 정보부의 정보를 빼내오는 것이 김아연에게 주어진 임무였다.

6월 28일 토요일 오후. 박준영은 평상시와 마찬가지로 학군단의 오전 업무를 끝내고 퇴근하고 있었다. 그는 무표정하게 그리고 묵묵히 교문을 향해 걸어갔다. 그러다 갑자기 우뚝 섰다.

"박준영씨!"

김아연이었다. 교문 앞에 그녀가 서 있는 것이다.

"……!"

박준영은 우뚝 선 채 그녀를 바라보고 있었다.

"박…… 준영씨!"

김아연의 다리가 후들거리고 있었다.

"아- 아- 아연아!"

박준영은 너무 놀라 그녀의 이름만 간신히 부르고 있었다.

"준영씨!"

김아연의 얼굴에는 어느덧 눈물이 주르륵 흘러내리고 있었다. 그 얼마나 보고 싶었던 얼굴이던가. 그 얼마나 듣고 싶었던 음성이던가. 김아연은 그대로 쓰러지고 말았다.

김아연이 다시 정신을 차렸을 때는 무안군 청계면에 있는 박준영의 자취방 안 침대였다. 박준영은 김아연을 품안에 꼭 품은 채 깊은 잠에 빠져 있었다. 김아연은 가만히 손을 뻗어 그의 머리를 쓰다듬었다. 그리고 그의 이마와 뺨에 그리고 입술에 입맞춤을 했다. 그동안 얼마나 안고 싶고 애무하고 싶었던 그였던가. 김아연은 또 다시 눈물이 흘러내렸다.

김아연의 흘러내리는 눈물에 박준영은 잠이 깨었는지 몸을 뒤치락거리며 눈을 떴다. 박준영은 해맑고 행복한 눈으로 김아연을 가만히 내려다보았다. 이 세상에서 가장 행복한 눈이었다. 박준영은 가만히 그녀를 끌어안으며 눈물이 하염없이 흐르고 있는 그녀의 눈에다 입맞춤을 해왔다. 그의 눈에서도 뜨거운 눈물이 떨어지고 있었다. 그날 밤 박준영과 김아연은 생애에서 가장 길고도 깊은 사랑의 잠에 빠져들었다.

다음날 아침 9시. 박준영의 자취방 밖에서는 눈치 없는 최태훈이 문을 쾅쾅 두드려대면서 박준영을 불러대고 있었다.

"준영아! 이 배신자야! 날 두고 그냥 퇴근해 버리냐? 그리고 오늘은 늦잠까지 자냐!"

"아우-! 저 웬수!"

박준영이 침대 위에서 부스스 일어났다. 그런데 자기 옆에 김아연이 없다.

"어?"

박준영은 깜짝 놀라며 침대에서 벌떡 일어나 침실 밖으로 뛰어나왔다.

"일어났어요?"

김아연은 벌써 일어나 주방에서 이미 아침상까지 다 만들어 놓은 상 태였다.

"동기분이 찾아왔나 봐요!"

김아연은 최태훈의 말에 우스웠는지 입을 살짝 가리며 웃는다.

"아-! 응! 최태훈인데 3함대 작전 상황실에서 근무하고 있어."

박준영이 그에 대해 말해주고는 잠옷 차림으로 현관문을 활짝 연다.

"임마! 밖에서 떠들지 말고 얼른 들어와!"

"짜식! 느려터지기는!"

최태훈은 투덜거리며 현관 안으로 들어선다. 그러다가 묘령의 아가씨가 싱크대 앞에 서 있는 것을 보자 깜짝 놀라며 도로 현관 밖으로 나간다.

"어? 임마! 들어오다 말고 왜 나가?"

박준영이 잠옷 바람으로 최태훈을 좇아 나간다.

"어-? 어-! 응!"

최태훈이 어안이 벙벙한 채 박준영과 김아연을 번갈아 쳐다보았다.

"임마! 무슨 대답이 그래?"

박준영은 최태훈의 손을 잡고 다시 안으로 끌고 들어왔다.

"어-! 이거 미안합니다. 저는 계신 줄 몰랐어요."

최태훈은 얼굴이 벌게졌다.

"얼씨구! 왜 니가 부끄러워하냐?"

박준영은 최태훈에 대해 연신 핀잔이다.

"호호호! 아니에요! 불청객은 오히려 저지요!"

김아연은 활짝 웃으며 최태훈을 맞이했다.

"그럼…… 이분이 네가 말했던 김아연씨?"

최태훈은 박준영을 바라보며 조심스럽게 물었다. 박준영에게 여자가 있다면 그가 평소에 말하며 그리워하던 김아연 밖에는 없다.

"응, 맞아! 김아연이야! 그동안 일본에 가 있었는데, 백부가 한국으로 재입국하는 것을 반대하고 영국으로 보내버려서 어쩔 수 없이 연락도 못하고 지금껏 있다가 이제서야 다시 한국으로 돌아오게 되었대."

박준영은 최태훈에게 김아연의 그간 행적에 대해 대신 설명을 해준다.

"아! 그러셨어요? 그것도 모르고 그동안 박준영은 완전히 폐인처럼 살았는데……! 하하하! 에라이 병신!"

최태훈이 박준영에게 꿀밤을 한 대 먹인다.

"아야! 임마!"

"뭐 임마! 넌 맞아도 싸! 괜히 김아연씨 의심해가지고서는 징징거리며 다녔으니 넌 맞아도 돼 임마!"

최태훈은 손을 들어 한 대 더 때리려고 한다.

"호호호!"

김아연은 최태훈과 박준영이 토닥거리며 싸우는 것이 재미있는지 입을 가리며 웃는다.

"그럼 앞으로 여기에 자주 내려오시는 거야?"

최태훈은 박준영과 김아연을 번갈아 보며 물었다.

"아니에요! 저 여기 목포에 취직했어요."

김아연이 미소를 지으며 대답한다.

"예? 아-! 정말 잘 되었네요! 준영이 이 짜식 좋겠다!"

최태훈이 박준영의 머리를 헝클어트리며 말한다.

"어-! 짜식 내 머리를 왜 쓸데 없이 헝클어!"

박준영이 툴툴거리며 자기의 머리를 매만진다.

"목포 시내에 있는 입시 학원에 취직했어요. 제가 취직했다고 하니까 백부님도 더 이상 간섭 않겠다고 하셨어요. 마음대로 하래요."

김아연이 여전히 얼굴에 미소를 지으며 말했다.

"아! 그래요! 다행이네요!"

최태훈이 고개를 끄덕인다.

"전 목포 시내에 방을 얻었거든요. 이제 앞으로 우리 자주 만나도록 해요!"

김아연이 살짝 고개를 숙여 다시 인사하고는 활짝 웃는다.

"예! 아무렴요! 예! 그래야지요!"

최태훈은 연신 싱글벙글 웃으며 대답했다. 그는 이제 박준영의 아픈 마음을 그녀가 자기 대신 치유해줄 수 있게 되었다는 생각에 진정 다행스럽게 생각하며 기뻐했다.

이후 박준영과 김아연 그리고 최태훈은 거의 매일 같이 만나서 놀았다. 목포는 물론 근방의 광주, 무안, 영암, 영광, 해남, 진도, 강진, 장흥, 완도 그리고 멀리는 남원, 순천, 광양, 여수에 이르기까지 안 가본 데 없을 정도로 그렇게 여행도 같이 다녔다.

박준영은 인생에서 가장 행복함을 느끼고 있었다. 김아연은 자신의 삶이 이처럼 사랑과 행복으로 충만해본 적이 없었다. 그리고 최태훈은 동기 박준영의 행복에 풍덩 빠져들어 자신도 한없이 즐거웠다.

박준영과 김아연 그리고 최태훈이 이렇듯 즐겁고 행복하게 보낸 지 벌써 한 달이 다 되어갔다. 6월 28일 토요일에 이들이 만났는데 지금은 벌써 7월 26일 토요일이다. 그런데 이상하게도 지난 수요일인 7월 23일

이후부터 김아연의 태도가 눈에 띄게 이상해졌다. 그녀가 박준영을 일부러 피하는 듯한 느낌을 주기 시작한 것이다. 그리고 만나서 웃더라도 그 눈빛만은 하염없이 슬퍼 보였다. 박준영과 최태훈은 그 이유를 알지 못했다. 아니 알 수 없었다. 김아연이 북으로부터 새로운 지령을 받은 것이다. 그것은 바로 박준영을 제거하라였다. 이를 박준영과 최태훈이 알 까닭이 있을 리 없다.

"아니 요즘 어디 아파? 안색이 아주 안 좋네?"

토요일 오전 근무를 끝내고 김아연과 같이 유달산 자락을 걸어내려오던 박준영이 걱정스레 묻는다.

"요새는 잘 웃지도 않아요? 왜 무슨 일 있어요?"

박준영의 옆에서 걷고 있던 최태훈도 걱정이 되는지 조심스레 물어온다. 그러나 김아연은 미소를 지으며 고개를 저을 뿐이다. 그런데 그 미소가 그렇게 슬퍼 보일 수가 없다.

한국의 국가정보원에서는 고설봉 목사가 갑자기 실종되자 다롄으로 요원들을 급파했다. 그리고는 고설봉 목사가 북으로 납치되어 갔음을 확인했다. 아울러 김아연이라는 존재에 대해서도 알게 되었다. 다만 아직까지는 그 존재에 대해 희미하게 파악하고 있는 상태였다. 이에 국가정보원에서는 요원을 더욱 증강시켜 김아연에 대해 추적해 들어가기 시작했다.

상황이 이렇게 급박하게 변하자 북한의 총참모부 정찰국에서는 김아연을 철수시키기로 하였다. 하지만 그냥 철수시키지 않고 그녀로 하여금 박준영을 제거토록 한 후에 철수시키기로 하였다. 박준영은 고학력에 고도의 사격술 그리고 영어, 독일어, 러시아어, 우크라이나어, 이탈리아어,

덴마크어, 중국어(광동어, 베이징어), 일본어, 타갈로그어 및 프랑스어에 능통한 수재이므로 이러한 자가 한국의 정보원으로 있다는 것은 북한으로서는 보통 큰 위협이 되는 일이 아니다. 이에 북한의 총참모부 정찰국에서는 장차 북한에 막대한 타격과 위협을 줄 존재를 미리 제거한다는 방침을 세우고 박준영을 제거하기로 하였다. 그리고 이 명령을 현재 박준영과 가장 가까이에 있는 김아연에게 내렸다.

김아연에게는 선택의 여지가 없었다. 박준영을 제거하지 않으면 그 대신 그녀의 어머니와 여동생 김아란이 처형되어야 한다. 이는 김아연이 한국 정부에 망명하였을 경우에도 마찬가지이다. 그러나 김아연이 박준영을 제거한다면 그녀를 한국으로부터 탈출시켜주는 것은 물론 북한에 있는 그녀의 어머니와 여동생 김아란은 공화국 영웅의 집안사람이 되어 평생 부귀영화가 보장된다. 이것은 김아연이 작전 중에 피살되는 경우에도 마찬가지이다. 그녀의 어머니와 여동생 김아란은 조선인민 공화국에서 공화국 영웅 집안으로 추앙받을 것이다.

김아연은 매일 밤 자신이 저주스러웠다. 여기에 온 자신이 한없이 미웠다. 그를 사랑하려고 여기에 그 숱한 죽음을 무릅쓰고 왔는데 결국은 그를 죽이기 위해 온 것이 되었다. 김아연은 지금 사흘째 한잠도 자지 못하고 있다. 그러나 그녀에게 시간이 무한정 주어져 있지 않다. 이제 내일이면 박준영을 죽여야 한다. 북한의 총참모부 정찰국에서 내린 마지막 시한이 내일 7월 27일 일요일인 것이다. 만일 내일도 박준영을 제거하지 못하면 그 다음날 7월 28일 월요일 아침에 김아연의 어머니와 여동생 김아란은 사형장으로 끌려나와 총살될 것이다. 그런데 시간은 김아연의 속 타는 심정에는 아랑곳없이 쏜살같이 흘러 벌써 7월 27일 일요일 아침 8시가 되었다.

　김아연은 핸드폰을 들었다. 그리고 무안군 청계면 자취방에 있는 박준영에게 전화를 걸었다. 박준영은 어제 토요일에 밤늦게까지 목포 시내를 김아연과 함께 거닐다 들어갔기 때문에 다소 피곤한 음색으로 전화를 받았다.

　"준영씨! 아직도 자요? 호호! 잠꾸러기!"

　김아연은 이 세상에서 가장 밝으면서 사랑스런 음성으로 박준영에게 말했다.

　"오늘 10시에 목포 문화예술회관 중앙 로비에서 만나는 것 잊지 말아요!"

　"응! 알았어! 어이쿠 이거 빨리 준비해야겠다! 이따 봐!"

　김아연은 박준영이 전화를 끊자 이번에는 최태훈에게 전화를 걸었다.

　"태훈씨! 태훈씨도 자요?"

　"여보세요? 아! 아연씨에요? 아니 안 자요. 지금 몇 신데 아직까지 자요?"

　"어머! 역시 태훈씨는 건강 하나는 끝내줘요! 다 같이 어제 늦게 들어갔는데 준영씨는 아직도 잠자리에 있나 봐요!"

　"하하! 준영이가 저에 비해 좀 약골이죠! 하하하!"

　"호호호! 그런 것 같아요!"

　김아연은 쾌활하게 웃었다. 그리고는 무척 미안하다는 듯이 말을 했다.

　"참! 태훈씨!"

　"예?"

　"저-! 죄송한데요. 제가 깜박 잊고 카메라를 두고 나왔거든요. 미안하지만 제 방에 가서 카메라 좀 가지고 와 주실래요?”

“예? 지금 어디세요?”

“전 지금 조금 있으면 우리가 오늘 만나기로 했던 장소인 문화예술회관에 도착해요!”

“어이구! 벌써요? 예! 알았어요! 그럼 제가 얼른 아연씨 방에 가서 카메라 가지고 문화예술회관 로비로 달려갈게요! 그러면 제가 좀 늦을 것 같은데 어디 장소를 옮기지 마시고 그냥 거기서 기다려주세요!”

“네! 알았어요! 고마워요! 참! 제 원룸 비밀번호는 아시죠?”

“예! 알고 있어요! 77462잖아요?”

“네! 맞아요! 그럼 이따가 봬요!”

김아연은 활기찬 음성으로 최태훈과 말하고는 전화를 끊었다. 전화를 끊은 핸드폰을 들고 있는 그녀의 손은 가늘게 떨리고 있었다. 그녀는 울고 있었다. 눈물이 하염없이 흘러내렸다. 김아연은 화장대 앞에 선 채 그대로 한참을 가만히 있었다. 얼마나 눈물이 흘렀을까. 김아연은 손수건으로 눈물을 닦고 화장으로 눈물 자국을 지웠다. 그리고는 침대 매트 아래에 손을 넣어 자그마한 JENNINGS J-22 권총을 꺼내들었다. 김아연은 JENNINGS J-22 권총의 장전 상태를 확인하고는 핸드백에 넣었다. 잠시 후 양장 차림의 김아연은 원룸의 현관문을 닫고 총총걸음으로 사라져 갔다.

그녀가 나가고 나서 20분 뒤 최태훈이 허겁지겁 김아연의 원룸으로 들어서고 있었다. 그는 김아연의 방안으로 들어서자 여기저기 두리번거리며 카메라를 찾기 시작했다. 그런데 눈에 얼른 띄지를 않는다.

‘어디 있다는 거야?’

최태훈은 속으로 중얼거리면서 혹시나 하고 김아연의 화장대 서랍을 열어보았다. 역시 카메라는 화장대 서랍 안에 들어 있었다. 최태훈은 카메라가 들어 있는 빨간색 카메라 케이스를 화장대 서랍 안에서 집어 들었다. 순간 무엇인가 노란색 전문 용지가 빨간색 카메라 케이스에서 팔랑거리며 바닥으로 떨어졌다.

'뭐지 이건?'

최태훈은 무심코 그 용지를 집어 들었다.

'……!'

최태훈은 얼굴이 무섭게 굳어졌다. 그는 그 용지를 읽고 또 읽고 또 다시 읽었다. 그의 손은 흥분으로 떨리고 있었다. 그는 도저히 믿기지 않는 전문을 읽은 것이다.

'박준영을 제거할 것. 목포 문화예술회관 중앙 로비. 10:00. 총참모부 정찰국'

최태훈은 거칠게 그녀의 화장대 서랍을 또 뒤져보았다. 무엇인가 금속 물체가 굴러 나왔다. 총알이었다.

"흐윽! 흐윽! 흐윽!"

거칠게 숨을 몰아쉬는 최태훈. 그는 이토록 배신감을 느껴본 적이 없었다. 박준영이 그토록 애타게 찾고 그리워했던 여인이, 박준영이 자신의 목숨보다 더 소중히 여기고 사랑하는 여인이 이처럼 간단히 배신한다는 것에 대해 최태훈은 견딜 수 없는 배신감을 느꼈다. 그리고 그 배신감은 분노로 바뀌었다.

최태훈은 시계를 보았다. 벌써 9시 20분이다. 이제 10시가 되면 박준영은 자신을 죽이러 오는 여인을 맞이할 것이다. 하지만 그는 아무 것도 모른 채 사랑하는 여인을 맞을 것이다. 그리고 단발의 총성과 함께 쓰러질 것이다.

최태훈은 급히 핸드폰으로 박준영에게 전화를 걸었다. 신호가 한 번, 두 번, 세 번 가고 있었다.

'왜 빨리 안 받는 거야!'

최태훈은 초조함에 방안을 왔다갔다했다.

네 번째 신호음이 울리자 박준영이 받았다.

"응! 태훈아! 왜 안 오고 전화야?"

"임마! 왜 이렇게 빨리 전화를 안 받아!"

"어? 야 난 전화벨 소리 두 번 만에 받은 거야!"

핸드폰에서는 억울하다는 듯한 박준영의 음성이 들려왔다.

"준영아! 잘 들어! 김아연씨는 고정 간첩이야! 너를 노리고 왔어! 어서 그 자리를 피해! 지금 널 죽이러 갔어!"

핸드폰에서는 몹시도 다급한 최태훈의 음성이 들려왔다. 그의 음성은 분노와 실망과 우려가 뒤섞인 복잡한 느낌의 음색이었다.

"야! 태훈……!"

박준영은 최태훈의 이름을 끝내 다 부르지 못했다. 대신 핸드폰을 든 그의 손이 격렬하게 떨고 있었다. 그는 지금 막 핸드폰에서 총성을 들은 것이다. 그리고 그 총성을 끝으로 핸드폰이 꺼졌다.

박준영은 어찌 주체할 수 없을 정도로 손을 떨고 있었다. 그는 충격으로 덜덜 떨리는 손을 가까스로 자기의 윗옷 안주머니에다 넣었다. 그리고는 품속에서 AMT BAC UP 권총을 꺼내 들었다. 평소 군인은 장교이더라도 권총을 소지하지 않는다. 그러나 박준영은 해군 정보부 정보원이므로 품 안에 항상 권총을 소지하고 다녔다. 이는 박준영의 취미가 아니라 정보원의 규칙이었다. 박준영이 애용하는 총은 AMT BAC UP 권총으로 이 권총은 손바닥보다 작았다.

"철컥!"

박준영은 덜덜 떨리는 손으로 AMT BAC UP 권총을 장전했다. 그리고는 두 손으로 권총을 잡고는 손을 아래로 한 채 김아연이 나타날 중앙 로비 현관을 향해 똑바로 섰다.

로비에 있는 사람들은 박준영을 보자 슬금슬금 도망치는 사람이 있는가 하면 박준영이 장난감 총을 들고 있는 것으로 알고 대수롭지 않게 그냥 로비에 있는 사람도 있었다. 그리고 어떤 사람들은 박준영이 권총을 빼어들고 있다는 사실조차도 모른 채 로비에 그냥 있는 사람도 있었다. 그의 권총이 워낙 작기 때문이다.

박준영은 마치 그대로 장승이 되어 버린 것처럼 30분째 동안 그대로 서 있었다. 그리고 오전 9시 54분. 박준영의 AMT BAC UP 권총이 불을 뿜었다.

"탕!"

박준영의 10m 앞에서 하얀 나비 한 마리가 날개를 힘없이 하느작거리며 바닥으로 떨어졌다. 그 나비의 몸에서는 붉은 피가 솟구쳐 올랐다.

"안 돼!"

박준영은 AMT BAC UP 권총을 바닥에 내던지며 김아연에게 달려갔다. 명중이었다. 그래도 잠깐 동안의 망설임이었을까. 놀라운 사격술을 가진 박준영이 그것도 표적을 10m 앞에 두고서도 그는 심장을 맞추지 못했다. 심장을 빗겨 폐를 맞은 김아연은 고통스럽게 숨을 내쉬고 있었다.

박준영은 마침내 나타난 김아연이 그를 보자마자 핸드백에서 JENNINGS J-22 권총을 꺼내는 것을 보았다. 그리고 그 권총은 박준영의 가슴으로 곧바로 향해졌다. 박준영의 AMT BAC UP 권총이 먼저 발사되었다. 속사의 명수인 박준영의 권총이 더 빨랐다.

"안 돼! 안 돼! 오! 하나님! 안 돼!"

바닥에 주저앉은 박준영은 김아연을 끌어안고 오열을 터뜨렸다.

"……!"

김아연은 폐가 총알에 맞았기 때문에 입으로 계속해서 피가 올라오고 있었다. 김아연은 솟구쳐 오르는 피 때문에 아무 말도 하지 못했다. 그녀는 몇 번 말하려다가 포기하고는 박준영을 가만히 들여다보았다. 그 눈길은 평화로웠다. 그리고는 눈을 감았다. 박준영의 가슴을 움켜쥐었던 그녀의 손이 스르르 풀렸다. 그녀의 하얗고 가녀린 손이 맥없이 바닥에 툭 떨어졌다. 마치 그를 영원히 놓치지 않으려는 듯한 손짓이었던 그녀의 손은 그렇게 그를 힘없이 놓고 있었다.

김아연의 핸드백에서는 북한의 핵미사일에 관련된 정보가 수록된 CD 두 장이 발견되었다. 그 CD는 김아연이 자신이 보았던 CD의 내용을 기억해내어 그대로 다시 작성한 것이었다. 그런데 그 내용이 글자 하나 그림 한 획 어느 하나 틀리지 않고 원본과 동일하였다. 김아연이 도쿄대학교 물리학과를 수석으로 졸업한 천재적인 두뇌로 A4 용지 1200장에 해당하는 내용을 전부 암기해낸 것이다. 북한의 총참모부 정찰국에서는 김아연으로부터 CD를 회수함으로써 핵미사일 개발에 관한 비밀은 전부 거둬들인 것으로 판단했다. 그러나 김아연의 머릿속에 들어 있는 것까지는 회수하지 못했다.

김아연의 핸드백 속에서 나온 CD의 표면에는 그녀가 정성들여 쓴 글씨가 적혀 있었다.

'내 생명보다도 더 소중한 당신에게! 제가 드리는 마지막 선물입니다!'

그녀는 자신의 생명을 담은 선물을 박준영에게 남기고 떠났다. 그날 오후 해군 정보부 본부에서 류경원 정보부장이 급히 내려왔다. 그리고는 사건을 모두 보고 받고는 박준영에게 조심스럽게 말을 건네왔다.

"그런데 이상한 게 김아연의 JENNINGS J-22 권총이 빈총이야! 실탄이 하나도 들어 있지 않았어! 그리고 최태훈 중위가 맞은 총알은 TAURUS 82 권총의 총알로 판정이 되었네. 아마도 북한의 총참모부 정찰국 요원이 그동안 김아연을 계속 감시하고 있었는가봐! 아참! 그리고 최태훈 중위가 읽었던 것으로 추정되는 김아연에 대한 북한의 지령문은 북한에서 쓰지 않는 것이라고 국정원에서 그러더군. 북에서 지령을 내릴 때는 난수표로 작성하여 보내지 그렇게 일반글자로 보내지는 않는다고 하더군. 더구나 요즘은 인터넷으로 지령을 보내지 예전처럼 난수표로써 지령을 보내지 않는다고 하네."

제3장

약속과 데자뷰

대전의 해군본부 작전 상황실 장교로 발령 받아 간 김현태는 그곳이 첫 부임지임에도 불구하고 매우 잘 적응을 해서 부임한지 1년이 되었지만 여전히 그 자리를 지키고 있었다. 그는 이제 소위 계급장을 떼고 지금은 중위가 되었다. 그런데 9월 첫째 주 되던 월요일 점심시간 때 김현태는 장교 휴게실 밖 뒤편에서 이제 갓 초등 군사 교육반을 수료하고 처음으로 부임한 신출내기 소위에게 멱살잡이를 당하고 있었다. 김현태는 소위에게 심하게 드잡이를 당하고 있는데도 이상하게 아무 저항도 하지 않고 있었다.

"임마! 정말이냐고! 응! 정말이야!"

소위는 큰소리로 묻고 있었다. 그런데 그의 목소리는 울음 섞인 음성이었다.

"그래! 맞아! 모두 사실이야!"

김현태는 마치 무슨 큰 죄라도 지은 양 고개를 숙였다.

"정말이라고? 정말이야?"

소위는 절망하듯이 김현태에게 되물었다. 그리고는 힘없이 땅바닥에 털썩 하고 주저앉았다.

"으ㅎㅎㅎ흑! 으ㅎㅎㅎㅎ흑!"

소위는 아주 서럽게 울었다.

"미안하다! 내가 동기들을 지켜주지 못했다!"

김현태도 어느덧 눈물을 흘리고 있었다.

"으아아!"

소위는 하늘을 쳐다보고 울었다.

"이 나쁜 자식들! 이 나쁜 자식들! 내가 돌아왔는데! 약속대로 난 돌아왔는데……! 왜 너희들은 없는 거야! 왜!"

소위는 땅바닥을 치면서 울었다. 그는 바로 김재훈이었다. 임관까지 한 달하고 2주를 남겨두고 퇴교 당했던 김재훈인 것이다. 그는 동기들과의 약속대로 다시 입교하여 지금 해군 소위를 달고 실무 발령을 받아 여기 김현태가 있는 해군본부 작전 상황실로 온 것이다.

그는 문규현과 홍윤진의 죽음이 사적인 죽음이라서 그들이 죽었다는 사실을 전혀 모르고 있었다. 그리고 이영진과 조민형의 죽음에 대해서는 김재훈이 아직 사관후보생 교육대에서 군사훈련을 받고 있을 때여서 일절 알 수가 없었다. 교육대 이외의 외부 소식은 훈련 기간 중에 교육생들에게 모두 차단되기 때문이다. 최태훈의 경우는 군사 첩보에 관련된 죽음이라서 비밀에 부쳐졌다. 따라서 그가 알고 있던 동기의 죽음은 참수리 고속정의 해전에 대한 신문 보도에 의해 알려진 배영남의 죽음뿐이었다. 그런데 김현태를 통해서 들은 동기의 죽음은 많아도 너무 많았다.

김재훈은 사랑하는 동기들과 다시 재회하려는 마음 하나로 1년을 기다렸다. 그리고 자신과 동기들과의 약속대로 다시 사관후보생으로 들어와 당당하게 임관을 하였다. 그러나 자기가 그토록 그리워하며 사랑했던 동기들은 이 세상에 없었다. 김재훈은 김현태를 끌어안고 큰소리로 울고 또 울었다.

"야! 이 나쁜 자식들아! 난 여기 있는데! 왜 너희들은 없는 거니!"

통곡하는 김재훈을 김현태는 흘러내리는 굵은 눈물을 훔치면서 말없이 끌어안고 있었다.

김아연이 죽은 지 3개월 째 접어드는 10월의 바다는 제법 차갑고 날카로웠다. 이러한 10월의 바다가 넘실대는 연평도 근처의 서해 NLL에 참수리 고속정 한 척이 전투배치 상태로 서서히 지나가고 있었다. 그리고 그 건너편에서는 북한의 등산곶 초계정 한 척이 반대 방향으로 역시 전투배치 상태로 서서히 지나가고 있었다. 등산곶 초계정에는 정장이 상갑판으로 나와 자함과는 불과 8m도 채 떨어지지 않은 채 옆으로 스쳐지나가고 있는 참수리 고속정을 노려보았다.

"종간나 새끼! 죽이갓서!"

참수리 고속정을 향해 뻗은 등산곶 초계정 정장의 팔에는 T-68식 권총이 들려있었다. 하지만 참수리 고속정에서도 그 정장을 향한 AMT BAC UP 권총이 있었다. 참수리 고속정의 정장은 상갑판에 선 채 등산곶 초계정의 정장을 향해 팔을 뻗고 있었다. 쭉 뻗은 그의 팔에는 AMT BAC UP 권총이 들려있었다.

"좋을 대로!"

참수리 고속정 정장은 빙그레 웃으며 등산곶 초계정 정장과 천천히 엇

갈려 지나갔다. 마침내 참수리 고속정과 등산곶 초계정은 서로 이탈되어 점차 멀어져 갔다. 등산곶 초계정이 시야에서 점점 사라져가자 대위 박준영 정장은 함교로 내려왔다. 그리고는 함내 마이크로 명령을 내렸다.

"상황종료!"

(끝)